TIENS, VOILÀ DU POISON !

DU MÊME AUTEUR

Pourquoi tuer un maître d'hôtel ?, Champs-Élysées, 1983 (Le Masque — Les Maîtres du roman policier).
Noël tragique à Lexham Manor, Champs-Élysées, 1984 (Le Masque — Les Maîtres du roman policier).
Meurtre d'anniversaire, Fayard, 1989.
Un rayon de lune sur le pilori, Fayard, 1990.
La mort donne le la, Fayard, 1991.

Perrot

Georgette Heyer

TIENS, VOILÀ DU POISON !

roman

traduit de l'anglais par
DENISE MEUNIER

Fayard

Cet ouvrage est la traduction intégrale, publiée pour la première fois en France, du livre de langue anglaise :

BEHOLD, HERE'S POISON

Au Dr F. C. Ford,
affectueusement.

CHAPITRE PREMIER

La journée s'annonçait belle. La brume blanchâtre qui s'enroulait en volutes au-dessus du Pâtis annonçait à Mary, debout sur le palier une pelle à la main devant la haute fenêtre, qu'il ferait vraiment chaud à l'heure du déjeuner. Elle pourrait mettre sa robe de mousseline bleue malgré les sombres prédictions de Rose qui prétendait qu'il pleuvait toujours quand quelqu'un avait sa demi-journée de congé. Non, il ne pleuvrait sûrement pas ce jour-là.

Appuyée contre la fenêtre, elle regarda d'un œil approbateur la brume, et la lourde rosée étendue comme un voile gris sur la pelouse devant la maison.

Il était tôt. Le Pâtis, qui un peu plus tard serait parsemé d'enfants et de nurses poussant des landaus, paraissait tout à fait désert, de même que la route entre les grilles des Peupliers et la lisière du terrain communal. En se tordant le cou, Mary pouvait apercevoir la maison voisine par une brèche entre les arbres. Elle remarqua les rideaux encore fermés dans l'escalier de service. Ma foi, elle ne critiquait pas les bonnes de Holly Lodge. Si le maître et la maîtresse s'en allaient au bord de la mer, on avait bien le droit de prendre ses aises. D'ailleurs, si on y réfléchissait bien, ces filles étaient plutôt du genre souillon, et paresseuses avec ça. Communes aussi. Telle maîtresse telle servante, disait toujours Rose, et c'était bien vrai. Pas de classe, cette Mrs Rumbold.

Tournant la tête, Mary laissa glisser son regard de Holly Lodge à la maison plus petite qui se trouvait de l'autre côté des Peupliers. Elle n'en voyait pas beaucoup, mais elle remarqua que les portes du garage étaient ouvertes. Cela signifiait que le médecin avait été appelé de bonne heure. Honteux, le sans-gêne des gens qui le dérangeaient à n'importe quelle heure et souvent pour une bricole, une simple indigestion, comme disait Miss Stella. Un vrai gentleman, en plus, et tellement beau. Pas étonnant que Miss Stella ait un sentiment pour lui. Quel dommage que le patron l'ait pris en grippe ! Parce que, bien entendu, tous les domestiques le savaient, tout comme ils étaient au courant des histoires avec Mr Guy, qui avait besoin d'argent pour cette drôle d'affaire qu'il avait montée avec ce Mr Brooks, et que le patron voulait expédier en Amérique du Sud. Il aurait fallu être vraiment stupide pour ne pas savoir à peu près tout ce qui se passait dans cette maison, avec le patron qui montait comme une soupe au lait et le médecin qu'on appelait pour Sa Tension ; et Miss Harriet qui racontait choses et autres à tout le monde, même à la fille de cuisine ; Mrs Matthews qui se mettait au lit à cause de tous ses soucis pour le pauvre Mr Guy ; et Mr Guy qui racontait tout à Miss Stella sans même prendre la peine de voir si quelqu'un écoutait. Oh non, il n'y avait pas beaucoup de secrets aux Peupliers ! Trop de gens claquemurés ensemble, se disait Mary en balayant vigoureusement les six dernières marches. Deux familles sous le même toit, ça n'allait jamais, il y avait forcément des tas de chicaneries, surtout avec une vieille fille comme Miss Harriet ; par moments on l'aurait crue demeurée et par d'autres on voyait qu'elle était rusée comme une guenon et pingre comme — Mary ne trouva rien d'aussi pingre que Miss Harriet. Maboule, voilà ce qu'elle était. Il n'y avait qu'à la voir ramasser tous les petits restes de savon pour les utiliser elle-même, comme si elle n'avait pas un sou devant elle. Mrs Matthews n'était pas comme ça, il fallait être juste. Elle était bien embêtante avec ses verres d'eau chaude et les plateaux à monter dans sa chambre, mais elle n'était pas du genre à aller fourrer son nez dans les placards de l'office. On n'y regardait pas trop à courir dans tous les sens pour la servir comme elle voulait l'être, parce qu'elle parlait toujours gentiment et qu'elle se tenait comme une vraie dame. On aimait bien Miss Stella aussi, même si elle ne rangeait jamais rien et vous demandait toujours de faire des choses qui n'étaient pas votre travail du tout. Et Mr Guy, il était tellement beau que c'était un plaisir de le servir. Mais pour Miss Harriet et le patron, ça n'était pas la même chanson. Drôle qu'ils soient frère et sœur, se disait Mary en remontant lentement l'escalier afin de prendre les souliers qui avaient été sortis pour qu'elle les cire. Ils ne se ressemblaient guère. Mrs Lupton, de Fairview de l'autre côté du Pâtis, elle, on reconnaissait au premier coup d'œil qu'elle était la sœur du patron. Mêmes manières autoritaires et tout, mais on n'avait pas peur d'elle comme de lui. Avec lui, il fallait que tout soit exactement à son idée, ou ça allait mal, et quand il se mettait en colère, il vous semblait qu'on avait des genoux rembourrés avec de l'ouate. Ils avaient tous peur de lui, se disait Mary en ramassant les souliers devant la porte patronale, même Mrs Matthews, et pourtant, si quelqu'un pouvait l'entortiller, c'était bien elle.

Les souliers de la dame venaient ensuite, du luxe, talons hauts, la marque du bon faiseur, se dit Mary en prenant le temps de les admirer. Qu'est-ce qu'elle devait dépenser pour sa toilette ! Preuve qu'elle savait s'y prendre avec le patron, parce que tout le monde savait que son mari (le plus jeune frère de Mr Matthews) l'avait laissée dans la dèche. Heureusement pour elle qu'elle était jolie et plaisante, parce que si personne ne pouvait dire que le patron était pingre, on ne risquait pas non plus de le voir entretenir une belle-sœur qui ne lui aurait pas plu et l'héberger avec ses enfants et tout.

Oui, et ce que ça pouvait exaspérer Miss Harriet de les voir dans la maison, qui faisaient comme si l'argent poussait sur les arbres ! songeait Mary, ramassant les souliers en vernis noir tout éculés de Miss Matthews pour les glisser sous son bras. Ah, elles ne s'aimaient guère, elle et Mrs Matthews, encore que, pour être juste, la vieille peigne-chose était assez gentille avec Mr Guy et Miss Stella.

Des souliers en suède devant la porte de Mr Guy, très chics mais bien assommants à nettoyer. Elle serait obligée de les faire, probablement, parce que l'aide-jardinier serait bien capable de mettre du cirage dessus et de les gâcher.

Enfin les souliers de Miss Stella, deux paires : les bottillons qu'elle portait sur le Pâtis et les escarpins en chevreau bleu pour la ville.

Elle mit toute la récolte dans son tablier et

descendit l'escalier de service, jusqu'à l'office. La cuisinière, Mrs Beecher, était dans la cuisine, d'où elle l'appela pour venir prendre une tasse de thé. Mary se dit que ça changeait tout dans une place quand la cuisinière avait bon caractère. Elle alla donc dans la cuisine et s'assit à la table entre Beecher et Rose. Celle-ci, les coudes sur la table et la tasse entre les mains, racontait avec enthousiasme ce qui s'était passé entre le patron et Miss Stella dans la bibliothèque.

« ... Et puis alors il lui a dit tout de go qu'il voulait pas que le Dr Fielding lui fasse du plat sous son toit. Les noms qu'il lui a donnés, au docteur, vous croiriez pas ! Et puis il lui a dit ce que je vous ai dit, que le docteur était un imbécile sans avenir, et si vous voulez mon avis, c'est ça qui a monté Mrs Matthews contre lui, parce qu'elle l'est, montée contre lui, et personne me l'enlèvera de l'idée !

— Vous auriez pas dû écouter ce qu'était pas pour vos oreilles, dit Mrs Beecher.

— C'est une honte, vrai, pour le docteur et Miss Stella, dit Mary. Personne a plus bon genre que lui, c'est sûr.

— Ah, y a pas que ça, dit Beecher en passant sa tasse à son épouse. Y en a qui disent qu'il lève le coude. Moi, je dois dire que je l'ai jamais vu chargé, non, mais enfin y a pas de fumée sans feu.

— J'en crois pas un mot ! déclara vigoureusement Mrs Beecher. Et non seulement ça, mais ça m'étonne que tu dises ça, Beecher ! »

Absorbant avec avidité ce nouveau morceau friand, Rose se relança : « Vous voyez ! Pas étonnant si Mrs Matthews a eu une de ses crises de nerfs. Quand je l'ai vue, je me suis dit tout de suite...

— Alors tu t'es trompée, ma fille, coupa Mrs Beecher, sévère. J'ai jamais cru aux histoires de nerfs de Mrs Matthews et j'ai pas l'intention de changer, mais si elle a eu une crise, ce que je crois pas, c'était pas du tout à cause de Miss Stella, qu'elle s'en moque pas mal si vous voulez mon avis, mais à cause de Mr Guy qui risquait d'être expédié au Brésil.

— Oh, le patron va pas faire une chose pareille, non, sûrement pas ! s'exclama Mary, horrifiée.

— C'est ce que je crois, dit Mrs Beecher, se levant majestueusement pour se diriger vers le fourneau. C'est pas que je sois du genre à mettre mon nez dans les affaires des autres, mais Miss Harriet m'en a causé, et pas plus tard que jeudi. C'est l'heure de monter les thés. Passe-moi la boîte, Rose, tu seras gentille. »

Rose obtempéra et attendit, debout, pendant que Mrs Beecher remplissait trois petites théières et un verre dans une monture d'argent. « Monte donc le plateau de Miss Stella, ma choute », dit Rose à Mary en prenant des mains de Mrs Beecher le verre qu'elle posa sur un petit plateau.

Mary finit son thé en deux gorgées et se leva. Elle avait son travail à faire et il était assez lourd, mais quand on n'était qu'une petite bonne à tout faire, il était recommandé d'être bien avec les domestiques plus élevés en grade. Elle prit donc le plateau et suivit Rose dans l'escalier de service, cependant que Beecher fermait la marche, les plateaux de Mr Matthews et de Guy dans ses mains expertes.

Miss Stella dormait encore, ses vêtements éparpillés sur le sol comme d'habitude. Mary ouvrit les rideaux, ramassa et plia les vêtements, puis sortit sur la pointe des pieds. Miss Stella ne serait pas contente d'être réveillée.

Le plateau de Guy était posé sur la table du palier et Rose se trouvait encore dans la chambre de Miss Matthews. Mary entendait la voix plaintive de la vieille demoiselle derrière la porte fermée. Elle était sur le point d'aller remplir les brocs d'eau chaude quand la porte du maître des lieux s'ouvrit et Beecher sortit assez précipitamment.

Mary le regarda avec des yeux ronds. Il avait un air bizarre, effaré. « Quelque chose qui va pas, Mr Beecher ? » demanda-t-elle.

Il se passa la langue sur les lèvres avant de répondre d'une voix un peu tremblante : « Oui, c'est Monsieur. Il est mort. »

Elle ouvrit la bouche, mais ne trouva rien à dire. Un kaléidoscope d'impressions tournoya dans sa tête. Affreux, terrible et pourtant passionnant. Il y aurait peut-être une enquête publique. Elle ne voulait rien avoir à faire avec ça — et elle n'aurait pas voulu être laissée de côté pour un empire.

Rose sortit de la chambre de Miss Matthews. « Eh bien, dit-elle. On croirait qu'il n'y a rien à faire dans cette maison. Où sont mes brocs ? »

Mary retrouva sa voix : « Oh Rose ! chevrota-t-elle. Monsieur est mort !

— Il faut que quelqu'un les prévienne, dit Beecher en jetant un regard aux quatre portes fermées. Mais qui ? »

Rose résolut le problème en éclatant en sanglots bruyants, non pas qu'elle eût aimé le maître des Peupliers ou répugné à l'idée d'un mort dans la maison, mais parce qu'elle avait été saisie. Le bruit de ses hoquets convulsifs fit monter les larmes aux yeux de Mary aussi et sortir Miss Matthews sur le palier, ses cheveux gris roulés sur des papillotes, une vieille robe de chambre en flanelle serrée autour d'elle. Elle avait oublié ses lunettes et plissait des yeux myopes pour essayer de distinguer le groupe devant elle.

« Que se passe-t-il ? Rose — c'est vous, Rose ? C'est un scandale. Si vous avez cassé de la vaisselle, ce sera retenu sur vos gages et ce n'est pas la peine de pleurnicher. La casse qu'il y a dans cette maison...

— Oh, Mademoiselle ! hoqueta Mary. Oh, Mademoiselle, c'est Monsieur ! »

La porte à côté de celle de Miss Matthews s'ouvrit et Stella parut sur le seuil en pyjama de soie abricot, ses cheveux courts ébouriffés en halo autour du visage. « Qu'est-ce que c'est que ce tintamarre ? demanda-t-elle, grognon.

— Stella, ta robe de chambre ! s'exclama sa tante.

— Je suis très bien. Oh, assez, Rose ! Qu'est-ce qu'il y a ? »

Les deux bonnes sanglotaient désormais à qui mieux mieux. Beecher dit : « C'est Monsieur, Mademoiselle. Il est mort. »

Miss Matthews poussa un hurlement, mais Stella, après avoir regardé fixement Beecher un instant, dit : « Quelle foutaise ! Je n'en crois rien.

— C'est pourtant vrai, Mademoiselle. Il — il est froid. »

Assez inexplicablement, cela parut drôle. Stella poussa un petit gloussement hésitant. Sa tante lui dit : « Comment peux-tu rester là à ricaner ! Vraiment, je ne comprends pas les jeunes filles modernes et qui plus est, je n'y tiens pas du tout. D'ailleurs je n'en crois pas un mot. Je vais aller voir moi-même. Où sont mes lunettes ? Mary, mes lunettes !

— J'y vais, dit Stella en traversant le palier.

— Stella ! Pas en pyjama ! » hurla Miss Matthews.

La jeune fille se remit à rire, essayant d'étouffer ce bruit incongru en se mordant les lèvres.

La chambre de son oncle était située sur le devant de la maison, séparée de celle de sa belle-sœur par une salle de bains. Beecher avait ouvert les rideaux et posé le plateau du thé matinal sur une table à côté du lit. Il était évident, même pour Stella qui voyait la mort pour la première fois, que Gregory Matthews ne boirait jamais plus de thé.

Il était couché sur le dos dans une posture anormalement rigide et incommode, les bras rejetés hors des couvertures, les doigts crispés sur le drap comme dans une ultime convulsion. Ses yeux étaient ouverts, les pupilles contractées. Figée sur place, Stella le regardait, de plus en plus pâle. Entendant la voix plaintive de sa tante, ses pas dans le hall, elle s'approcha de la porte. « Oh, tante Harriet ! dit-elle d'un ton saccadé. N'entrez pas ! C'est horrible. »

Mais Miss Matthews, après avoir ajusté son pince-nez d'une main tremblante, repoussa sa nièce et alla jusqu'au lit : « Oh, il est mort ! dit-elle fort inutilement, avec un mouvement de recul. C'est sa tension. Je savais que ça arriverait ! Il n'aurait jamais dû manger de canard, et que personne ne s'avise de me blâmer, parce que j'avais *commandé* des côtelettes pour lui, et s'il n'a pas voulu les manger personne ne peut dire que c'est ma faute. Oh, mon Dieu, mon Dieu, il est terrible à voir ! J'aurais voulu qu'il ne parte pas comme ça. Nous avons eu nos petits différends, bien sûr, mais on peut dire ce qu'on veut, la voix du sang, c'est quelque chose. Et puis, on ne l'aurait jamais cru, mais il a été un petit garçon *si mignon*. Oh, qu'est-ce que nous allons faire ?

— Je ne sais pas, dit Stella, la prenant par le bras pour l'entraîner vers la porte. Sortons d'ici, de toute façon. Oh, tante, non, je vous en prie... »

Miss Matthews se laissa emmener hors de la pièce, mais en continuant à pleurer. Ce chagrin facile agaçait Stella, qui estimait que le charme de Gregory enfant ne pouvait pas compenser les années de luttes endurées par sa tante ; aussi ne fut-elle pas fâchée de la confier à Mary.

Rose, qui reniflait toujours, transmit en chevrotant un message de Mrs Matthews, qui priait Miss Stella de venir immédiatement auprès d'elle.

La dame, reposant sur ses oreillers dans une liseuse des plus seyante, avait évidemment eu assez de présence d'esprit pour essuyer la coûteuse crème dont elle enduisait son visage et la remplacer par un nuage de poudre. Elle tourna la tête quand Stella entra et lui tendit une main frémissante : « Oh, ma chère enfant ! dit-elle d'une voix expirante, pauvre Gregory ! Cela m'a donné un choc terrible. J'avais eu comme un pressentiment quand Rose m'a apporté mon eau chaude.

— Tante Harriet dit que ça doit être le canard qu'il a mangé au dîner », déclara Stella, toujours au bord du fou rire.

Mrs Matthews poussa un petit soupir navré. « Personne ne connaît mieux que moi les qualités de Harriet, annonça-t-elle, mais on ne peut s'empêcher d'être un peu triste en voyant que ses premières pensées dans un pareil moment vont encore aux choses profanes. Sais-tu, ma chérie, quand Rose m'a appris ce qui s'était passé, je n'ai pu évoquer que ces paroles magnifiques : " Les voies du Seigneur... "

— Oui, je sais, coupa précipitamment Stella. Mais la question, c'est de savoir ce que nous devons faire. Tante Harriet a un genre de crise de nerfs. J'appelle Guy ?

— Pauvre Guy, dit sa mère. On donnerait tout pour épargner la tragédie aux jeunes. Il semble...

— Si on veut aller par là, j'ai trois ans de moins que lui. Non pas que je le croie capable de servir à grand-chose... »

Mrs Matthews lui prit une main et la serra. « Ma chérie, pas ce ton désinvolte, je t'en supplie. Essaie de te rappeler que l'ombre de la mort plane sur cette maison. Et Guy est beaucoup, beaucoup plus nerveux que toi, ma chérie.

— Oh, Maman, assez, je t'en prie, implora Stella. Honnêtement, je ne voudrais pas piquer une crise, mais je la sens qui vient. Qu'est-ce qu'il faut faire en premier ? »

Mrs Matthews retira sa main : « Ma petite fille pratique ! Que deviendrions-nous, les Maries de ce monde, sans nos Marthes, je me le demande. Et pourtant, on aspire ardemment à un moment de paix, juste un petit moment pour affronter notre deuil avant de nous plonger dans les aspects sordides de ce qui ne devrait pas être sordide du tout, mais très, très beau. »

Stella faillit s'étrangler en réprimant un accès de fou rire et à ce moment son frère entra, le cheveu ébouriffé et l'œil encore embrumé de sommeil. « D-d-ites-donc, bégaya-t-il, oncle Greg est mort. Vous saviez ? Beecher a bouclé la chambre et il va appeler Fielding. Il dit qu'il n'y a aucun doute.

— Chut, chut, mon chéri, coupa Mrs Matthews. Stella, essaie de te maîtriser. Bien entendu, il faut appeler un médecin, encore que l'idée de voir le Dr Fielding pour qui votre oncle avait si peu de sympathie venir en un moment pareil glace le cœur. Je suis peut-être trop sensible et je suppose qu'il n'y a rien à faire, mais...

— Ça n'a vraiment aucune importance », déclara Guy. Il empoigna le pied du lit de sa mère et resta là à la regarder, les yeux brillants d'incompréhension. « Je ne peux pas réaliser, annonça-t-il. Je veux dire, que l'oncle meure comme ça. Bien sûr, en un certain sens tout le monde s'y attendait, je suppose. Je veux dire, avec sa tension. De quoi est-il mort, à votre avis ? Vous croyez que c'est d'apoplexie ? J'ai toujours pensé qu'il aurait une attaque tôt ou tard. Pas toi, Stella ? Il y aura une enquête publique ? Je ne vois pas pourquoi ce serait nécessaire, hein ? Je veux dire, tout le monde sait qu'il avait le cœur malade. C'est évident qu'il est mort de ça.

— Oui, mon chéri, mais n'en parlons pas maintenant, décréta Mrs Matthews, assez sévère. Tu es bouleversé et tu dis n'importe quoi. Il faut que tu essaies de te rendre compte de tout ce que cela signifie pour moi. J'ai parfois pensé que le pauvre Gregory avait plus d'affection pour moi que pour ses propres sœurs. J'essaie toujours de ne voir que le bien qu'il y a en chacun d'entre nous et Gregory réagissait vis-à-vis de moi d'une façon qui me rend très heureuse quand j'y repense maintenant.

— Ah, ouais ! » dit grossièrement Guy.

Mrs Matthews pinça un instant les lèvres, mais

répliqua presque aussitôt d'une voix extrêmement suave : « Va t'habiller, mon chéri. Un complet sombre, bien entendu, et *pas* ce chandail orange. Toi aussi, Stella.

— En fait, je n'avais jamais envisagé le chandail orange, répondit Guy d'un air supérieur. Mais je suis absolument d'accord avec Nigel. Le deuil est une survivance du barbarisme et comme il dit...

— Mon chéri, je sais que tu n'as pas l'intention de me blesser, déclara tristement Mrs Matthews, mais quand tu traites de choses sacrées sur ce ton...

— Il faut que tu arrives à te mettre dans la tête que je suis purement et simplement agnostique, répliqua Guy. Quand tu dis que des choses comme la mort sont sacrées, ça n'a aucun sens pour moi.

— Oh, la ferme ! interrompit Stella en le poussant vers la porte. Personne n'a envie de connaître tes vues sur la religion.

— Ce ne sont pas mes vues en particulier, mais celles de pratiquement tous ceux qui réfléchissent aujourd'hui.

— Tu parles ! » lui lança sans élégance excessive Stella, qui fila dans sa chambre.

En supposant que le Dr Fielding avait été appelé à l'extérieur avant le petit déjeuner, Mary avait vu juste. Il n'était pas encore revenu quand Beecher téléphona et Stella aussi bien que Guy avaient pris leur bain et s'étaient habillés lorsqu'il arriva aux Peupliers. Miss Matthews, qui se remettait de sa crise de larmes, était elle aussi habillée et elle avait trouvé le temps non seulement d'appeler sa sœur aînée, Gertrude Lupton, mais de donner une multitude d'instructions à Mrs Beecher concernant l'utilisation ultérieure du poisson et des œufs déjà prêts pour un breakfast dont elle était sûre que personne ne voudrait. Instructions aussitôt annulées par Stella et Guy qui avaient faim, si bien qu'une altercation de première grandeur se développait au moment où le Dr Fielding arriva.

Grand, âgé d'une trentaine d'années, il avait des yeux gris très écartés et une bouche pleine d'humour. En entrant dans le hall, il échangea un regard avec Stella, qui s'avança aussitôt pour l'accueillir. « Oh, Deryk, grâce au ciel vous voilà ! dit-elle en lui prenant la main.

— Stella, pas au moment où ton oncle repose mort là-haut ! supplia Miss Matthews affolée, non pas que *moi,* je désapprouve, parce que je suis sûre que le cher Dr Fielding... Mais après tout ce que Gregory a dit... bien qu'il doive en juger tout autrement maintenant qu'il est de l'autre côté, probablement : je crois que c'est ce qu'ils font, bien que je n'aie jamais pu comprendre pourquoi. Oh, mon Dieu, que tout ça est embrouillant ! Si jamais j'avais pu m'imaginer que tout serait si difficile et déplaisant, j'aurais bien été la dernière personne au monde à souhaiter la mort de Gregory. C'est le canard, docteur. Je l'ai supplié de ne pas en manger, mais il a voulu en faire à sa tête et maintenant il est mort et il y a eu deux belles côtelettes d'agneau perdues, mangées à la cuisine ! De l'agneau anglais ! »

Le Dr Fielding, qui avait répondu à la pression des doigts de Stella, interrompit ce monologue en demandant à être conduit immédiatement dans la chambre de Gregory Matthews.

« Oh oui, répondit Miss Matthews en regardant autour d'elle d'un air égaré. Bien sûr, je devrais vous y mener moi-même ; seulement, il me semble que je ne pourrai plus jamais entrer dans cette pièce. Guy, c'est toi, l'homme de la maison, maintenant.

— Je n'ai besoin de personne, dit le médecin. Je connais le chemin. »

Beecher toussota discrètement et s'avança au pied de l'escalier. « Si vous voulez bien, docteur, je vais vous accompagner jusqu'à la chambre de Monsieur. »

Le Dr Fielding le regarda : « C'est vous qui avez trouvé Mr Matthews, je crois ? Certainement, montez. »

En haut de l'escalier, il trouva Mrs Matthews habillée d'une robe noire très seyante, qui l'accueillit d'une voix un peu plus expirante que d'habitude. Elle n'était pas de ses clientes, car elle n'avait confiance en aucun généraliste, mais en tant qu'homme (ainsi qu'elle le signalait fréquemment), elle le trouvait fort bien. Désormais, l'opposition de Gregory Matthews ayant été ainsi sommairement éliminée, elle était même disposée à l'accepter comme gendre. Il y avait donc comme un rien de sympathie complice dans le sourire dont elle le gratifia, en disant : « Stella vous a averti, je pense. Nous ne pouvons pas nous rendre compte encore — et c'est sans doute une grâce. Pourtant, quand je me suis éveillée ce matin, j'ai eu comme un pressentiment. Bien difficile à décrire plus précisément. Mais je crois que les personnes qui ont les nerfs fragiles, comme c'est mon cas, hélas, sont plus sensibles que d'autres à... comment dirions-nous ?... l'atmosphère.

— Sans aucun doute, répondit le médecin, qui la connaissait depuis longtemps.

— C'est une crise cardiaque, bien sûr, à la suite d'une indigestion aiguë ; mon pauvre beau-frère était parfois très obstiné, comme vous le savez sans doute.

— Très obstiné, en effet, j'en ai bien peur. »

Il ne dit rien en voyant le corps étendu sur le lit, mais se pencha sur lui, les sourcils froncés. Beecher, resté immobile pendant cet examen, demanda au bout d'un moment : « Je suppose que la mort a été naturelle, docteur ? »

Le Dr Fielding se redressa vivement : « Avez-vous des raisons d'en douter ?

— Oh, non, docteur, seulement qu'il est terrible à voir, et puis ses yeux ouverts comme ça, je ne sais pas, mais ça n'a pas l'air bien.

— Si c'est tout, je vous conseille de ne pas répandre ce genre de rumeur. Il pourrait vous en coûter gros. » Le Dr Fielding reporta son attention sur le lit, acheva son examen et se redressa.

En lui ouvrant la porte, Beecher lui signala d'un ton plutôt vexé que le corps était froid quand il l'avait trouvé à huit heures. Le praticien hocha la tête et sortit sur le palier.

En bas, dans le hall, le groupe avait été renforcé par l'arrivée de Mrs Lupton, venue en auto avec son mari de leur propriété située de l'autre côté du Pâtis. De l'avis quasi général, la présence de Henry Lupton, petit homme à la moustache filasse et aux yeux bleu délavé perpétuellement inquiets, pouvait passer pour insignifiante, mais la personnalité de Gertrude Lupton faisait d'elle une visiteuse redoutable et redoutée. Âgée de cinquante-cinq ans environ, massive et raide comme un piquet, elle jugeait encore nécessaire de renforcer ses contours par des baleines dans tous les endroits possibles. Elle en glissait même dans les cols de tulle qui lui gainaient invariablement le cou. Ses chapeaux avaient toujours de larges bords et des fonds très hauts, sa poudre était légèrement teintée de mauve. Elle était la plus proche de Gregory par l'âge et le caractère. Tous deux ressemblaient étrangement à des rouleaux compresseurs dans leur comportement vis-à-vis de leurs semblables, mais alors que Gregory était sujet à des crises de rage impressionnantes, personne n'avait jamais vu Gertrude perdre un iota de son implacable sang-froid.

Elle était parfaitement calme ce matin-là aussi, bien qu'en proie à quelque émotion puissante. Debout au milieu du hall, une main appuyée sur une table à abattants, elle émettait pour l'heure diverses déclarations énergiques. Le Dr Fielding, qui s'était arrêté un instant sur le palier, l'entendit tarir d'un coup la volubilité de Harriet en enjoignant rudement à la pauvre demoiselle de se contrôler, puis annihiler Mrs Matthews, qui avait eu l'imprudence de répéter l'histoire de sa prémonition en disant : « J'ai une particulière aversion pour ce genre de sornettes et je dois dire que je les considère très déplacées de la part d'une personne qui n'avait aucun lien de parenté avec mon pauvre frère. J'espère sincèrement, Zoé, que vous renoncerez à toute tentative pour occuper le premier plan dans cette malheureuse affaire, bien que je sois obligée d'avouer, d'après ce que je connais de vous, que cela vous ressemblerait extrêmement d'essayer de vous mettre en vedette par tous les moyens. »

Jamais Mrs Matthews n'avait paru aussi près d'être confondue que par cette franchise brutale.

Descendant l'escalier, le médecin se dit qu'il fallait qu'elle eût un fameux contrôle d'elle-même pour pouvoir répondre avec une charité inentamée : « Ah, ma chère Gertrude, j'ai bien peur que vous autres femmes fortes ne compreniez pas toujours les pauvres petites personnes aux nerfs fragiles comme moi. »

A quoi Mrs Lupton répliqua, écrasante : « Je vous comprends parfaitement et je peux même dire que je vous ai toujours comprise. » Puis, se rendant compte de l'arrivée du médecin, elle pivota pour lui faire face : « Dr Fielding, je suppose. Mon frère m'a parlé de vous. »

Son ton laissait entendre qu'elle n'avait rien appris de bon et le jeune homme répondit assez sèchement : « C'est bien possible. Je soignais Mr Matthews depuis un certain temps. »

Elle l'examina de la tête aux pieds. « Et à votre avis, demanda-t-elle, qu'est-ce qui a causé la mort de mon malheureux frère ?

— A mon avis, répondit Fielding, avec un rien de sarcasme, votre frère est mort d'une syncope.

— Grand Dieu, qu'est-ce que c'est que ça ? demanda Stella, sortie de la salle à manger dès qu'elle avait entendu la voix du médecin.

— Vous m'obligeriez, dit Mrs Lupton comme si sa nièce n'avait pas existé, en vous montrant plus précis.

— Certainement, répondit le Dr Fielding. Votre frère, comme vous le savez certainement, avait une hypertension sévère, liée à une légère affection vasculaire du...

— Je n'ignore pas que vous traitiez mon frère pour des troubles cardiaques, interrompit Mrs Lupton, mais tout ce que je peux dire, c'est que s'il avait le cœur faible, c'était bien le seul de la famille. Je ne l'ai jamais cru. Nous avons une hérédité extrêmement saine. Je suis bien certaine que chez nous, on n'a jamais songé à une histoire comme un cœur faible.

— Peut-être pas, dit Fielding, mais le fait demeure. Votre frère avait ce que vous appelez un cœur faible. Je l'ai maintes fois mis en garde contre les dangers des émotions violentes et d'un régime mal approprié ; or, comme il négligeait invariablement les avis que je lui donnais, il ne fait guère de doute pour moi que sa mort est due à une syncope très probablement provoquée par une indigestion aiguë.

— Le canard ! s'exclama Miss Matthews.

— Oui, ma bonne amie, dit Mrs Matthews, réconfortante. J'avais bien pensé sur le moment que ce n'était pas très sage de votre part d'avoir prévu du canard, mais je me suis fait une règle de ne jamais intervenir dans votre domaine. Si l'on avait pu prédire le résultat !

— Qu'est-ce que votre frère a mangé au dîner hier soir ? demanda le médecin.

— Du canard rôti, répondit Miss Matthews d'un ton lamentable. Ça ne lui réussissait jamais et il y avait deux superbes côtelettes d'agneau qu'il n'a pas voulu toucher. Je ne peux pas y penser.

— J'ai bien peur, en effet, dit Mrs Matthews pour attirer de nouveau l'attention de Fielding, que le dîner d'hier soir n'ait pas été très indiqué pour quelqu'un qui avait des problèmes de digestion. Il y avait un cocktail à la langouste déjà...

— Ah, mais oncle Greg n'en a pas pris, coupa

Stella. C'est-à-dire, il en a pris une bouchée et puis il a dit qu'il n'était pas propre à la consommation humaine.

— Mon enfant chérie, ne m'interromps pas, dit sa mère. Et des soles avec une sauce *assez* riche, docteur, et un canapé au fromage que j'ai toujours considéré comme extrêmement indigeste.

— Voilà exactement le genre de menu mal choisi que je m'attendais à te voir commander, Harriet, dit sévèrement Mrs Lupton, mais c'est bien la première fois que j'entends parler d'ennuis digestifs pour Gregory. Mon impression personnelle, c'est qu'il y a beaucoup d'inconnues là-dessous, et j'exige de voir le cadavre de mon frère immédiatement. »

Mrs Matthews frémit et ferma les yeux. « Je vous en prie, dit-elle faiblement. Pas ce terrible mot.

— Je ne supporte pas ce genre de sentimentalité, dit Mrs Lupton. Je suis d'avis d'appeler les choses par leur nom et si vous pouvez me dire que mon malheureux frère n'est pas un cadavre, je vous en serai très reconnaissante. Henry, je monte à la chambre de Gregory. Venez avec moi. »

Henry Lupton, resté jusqu'alors discrètement à l'arrière-plan, dit : « Mais oui, chère amie, bien sûr » et se lança pour suivre son épouse non sans avoir lancé un coup d'œil un peu penaud dans la direction du Dr Fielding.

Personne ne dit mot tant que le couple fut à portée de voix. Le médecin regardait Stella avec un petit sourire triste ; Mrs Matthews, l'air résigné, s'était laissé tomber dans un fauteuil ; Harriet, dont les lèvres ne cessaient de remuer en signe de communion avec elle-même, éclata soudain, indignée : « Je ne lui pardonnerai jamais, jamais. Voilà quarante ans que je commande des repas pour Gregory et jamais aucun ne l'a tué ! Alors, pourquoi celui-là ? Pourriez-vous me le dire ?

— Ah, Harriet, fit Mrs Matthews en secouant tristement la tête.

— Et ne me répétez pas " Ah, Harriet ! " coupa Miss Matthews. Si quelqu'un l'a tué, c'est vous avec tous ces soucis et ces complications à propos de Guy... et d'ailleurs à propos de Stella aussi, maintenant que j'y pense.

— Oh, Deryk, murmura Stella, nous sommes une famille horrible. »

Leurs doigts se rencontrèrent et se serrèrent un bref instant.

« Je voudrais bien que vous ne racontiez pas toutes ces idioties, s'exclama soudain Guy, sur le seuil de la salle à manger. La cause de la mort saute aux yeux. Personne n'a tué oncle Greg.

— Je crois que si quelqu'un prononce encore une fois le mot de canard, je vais hurler », dit Stella.

Le bruit d'une porte qui se fermait au premier les avertit du retour de Mrs Lupton. Elle descendit l'escalier les lèvres serrées, sans dire un mot jusqu'à ce qu'elle soit arrivée dans le hall. Là, elle émit une sorte de sifflement et dit avec une violente émotion : « Terrible ! Je suis choquée au-delà de ce que je peux exprimer par ce que j'ai vu. Mon pauvre frère !

— Oui, vraiment, dit Henry Lupton, l'air plus malheureux que jamais.

— Voilà qui peut suffire, Henry. Les paroles n'arrangeront rien. » Elle tourna son regard dur vers le médecin. « Dois-je comprendre que vous avez l'intention de délivrer le permis d'inhumer ? »

Il la regarda, sourcils froncés, un rien d'inquiétude dans les yeux. « En tant que médecin...

— Pas de ces sornettes médicales ! dit Mrs Lupton. J'exige que l'on demande un autre avis. »

Un silence atterré tomba, rompu par Mrs Matthews. Sa voix détonnait un peu, bien qu'elle parlât toujours avec son habituelle suavité. « Chère Gertrude, vous êtes bouleversée, ce qui n'a rien d'étonnant. Je suis sûre que vous n'avez pas l'intention de blesser qui que ce soit.

— Je ne me soucie de la sensibilité de personne, rétorqua Mrs Lupton. Et je répète que je veux avoir un second avis.

— Vous souhaiteriez peut-être, dit le Dr Fielding en la regardant bien dans les yeux, que je signale la mort de votre frère au coroner ?

— Oui, répondit Mrs Lupton. C'est précisément ce que je souhaiterais, Dr Fielding. »

CHAPITRE II

Pendant une minute, personne ne souffla mot. Impossible de ne pas comprendre à quoi tendaient les paroles de Mrs Lupton, mais il fallait un peu de temps pour que leur sens apparût pleinement. Chacun la regardait bouche bée, sauf le médecin, qui fixait toujours la surface brillante de la table, tête penchée.

Harriet, toujours très agitée, fut la première à retrouver la parole : « Tu peux tout aussi bien dire tout de suite que je l'ai empoisonné ! Je suis même étonnée que tu ne l'aies pas encore fait. Pour ce qui est de tenir une maison, tu crois peut-être que tu es bien plus forte que moi. Mais tout ce que je peux dire, c'est que j'aurais honte du gaspillage qu'il y a chez toi. Et si tu crois que j'ai donné du canard à Gregory pour le tuer, il y a des côtelettes pour prouver que ce n'est pas vrai !

— Non, elles n'y sont plus, dit Stella d'une voix incertaine. Mangées à la cuisine. »

Mrs Matthews sortit un étui de son sac, prit une cigarette avec des doigts tremblants et l'alluma. « Stella, je t'en prie. »

Guy avança de quelques pas : « Vous voulez dire que vous réclamez une autopsie ? Quelle foutaise ! Et j'aimerais bien savoir de quel droit vous arrivez ici en terrain conquis pour vous mêler de ce qui ne vous regarde pas. Maintenant que mon oncle est mort, je suis le maître de cette maison et...

— Non, mon cher Guy, tu ne l'es pas, répliqua sa tante, imperturbable. Je ne doute pas que tu aimerais bien te voir en chef de famille, et je n'ignore rien des machinations auxquelles tu t'es livré avec ta mère pour amener ton oncle à te désigner comme héritier, mais je ne sache pas qu'il l'ait jamais fait. Les choses étant ce qu'elles sont, il est de mon devoir de te rappeler que pour l'heure, le chef de cette famille est ton cousin Randall. »

Guy rougit de colère. « De toute manière, ce n'est pas vous et vous n'avez aucun droit...

— Si Randall est traîné dans cette affaire, je cède la place immédiatement, dit Stella dégoûtée. Je peux avaler beaucoup de choses, mais pas Randall. D'ailleurs, si quelqu'un a empoisonné oncle Greg, je croirais volontiers que c'est lui.

— Voilà, décréta Mrs Lupton, une remarque stupide que tu regretteras, j'en suis persuadée, quand tu auras pris le temps de réfléchir. Je ne défends pas Randall. Loin de là. Mais l'accuser d'avoir empoisonné votre oncle est absurde. Il n'a pas mis les pieds à Grinley Heath depuis dimanche dernier.

— Est-ce que nous ne sommes pas tous un peu énervés ? coupa Mrs Matthews très doucement. Personne ne pense sérieusement que le pauvre Gregory soit mort d'autre chose que d'une indigestion violente, n'est-ce pas ? S'il y avait la moindre raison de soupçonner la malveillance, je serais la première à réclamer des investigations complètes. Mais je suis sûre que personne ne pouvait souhaiter sa mort et vraiment, Gertrude, quand je pense à tout ce qu'ont de pénible des... des enquêtes publiques... et les autres choses...

— J'ose espérer que je ne suis pas quelqu'un à reculer devant les désagréments, annonça Mrs Lupton, et quand vous dites que personne ne pouvait vouloir la mort de Gregory, je me permets d'avoir une tout autre opinion. Comprenez bien que je n'accuse personne. Mais je n'ignore pas les dissensions qu'il y avait dans cette maison et je ne peux m'empêcher de constater, si pénible que soit cette idée, que sa mort bénéficie à plusieurs personnes. »

Entrant inopinément dans la discussion, son mari toussota et dit nerveusement : « Vraiment, ma bonne amie, je trouve que nous devrions suivre l'avis du médecin. Vous ne voulez pas déclencher une manière de scandale, n'est-ce pas ? Vous n'aimeriez pas du tout être mêlée à — hum, ce genre de publicité, vous savez.

— Permettez-moi de savoir ce que je veux, Henry, vous serez bien bon, dit Mrs Lupton, glaciale. Au moins, ni vous ni moi ne pouvons avoir le moindre sujet d'inquiétude. »

Henry eut l'air un peu effrayé et dit : « Non, bien sûr que non, mais ne vaudrait-il pas mieux prendre le temps de la réflexion avant d'intervenir ?

— Deryk, vous ne pensez pas qu'il ait été empoisonné, n'est-ce pas ? » demanda Stella, anxieuse.

Fielding lui sourit brièvement : « Non, je ne le crois pas. Mais si Mrs Lupton estime qu'il y a place pour un doute, je préfère naturellement qu'on pratique une autopsie. » Regardant Mrs Lupton, il ajouta : « En ce qui me concerne, je n'ai aucune objection à ce que l'affaire soit remise entre les mains du coroner.

— Eh bien, moi, je trouve qu'il y a toute sorte d'objections, dit Guy, furieux. Tout le monde sauf tante Gertrude est parfaitement satisfait de votre diagnostic, et je ne vois absolument pas pourquoi il faudrait découper oncle Greg en petits morceaux et laver plein de linge de la famille en public. Bien entendu il n'a pas été empoisonné, mais de l'instant où il y aura une autopsie et une enquête publique, les gens se mettront à causer et à dire qu'il n'y a pas de fumée sans feu, et la vie sera infernale.

— Guy a parfaitement raison, affirma sa mère. Et l'on ne peut s'empêcher de se demander si c'est tout à fait ce que le pauvre Gregory aurait souhaité.

— Sûrement pas, déclara Miss Matthews avec beaucoup d'assurance. Il disait qu'il ne voulait plus rien avoir à faire avec les médecins. Et ce n'est pas non plus ce que moi je souhaiterais, bien que personne ne tienne compte de mes sentiments dans cette maison, ni maintenant ni jamais ! Je sais ce qu'il en sera. Nous serons tous obligés de répondre à des questions qui n'auront rien à voir avec l'affaire, et de toute façon, personne ne pouvait vivre sous le même toit que Gregory sans se quereller avec lui. Et pour ma part, je leur dirai très franchement que c'était Gertrude qui se disputait le plus souvent avec lui à la nursery, ce qui est parfaitement vrai, comme le pauvre Hubert et le pauvre Arthur pourraient en témoigner s'ils étaient encore de ce monde ! » Cette allusion fortuite à ses deux frères morts provoqua une nouvelle crise de larmes. Elle tira un vaste mouchoir de sa poche et renifla dans ses profondeurs en disant : « Si seulement j'avais un homme vers qui me tourner ! Mais mes frères sont tous morts, même Mr Rumbold est parti, et vous pouvez me rabaisser et m'humilier comme vous voulez.

— Ne sois donc pas ridicule, Harriet, dit sa sœur. Personne ne te soupçonne d'avoir eu quoi que ce soit à voir avec tout ça.

— C'est toi qui le dis, rétorqua l'intéressée, mais moi je suis bien sûre qu'ils vont rendre le canard responsable et qu'ils ne croiront pas un mot au sujet des côtelettes ! Ou alors ils s'en prendront au pauvre Guy, parce que son oncle allait l'expédier en Amérique du Sud, ce qui était bien de Gregory, et si Guy l'avait tué, il aurait eu une excuse. Et je leur dirai ! Guy est le seul de vous tous qui a un peu d'affection pour sa pauvre vieille tante et je suis persuadée que tu fais tout ça par pure méchanceté, Gertrude ! »

Après avoir lancé cette diatribe, Miss Matthews, complètement anéantie, se mit à sangloter bruyamment en repoussant sœur et beau-frère avec une telle vigueur qu'il revint à Guy et Stella de l'escorter jusqu'à sa chambre. Guy s'acquitta de la part qui lui revenait dans ce transfert sans donner une impression de tendresse bien marquée, cependant que Stella faisait ouvertement des grimaces au Dr Fielding. Elle dut rester avec l'affligée jusqu'à ce que celle-ci eût recouvré un calme relatif et quand elle put redescendre dans le hall, le médecin était parti et Mrs Matthews disait au revoir aux Lupton sur le perron.

Stella trouva son frère dans la bibliothèque en train de téléphoner à Nigel Brooke, avec qui il avait conclu, l'année précédente, un partenariat précaire.

La vocation de ce dernier était la Décoration d'Intérieur et, comme Guy unissait un penchant pour l'art à une profonde vénération pour Mr Brooke, de quatre ans son aîné, il n'avait eu aucune peine à découvrir la même chez lui. L'un et l'autre fils uniques de veuves, ils différaient en ce que Nigel avait la libre disposition de son héritage, tandis que le peu d'argent laissé par Arthur Matthews était administré par la veuve et le frère aîné de celui-ci, Gregory. Le partenariat était dû à l'habileté avec laquelle Zoé Matthews avait manipulé son beau-frère, qui aimait les jolies femmes et ne savait à peu près rien, à l'époque, des capacités de son neveu. Il s'était laissé circonvenir et avait mis un millier de livres comme part de Guy dans l'affaire nouveau-née. Depuis ce jour-là, il avait eu maintes occasions d'apprécier la valeur de son neveu et le résultat de cette étude n'avait pas traîné : comme on le priait de faire une nouvelle avance pour soutenir le destin chancelant de la maison Brooke & Matthews, il avait contre-attaqué par l'offre d'une relation d'affaires qui avait un poste vacant pour un jeune homme dans les bureaux de sa plantation de caoutchouc au Brésil. Les enjôlements, voire les pleurs de la Jolie Femme n'avaient pu le faire fondre. Traitant son neveu de bon à rien, il avait proclamé avec une inutile violence son ardent désir de se débarrasser de lui et, peut-être pour la première fois de sa vie, Zoé Matthews constata qu'elle ne pouvait arriver à ses fins. Son seul moyen de satisfaire l'ambition de son fils et de le garder auprès d'elle eût été de vendre une partie de son propre capital pour le lui donner, mais comme ses revenus étaient déjà loin de suffire à ses besoins, cet expédient était bien entendu hors de question.

Elle ne l'envisagea même pas. Elle ne laissa pas non plus son ressentiment apparaître aux yeux de Gregory, car c'eût été très stupide et aurait pu conduire à la perte d'une installation extrêmement confortable, pour laquelle elle n'était pas censée donner un sou. Certes, la cohabitation avait ses inconvénients. Elle n'était pas chez elle et la présence de sa belle-sœur était une constante irritation, mais comme la pauvre Harriet représentait l'exacte antithèse de tout ce que Gregory appréciait chez une femme, il n'était pas difficile d'obtenir le soutien de celui-ci dans tous les désaccords qui pouvaient surgir avec la vieille demoiselle. La patience et une inaltérable douceur avaient atteint leur but ; après cinq ans de séjour aux Peupliers, Zoé Matthews était parvenue à être, sinon la maîtresse des lieux, du moins l'invitée très chère dont le confort devait être la considération première pour tous. « Quelle femme impitoyable, ma chère tante Zoé ! » avait murmuré un jour Randall Matthews en glissant un regard malicieux entre ses longs cils.

C'était précisément à lui que pensait Stella en attendant que son frère achève de converser avec Nigel Brooke. Quand il eut enfin reposé l'appareil, elle lui demanda abruptement :

« Tu crois que notre oncle a tout laissé à Randall ?

— Tu penses bien que oui. La plus grosse partie du moins, répondit Guy. Randall manœuvre pour ça depuis des mois, si tu veux mon avis — avec ses visites continuelles pour faire du plat à l'oncle. Il n'a jamais été aussi attentionné de sa vie. C'est tout de même bougrement injuste ! J'arrive d'Oxford, je me trouve un boulot illico et lui, tout ce qu'il fait c'est de glisser quelques tours de valse avec des airs exténués en dépensant une bonne pincée de fric (parce que l'oncle Hubert lui a laissé un joli magot, d'après ce que m'a dit tante Harriet). Il n'en fiche pas une secousse, il n'essaie même pas. Ça me rend malade ! D'ailleurs, c'est la rosse intégrale. »

Stella alluma une cigarette. « Je suppose qu'il ne va pas tarder à apparaître. Pour dire des horreurs à tout le monde d'une voix suave. Tu crois qu'oncle Greg aura laissé un peu d'argent à Maman ?

— Oui, j'en suis pratiquement sûr, répondit Guy avec assurance. En fait, le principal, c'est que maintenant, elle est ma seule tutrice et que je pourrai continuer à travailler avec Nigel. » Il plissa le front. « Tout irait bien sans ce vieux colis de tante Gertrude. Je me demande bien ce qui lui a pris de fourrer son sale nez là-dedans.

— La jalousie, dit négligemment Stella. Elle croit sans doute que Maman retire plus qu'elle de la mort d'oncle Greg. Bien sûr, c'est bassinant, mais enfin, je pense que ça n'a pas grande importance — l'autopsie, je veux dire.

— Ah, tu crois ça ! fit Guy avec une amertume considérable. Eh bien, pour une fois dans sa vie, tante Harriet a mis dans le mille ! On va avoir la police sur le dos, elle nous cuisinera, elle nous harcèlera, elle nous posera des questions bougrement gênantes et si c'est ton idée d'une partie de plaisir, ça n'est pas la mienne ! Tout le monde sait que j'ai eu une engueulade monstre avec oncle Greg au sujet de son stupide projet sud-américain, et quand la police sera au courant, je me trouverai dans de beaux draps ! »

Peu impressionnée, Stella fit tomber la cendre de sa cigarette sur le tapis. « Mais s'ils ne trouvent pas de poison dans le cher oncle, ils ne nous demanderont rien du tout.

— Ouais, et s'ils en trouvent ?

— Ils n'en trouveront pas. » Elle releva brusquement la tête. « Seigneur, tu ne crois pas... tu ne crois pas vraiment qu'il a été tué ?

— Non, bien sûr. Mais enfin, il faut envisager le pire. Moi, je ne crois pas qu'il l'ait été, mais cet abruti de Fielding n'avait pas l'air trop sûr.

— Ça te gênerait beaucoup de ne pas traiter Deryk d'abruti ? Il se trouve que je vais l'épouser.

— Eh bien, tu passeras un joyeux moment à expliquer ça aux bourres, répliqua Guy. Et tu pourras aussi leur dire ce qu'oncle Greg en pensait, sans oublier surtout le couplet sur la clinique pour alcoolos.

— Ferme-la, s'écria Stella, furieuse. Ça n'est pas la faute de Deryk si son père buvait !

— Non, mais c'est sûrement son malheur, ironisa Guy. Surtout si l'on apprend que notre oncle, avec son goût bien connu pour le badinage léger, avait menacé de bouffer le morceau au cas où Fielding continuerait à te courser. »

La main de Stella tremblait en portant la cigarette à ses lèvres, mais elle se contint et se contenta de dire : « Je suppose que tu ne peux pas t'empêcher d'être vulgaire aussi bien que méchant.

— Vulgaire peut-être, mais sûrement pas méchant, répliqua Guy. Je te signale simplement ta position. Moi, je ne blâme pas du tout Fielding d'avoir un père porté sur le cruchon, mais si tu crois que le patelin accueillera cette intéressante particularité avec un bon sourire, tu peux repasser. Il n'aurait pas lourd de clientèle à l'heure qu'il est, si oncle

Greg l'avait balancé. Ça n'est pas comme s'il était grenouillard lui-même. Il en est loin, en fait.

— Tu n'es qu'un sale petit mufle cafard ! explosa Stella, les joues brûlantes. Si tu veux insinuer que Deryk a empoisonné notre oncle, je peux te dire que je te soupçonnerais bien avant lui.

— Ah oui, c'est comme ça ? répliqua Guy, soudain furieux. Merci beaucoup ! Eh bien, je ne l'ai pas empoisonné et je te conseille de ne pas insinuer que je l'ai fait, parce que si tu te permets ce genre de foutaises, j'aurai pas mal de petites choses à dire sur ton cher Deryk ! Tu as compris ?

— Si tu crois que je... » Stella s'arrêta net, le fixant avec rage. Puis elle eut un petit rire tremblé : « Pourquoi diable as-tu commencé cette dispute idiote ? A t'entendre, on nous croirait sûrs qu'oncle Greg a été empoisonné, alors que tu sais très bien qu'il n'y a pas un mot de vrai.

— Oui, bien sûr, répondit Guy, sa colère aussitôt évaporée. Absolument rien. Désolé. Je ne voulais pas être insultant. Seulement, s'il y a des difficultés, il faut qu'on fasse bloc, tous les deux.

— Qu'est-ce qui va se passer ? demanda Stella après un silence. Tante Gertrude a appelé la police ?

— Non, c'est Fielding qui va contacter le coroner. Ils viendront prendre le corps, et je pense que nous ne saurons rien avant un jour ou deux. J'ai demandé à Fielding et il m'a dit qu'il faudrait expédier les organes au ministère de l'Intérieur, ou quelque part ailleurs. J'ai téléphoné au notaire d'oncle Greg, à propos ; donc, il va certainement débarquer avec le testament. Personnellement, je ne vois pas pourquoi je n'irais pas gratter comme d'habitude. »

Zoé, qui entrait dans la pièce à cet instant, entendit la dernière remarque de son fils, et, affectueuse mais réprobatrice, lui fit un sermon sur le respect dû aux morts. Quand elle constata que l'effet produit était pratiquement négligeable, elle le supplia d'avoir égard aux émotions qui la bouleversaient. Se rendant compte que sa mère allait s'étendre tristement sur la solitude du veuvage, Stella se glissa hors de la pièce et grimpa au premier, où elle rencontra Miss Matthews qui avait provisoirement oublié ses malheurs en découvrant que la fenêtre de la salle de bains de Gregory, laissée ouverte, avait précipité et brisé dans le lavabo un flacon presque plein de son remède.

« Qu'est-ce que ça peut faire ? demanda Stella, agacée. Vous ne pouvez pas utiliser le fortifiant d'une autre personne ?

— Non, mais le pharmacien rembourse toujours quelque chose sur les bouteilles », répliqua sévèrement Miss Matthews.

Stella regarda avec un léger dégoût l'assortiment d'objets hétéroclites rassemblé par sa tante, se demandant comment on pourrait envisager la mort avec quelque gravité quand la famille se comportait de la sorte. Tante Harriet avait triomphalement récolté chez son frère les éponges et les gants de toilette (très commodes comme chiffons à poussière), une savonnette, deux brosses à dents (irremplaçables pour nettoyer les pièces d'argenterie ciselées), un tube de pâte dentifrice à peine entamé (qu'elle se proposait d'utiliser dès que le sien serait fini), une bouteille d'eau dentifrice et un luffa.

« J'ai pensé que Guy aimerait peut-être le luffa,

annonça Miss Matthews. Il est d'excellente qualité. Il y a aussi un bout de savon à barbe.

— Si vous voulez mon avis, vous ne lui proposerez pas, dit Stella. Il est un brin dégoûté.

— Il n'y a rien que je déteste autant que le gaspillage », déclara Miss Matthews.

Ses activités durant le reste de la matinée furent surprenantes. Après avoir commandé du mouton froid et du riz au lait pour le déjeuner en assurant à Mrs Beecher, navrée, que personne ne ferait attention au menu un jour pareil, elle annonça son intention de faire faire à fond la chambre de son frère. Le corps venait tout juste d'être emporté par l'ambulance qu'elle ordonnait à Rose et Mary d'attaquer la besogne de purification. Rose fondit aussitôt en larmes en disant qu'elle ne pourrait pas entrer dans la chambre de Monsieur, mais Miss Matthews, oubliant ses affres récentes, lui dit de ne pas faire la sotte, de réunir tout le linge sale et de le mettre dans la panière réservée à cet usage. Rose donna immédiatement ses huit jours et se retira en sanglotant. Mrs Matthews, venue suggérer que tous devraient passer le reste de cette malheureuse journée dans le silence et la méditation, fut vertement informée que s'il y avait une tâche à remplir, sa belle-sœur n'était pas d'avis de la remettre. Elle s'éclipsa en pleine déroute ; puis Guy, qui était occupé à dessiner une cheminée pour une maison à Dorking, ayant carrément refusé de méditer avec sa mère, et Stella étant introuvable, elle abandonna toute idée de contemplation et ordonna au chauffeur de la conduire en ville pour acheter des vêtements de deuil.

Quand Miss Matthews, fort occupée à inspecter les costumes de Gregory (en vue de les vendre) eut vent de cette initiative, elle eut toutes les peines du monde à se contenir. Aller à Londres dans le dessein exclusif autant que terre à terre de gaspiller de l'argent à acheter des toilettes lui parut être le summum de l'insensibilité. « Après toutes ces histoires sur la nécessité d'occuper notre esprit à des considérations élevées ! Une belle façon de méditer ! Et puis je voudrais bien savoir de quel droit elle prend la voiture sans m'en dire un mot ! » Cet aspect de la question ne tarda pas à l'emporter sur tous les autres et elle passa sa matinée à parcourir la maison en marmonnant. Parvenue à un degré d'agitation extrême au moment du déjeuner, elle annonça à son neveu et à sa nièce qu'elle n'aurait pas un instant de repos tant qu'elle n'aurait pas vu le testament de Gregory et que tout ne serait pas réglé définitivement.

Un regard au gâteau de riz succédant au mouton froid suffit à faire fuir Stella. Elle annonça d'une voix mourante qu'elle ne se sentait pas capable de l'affronter et se rendit dans la maison voisine.

Le Dr Fielding, qui venait d'achever ses visites quand elle arriva, passait dans la salle à manger. La voyant entrer, il jeta le carnet qu'il était en train de compulser et bondit : « Stella, ma chérie !

— Je suis venue déjeuner, dit la demoiselle. Il n'y a que du mouton et du riz à la maison et je ne suis pas en état de les supporter. »

Il sourit : « Pauvre victime ! Jenner, mettez un couvert pour Miss Matthews. Asseyez-vous, ma chérie, et racontez-moi tout. La matinée a été difficile ?

— Atroce ! répondit Stella en acceptant un verre

de sherry. Assez pour faire regretter qu'oncle Greg soit mort. »

Fielding lui lança un regard d'avertissement : « Ah, je craignais que vous passiez des moments pénibles, dit-il. C'est bien, Jenner, nous allons nous débrouiller tout seuls. » Il attendit que le domestique fût parti, puis ajouta : « Stella, faites attention à ce que vous dites devant les gens. Il ne faut à aucun prix qu'on ait l'impression que vous souhaitiez la mort de votre oncle.

— Je ne la souhaitais pas, répliqua-t-elle. Je n'en avais même jamais envisagé la possibilité. Il n'était pas du genre qu'on s'attend à voir mourir, n'est-ce pas ?

— Je suis médecin, dit Fielding en souriant.

— Vous voulez dire que vous vous y attendiez ? Vous ne m'en avez jamais parlé.

— Non, je ne m'y *attendais* pas vraiment. Et d'ailleurs, si je m'y étais attendu, je ne vous en aurais pas parlé, ma très chère. »

Stella reposa sa fourchette et son couteau. « Deryk, je vous en prie, dites-moi une chose : croyez-vous que mon oncle ait été empoisonné ?

— Non, répondit-il. Mais enfin, s'il n'y avait pas de symptômes incompatibles avec une mort par syncope, je ne pouvais pas non plus, après un examen aussi superficiel, affirmer catégoriquement qu'il n'avait pas été empoisonné. »

Elle parut un peu troublée. « J'aurais joliment voulu qu'il n'y ait pas besoin d'une autopsie, remarqua-t-elle au bout d'un instant. Quoi que vous puissiez dire, je crois qu'au fond, vous craignez un tout petit peu qu'on trouve quelque chose.

— Je ne le crains pas du tout, répondit calmement

Fielding. J'espère que non, pour vous tous ; mais s'il y a le moindre doute, je veux qu'il soit dissipé ! »

Stella n'était toujours pas tranquillisée. « C'est assez épouvantable pour nous, je dois dire. J'espérais que vous ne céderiez pas à tante Gertrude. Vous n'auriez pas pu arrêter tout ça ? »

Il haussa les sourcils, un peu railleur. « Ma chère petite ! Et ma réputation professionnelle, qu'est-ce que vous en faites ?

— Je ne sais pas, mais vous aviez dit vous-même que vous étiez prêt à signer un certificat de décès. Je ne comprends pas que vous vouliez une autopsie. Et si on trouve du poison ? Tout le monde sait que vous avez eu une dispute terrible avec oncle Gregory à mon sujet et il me semble que la police va vous soupçonner de lui avoir donné du poison.

— Elle pourra soupçonner ce qu'elle voudra, dit froidement Fielding. Mais elle sera rudement maligne si elle arrive à prouver que j'ai administré du poison à votre oncle. Ne vous tracassez pas pour moi, Stella, je n'ai pas la moindre raison de craindre une autopsie.

— Bien entendu, je ne le pense pas une minute, ce n'est pas ce que je voulais dire. Mais il me semble que ça va être assez infect, ces histoires. La seule chose agréable, c'est que maintenant nous allons pouvoir nous marier sans être obligés de nous battre au couteau. Je ne crois pas que Maman s'en soucie vraiment. Elle est beaucoup plus attachée à Guy qu'à moi.

— Eh bien, voilà une chose *très* agréable au moins, dit-il en lui tendant la main à travers la table.

— Oui, parce que je hais les scènes. Je vous aurais

épousé malgré tout ce que mon oncle pouvait dire, mais maintenant qu'il est mort, c'est plus facile. »

Il se leva et passa derrière la chaise de la jeune fille. « Je vais sonner Jenner pour qu'il apporte la suite, dit-il en lui posant les mains sur les épaules, mais il faut d'abord que je vous embrasse. »

Elle leva le visage vers lui et, tandis qu'il se penchait, caressa la joue maigre du médecin. « Combien de jeunes filles avez-vous embrassées comme ça ? demanda-t-elle quand elle put.

— Des foules », répondit-il en riant.

Elle sourit, mais déclara sérieusement : « Je vous crois. Vous vous intéressiez beaucoup à Betty Mason, avant de penser à moi, n'est-ce pas ?

— Jamais !

— Oh, je ne vais pas piquer une crise de jalousie, lui assura-t-elle. Vous pouvez bien en convenir. Je crois que vous êtes assez du genre à faire des déclarations à toutes les filles qui ne sont ni louches ni bossues. J'en verrai probablement de toutes les couleurs quand nous serons mariés.

— J'ai plutôt l'impression que c'est moi qui en verrai de toutes les couleurs, fit-il, taquin.

— Ma foi je dois dire que je n'aimerais pas beaucoup vous voir filer avec une autre, maintenant que nous sommes fiancés, admit-elle.

— Je me tiendrai à carreau », promit-il en allant sonner.

L'arrivée de Jenner mit fin à la conversation. Il venait dire que deux patients attendaient le médecin.

« Qui ça ? demanda Fielding.

— Le petit Jones, docteur, et Mrs Thomas pour la jambe de sa fille.

— Ah bon. Dites-leur que je ne reçois pas avant deux heures. Retardez les pendules.

— Très bien, docteur.

— Ne vous croyez pas obligé de rester à cause de moi, dit Stella. J'allais m'en aller.

— Ce ne sont pas des gens qui comptent », dit-il légèrement.

Stella le regarda avec un rien de sévérité dans ses yeux candides. « Vous ne vous souciez pas que des gens qui comptent, j'espère, Deryk ?

— Bien sûr que non. Mais ces cas-là n'ont rien d'urgent. Encore un peu de crème ?

— Non, merci. Si c'est Mrs Thomas, de North End Cottages, je voudrais bien que vous y alliez. Elle a dit à tante Harriet que Minnie avait très peur de faire panser sa jambe et j'avoue que ça ne m'étonne pas. J'étais terrorisée chez le dentiste et il me faisait toujours attendre, ce qui n'arrangeait rien. »

Il se leva, repoussa sa chaise et dit d'un ton lugubre : « Vous êtes bien décidée à ne pas me laisser le moindre répit, je vois ça. Est-ce que j'aurai la permission de prendre un repas en paix quand nous serons mariés ?

— Oh oui, des tas », répondit-elle en lui envoyant un baiser.

Elle acheva son déjeuner seule et rentra aux Peupliers sans se presser. En remontant la grande allée, elle vit que tous les stores étaient baissés aux fenêtres de la façade et constata, une fois dans la maison, que cette situation était due à la main implacable de tante Gertrude, revenue accompagnée cette fois de sa fille cadette, Janet.

En raison des ténèbres qui régnaient dans la

bibliothèque et la salle à manger, la famille avait été obligée de s'installer dans le salon, vaste pièce froide et triste sur le derrière de la maison, meublée dans un style Louis XV aussi élégant qu'inconfortable. Mrs Lupton discutait avec sa sœur du meilleur usage à faire des vêtements de Gregory, cependant que Janet, jeune femme pâle et sérieuse de vingt-cinq ans, essayait de faire des remarques intelligentes sur le dessin de son cousin Guy pour la maison de Dorking. Stella s'arrêta sur le seuil, projetant une fuite immédiate, mais son frère lui lança un regard suppliant et elle se dit qu'après tout, elle avait fait un très bon déjeuner pendant qu'il se régalait de mouton froid et de riz au lait. Elle s'avança donc dans la pièce en lançant : « Salut, Janet ! »

Mrs Lupton releva la tête, lèvres pincées. Trop équitable pour blâmer Stella d'être beaucoup plus jolie que ses deux filles, elle déplorait simplement de la voir s'abîmer la peau avec son maquillage et gaspiller l'argent de sa mère (ou plus probablement de Gregory) pour des vêtements ridiculement inappropriés. « Eh bien, Stella, dit-elle. Où es-tu allée, si l'on peut se permettre de le demander ?

— Dehors », répliqua celle-ci avec une regrettable brièveté.

Mrs Lupton se félicita intérieurement que ses filles n'eussent jamais songé à lui répondre avec une telle impolitesse. « Il me semble que tu aurais pu rester à la maison une journée, dit-elle. Et tu n'as rien de plus discret à mettre que cette robe ?

— Non.

— Tu pourrais en avoir une noire.

— Oh, si Maman y pense, elle m'en achètera peut-être une. »

Mrs Lupton se redressa vigoureusement dans son fauteuil. « Moins on parlera de l'expédition de ta mère et mieux cela vaudra », annonça-t-elle.

Guy releva la tête, une lueur furieuse dans l'œil : « Absolument ! » déclara-t-il avec une emphase marquée.

Janet, qui avait horreur des disputes, s'interposa précipitamment : « Tante Zoé a tant de goût. Moi, je ne sais jamais quoi acheter, mais il est vrai que je ne me soucie pas beaucoup de la toilette. Ni des bijoux d'ailleurs. C'est drôle, n'est-ce pas ? Parce que Agnès...

— Pas drôle, tragique, coupa Stella avec un sourire qui ôtait toute âcreté à ses paroles. Tu as une tête impossible avec ce chapeau.

— Oh, Stella, tu es épouvantable. Tu trouves, vraiment ?

— Oui, dit Guy, toujours fielleux.

— Je sais que c'est seulement pour me taquiner, mais ça ne m'ennuie pas. Presque tout est tellement plus important que les vêtements, tu ne trouves pas ?

— Non, dit Stella, et ça se voit. »

Janet persévéra : « Oh, je sais que tu ne le penses pas ! Guy m'a montré un dessin pour une cheminée. Je le trouve merveilleux. Je n'aurais jamais pensé à du marbre vert. Je ne suis pas vraiment artiste. Tu pousserais des cris d'horreur si tu voyais mes essais de dessin. En fait, c'est bizarre, parce que Agnès dessinait très bien et qu'elle a un goût excellent. A propos, Maman l'a appelée dès qu'elle a su et elle vous envoie toute son affection. Elle m'a chargée de vous dire la part qu'elle prend à votre chagrin. Elle serait bien venue, mais Bébé perce une dent et elle ne veut pas le laisser.

— Je vais faire un très beau cadeau de baptême à cet enfant », déclara Guy dans un élan de reconnaissance.

Janet gloussa : « Tu perds la tête ! Tu sais bien qu'il a été baptisé il y a des semaines, le trésor ! Il a six mois déjà. On ne peut pas le croire, n'est-ce pas ? »

Comme ni Stella ni Guy ne purent trouver une réponse adéquate, un silence tomba que Janet rompit en disant d'une voix assourdie : « C'est curieux, n'est-ce pas, qu'on ne puisse pas s'empêcher de parler de choses tout ordinaires, quotidiennes, même quand il vient de se passer quelque chose de terrible ? Je suppose que c'est parce qu'au début, on ne se rend pas vraiment compte.

— Non, je crois que c'est parce que l'oncle Gregory ne comptait pas pour nous, répondit Stella, l'air réfléchi.

— Oh, Stella, comment peux-tu ? s'exclama Janet, scandalisée.

— Mais c'est tout à fait vrai, dit Stella, menton appuyé dans les mains en calice et front plissé. Quand il était là, on sentait sa présence d'une part parce que c'était un vrai tyran et d'autre part parce qu'il avait une forte personnalité. Mais il ne comptait pas vraiment pour nous, parce que nous ne l'aimions pas.

— Je sais que j'ai toujours eu beaucoup d'affection pour lui », dit Janet, guindée.

Autre silence. La voix de Miss Matthews se fit entendre à l'autre extrémité de la pièce. « Toutes ces superbes brosses en ivoire aussi ! Avec GM sur le dos, ce qui fait que Randall ne peut pas les utiliser ; il est évident qu'elles reviennent à Guy. Et je trouve qu'il faudrait donner quelque chose de Gregory à Mr Rumbold.

— Je ne vois vraiment pas quel droit ce monsieur peut avoir aux affaires de Gregory, dit Mrs Lupton.

— Pas un droit exactement, mais c'est un ami si intime ! Il est venu s'installer ici quand Mrs Rumbold est allée voir sa sœur. Il fait vraiment partie de la famille et je suis sûre qu'il considère cette maison comme un deuxième foyer. Il jouait aux échecs avec Gregory, vous comprenez. Bien que ce soit très dommage qu'il ait épousé cette femme, ça, je n'en démordrai pas.

— Harriet, déclara crûment Mrs Lupton, tu es une dinde sentimentale et tu l'as toujours été.

— Je suis peut-être une dinde, dit Miss Matthews en rougissant d'indignation, mais je voudrais bien que Mr Rumbold soit ici, parce qu'au moins c'est un homme, lui, même s'il a épousé cette femme, et il pourrait me conseiller.

— J'ai une très piètre opinion des hommes, déclara Mrs Lupton, et je ne vois pas du tout pourquoi tu aurais besoin de conseils. On ne peut rien faire tant que le testament n'a pas été ouvert. Je suis persuadée que la lecture en sera extrêmement désagréable, mais au moins elle ne surprendra pas ceux d'entre nous qui ont vu ce qui se passait sous notre nez depuis cinq ans. »

Stella sentit qu'elle ne pouvait laisser passer le coup. « Oui, lança-t-elle de l'autre bout de la pièce. Maman disait aujourd'hui même qu'à son avis, oncle Gregory avait plus d'affection pour elle que pour ses propres sœurs. »

Mrs Lupton la regarda d'un œil froid. « Il est fort possible que ta mère ait dit cela, mais si elle s'imagine que ton oncle avait la moindre affection pour qui que ce soit en dehors de lui-même, elle est encore plus sotte que je ne croyais. » Elle se retourna vers sa sœur. « Est-ce que quelqu'un a songé à prévenir Randall de la mort de son oncle ? demanda-t-elle.

— Ce n'est pas à moi qu'il faut le demander, répondit Miss Matthews. J'ai eu bien trop de choses à faire.

— S'il y a une chose encore plus sûre que les autres, c'est que nous ne voulons pas de Randall ici, pour rendre la situation encore dix fois plus intolérable qu'elle l'est déjà, dit Guy.

— Tu dois connaître mon opinion sur Randall aussi bien qu'il la connaît lui-même, dit Mrs Lupton, mais il ne s'agit pas de sentiments personnels. Pour autant que nous le sachions, Randall est l'héritier de son oncle. Il est certainement le chef de la famille et il faut le prévenir.

— Je dois dire, risqua Janet comme une grande originalité, que je n'aime pas Randall. Je sais que c'est mal de ma part mais je n'y peux rien. C'est le genre de personne à laquelle je ne pourrais jamais me fier. Je ne sais pas pourquoi, vraiment.

— Oh, parce que c'est un serpent souriant, dit légèrement Stella. Glissant — et venimeux. »

La porte s'ouvrit et Beecher annonça : « Mr Randall Matthews. »

CHAPITRE III

« Enfer et damnation ! » dit Guy, distinctement.

Entra alors un beau jeune homme fort mince qui s'arrêta sur le seuil et parcourut l'assemblée d'un regard à la fois débonnaire et légèrement moqueur. Il était habillé avec un soin méticuleux et rien n'aurait pu être plus harmonieux que la symphonie composée par sa chemise, ses chaussettes de soie et sa somptueuse cravate. Silhouette extrêmement élégante, mains impeccablement manucurées, cheveux noirs de jais brossés en vagues que pas un souffle d'air n'avait troublées, dents blanches et régulières qui auraient pu servir de réclame à une pâte dentifrice. La bouche était un peu trop mince pour être parfaite et la moue trop sarcastique pour être plaisante, mais entre leurs longs cils les yeux avaient une couleur et un éclat remarquables. D'un bleu intense, très dur, ils étaient en général à demi cachés par des paupières tombantes et parfois déconcertants par leur brusque vivacité. Ce jour-là, tandis qu'il regardait les membres de sa famille les uns après les autres, ils étaient souriants et limpides.

« Mais quel bonheur pour moi ! dit-il d'une voix

douce comme le miel. Non seulement ma chère tante Gertrude, mais ma charmante cousine Janet. » Il s'avança, gracieux et plutôt félin, pour embrasser sa tante. « Ma chère tante ! Comme ce chapeau vous va bien !

— Tu trouves ? dit Mrs Lupton, sur ses gardes.

— Voilà des années que j'en suis convaincu », répondit-il doucement, et il passa à Miss Matthews. « Inutile de me dire combien vous êtes heureux de me voir. Je le lis sur vos visages expressifs. » Il examina Stella d'un œil critique et traversa indolemment la pièce pour s'approcher d'elle : « Oui, ma chère petite, cette robe n'est pas mal du tout, mais le foulard n'est pas du ton de gris qui convient et en plus il est noué avec une rare maladresse. Je vais te montrer. »

Stella repoussa la main tendue : « Non merci ! » Toujours souriant, il murmura : « Comme tu me détestes, n'est-ce pas ? Et Guy ? Comment vas-tu, petit cousin ? »

Guy, qui n'appréciait pas l'appellation, se contenta de le foudroyer du regard.

Mrs Lupton, encore furieuse du compliment à double tranchant, demanda sèchement : « Je présume que tu as appris la mort de ton oncle ?

— Oh, oui, dit Randall. Vous aurez remarqué que je porte un brassard noir. Je tiens toujours à observer les conventions. Et lequel d'entre vous, demanda-t-il en regardant aimablement à la ronde, est responsable de la mort du cher oncle ? Ou peut-être ne le savez-vous pas ? »

Cette question désinvolte provoqua une certaine tension, ce qui était peut-être l'objectif recherché. Mrs Lupton dit : « Ce n'est pas amusant, et le moment n'est pas aux plaisanteries de mauvais goût. »

Randall ouvrit les yeux très grands : « Chère tante, pensiez-vous que je plaisantais ?

— Si notre oncle a été empoisonné, ce que je ne crois pas un instant, déclara Stella, c'est toi qui avais de beaucoup le plus de raisons de le faire. »

Randall prit une cigarette dans un mince étui en or et l'alluma sans se presser. « C'est vrai, ma chatte, très vrai ; mais il ne faut pas oublier que j'étais à plusieurs kilomètres d'ici quand il est mort. Et pendant que je suis sur ce sujet, puis-je demander qui a lancé ce canard, savoir que mon oncle a été empoisonné ?

— Je suis responsable de l'autopsie, répliqua Mrs Lupton.

— Figurez-vous que je m'en doutais un peu, dit Randall.

— Je ne suis pas du tout convaincue que ton oncle soit mort d'une mort naturelle. Je n'accuse personne, je n'insinue rien, mais je serais étonnée que mes soupçons ne se révèlent pas fondés.

— Je sais que vous aimez appeler un chat un chat, ma tante bien-aimée, susurra Randall. Vous ne vous froisserez donc pas si je vous dis que je trouve votre intervention extrêmement indiscrète.

— Vraiment ?

— Et malavisée, ajouta Randall, pensif.

— Je ne me soucie pas...

— Et plus qu'un peu stupide. Mais enfin, il fallait s'y attendre.

— Tu seras peut-être intéressé...

— L'expérience, ma chère tante, me conduit à

répondre avec assurance que rien de ce que vous avez à dire n'a la moindre chance de m'intéresser. »

Pendant que Mrs Lupton cherchait convulsivement une réplique, Stella demanda avec curiosité : « Alors, tu ne crois pas qu'oncle Greg a vraiment pu être empoisonné, Randall ?

— Je n'en ai pas la moindre idée, répondit-il. La question m'intéresse presque aussi peu que les remarques de tante Gertrude.

— Bien sûr, je vois ce que tu veux dire, remarqua Janet. Mais s'il l'a été, je suis sûre que nous voulons tous tirer l'affaire au clair.

— Vraiment, ma chère petite ? demanda Randall plein de sollicitude.

— Eh bien... eh bien, tu ne voudrais pas qu'une chose pareille ne soit pas punie ?

— S'il y a le moindre doute, bien entendu, nous voulons qu'il soit dissipé, lança Guy en regardant Mrs Lupton d'un air de défi.

— Ce n'était pas ce que tu disais ce matin, répliqua-t-elle sèchement.

— Ne prêtez pas trop d'attention à Guy, tante Gertrude, dit Randall. Il essaie seulement de vous impressionner.

— Est-ce que tu veux insinuer que j'ai des raisons de vouloir étouffer l'affaire, animal ? demanda Guy, furieux.

— Ferme-la. Il essaie de te faire grimper à l'échelle. C'est tout », dit Stella. Elle soutint le regard ironique de Randall et lui demanda brutalement : « Pourquoi es-tu si hostile à une autopsie ?

— Oh, mais pas du tout ! protesta Randall. Je l'envisageais de ton point de vue, simplement.

— Du mien ?

— Oui, ma jolie, du tien, et de celui de Guy, et de tante Harriet, et même de ma subtile tante Zoé. Vous pouvez tous être très reconnaissants du décès si opportun de notre oncle. Voyons, Stella, tu n'aurais pas invité ton obligeant ami médical à signer le certificat de décès ? »

Elle rougit : « Le Dr Fielding n'avait pas besoin de mon intervention pour être parfaitement prêt à signer ce certificat. Aucun d'entre nous ne tenait à déclencher un scandale, sauf tante Gertrude.

— Bien sûr que non, appuya Guy. En fait, j'ai dit tout ce que j'ai pu pour l'empêcher.

— Alors, ne prends donc pas cette attitude papelarde, maintenant, petit cousin. Crois-moi, elle soulève le cœur. »

Miss Matthews, qui ne cessait depuis un moment d'ouvrir et de fermer la bouche comme quelqu'un qui attend la possibilité d'intervenir dans une conversation, s'exclama soudain : « Comment oses-tu dire que je souhaitais la mort de Gregory ? Je n'ai même jamais songé à une chose pareille. Je ne l'aimais peut-être pas beaucoup... » Elle s'interrompit en voyant le sourire de Randall s'élargir et lui dit en tremblant : « Tu es odieux ! Exactement comme ton père !

— Ma chère tante, dit Randall, vous n'aviez aucune affection pour notre oncle. Non plus que Stella, ou Guy, ou même ma subtile tante Zoé.

— Ou toi, lança Stella.

— Ou moi, en effet, acquiesça Randall, toujours aussi suave. En fait, je ne vois personne, à l'exception peut-être de tante Gertrude, qui ait eu de l'affection pour lui. En aviez-vous, tante Gertrude, ou était-ce seulement une question d'affinité ?

— Je sais bien que j'aimais beaucoup ce pauvre oncle Greg, dit fort imprudemment Janet.

— Que c'est touchant ! dit Randall. Mais tu es peut-être également sûre de m'aimer beaucoup ?

— J'essaie toujours de voir ce qu'il y a de meilleur dans chacun, répondit Janet avec un sourire radieux. Et je suis sûre que tu ne penses pas la moitié des choses que tu dis. »

Randall la regarda avec une vive répulsion. « Félicitations, Janet. Tes cousins essaient depuis des années de me faire taire et tu viens d'y parvenir avec une seule remarque inepte. »

Mrs Lupton intervint : « Puis-je te demander, Randall, si tu es venu ici uniquement pour te montrer blessant vis-à-vis de ma fille ?

— Certainement pas, répondit-il. Je suis venu pour satisfaire une curiosité somme toute bien naturelle.

— Tu veux dire, la mort de ton oncle ?

— Pas du tout. J'en étais déjà informé, de même que de l'autopsie imminente, par le notaire de mon oncle. J'étais curieux de voir comment vous vous comportiez en ce temps d'épreuve et pourquoi aucun d'entre vous n'avait eu l'idée de m'apprendre cette mort. »

Comme il regardait autour de lui en disant cela, Guy riposta aussitôt : « Parce que nous ne voulions pas que tu mettes ton nez partout pour créer des ennuis supplémentaires.

— Oh, j'espère bien que je n'ai pas fait une chose pareille ! dit Randall, sur un ton inquiet.

— En réalité, déclara Mrs Lupton, équitable, au moment où tu es arrivé j'étais en train de rappeler à ta tante Harriet qu'il fallait te prévenir. Cela dit, je considère que tu n'as pas lieu de te plaindre. Tu n'es pas plus concerné que les sœurs de Gregory, et ne t'imagine pas que tu as besoin de te donner des airs parce qu'il se trouve que tu es le chef de la famille aujourd'hui. Il sera bien temps quand nous saurons ce qu'il y a dans le testament de ton oncle. Ce qui me fait penser, Harriet, qu'il me faut voir avec Mr Carrington quel est le moment où il pourra venir ici. Normalement, ce serait aussitôt après l'enterrement, je pense, mais dans ce cas, j'estime que le plus tôt sera le mieux.

— J'en suis bien aise, dit Randall. Il sera ici après-demain. »

Mrs Lupton lui décocha un regard haineux. « Dois-je comprendre que tu as pris ces dispositions sans en dire un mot à qui que ce soit ?

— Oui », répondit Randall.

A ce moment, une interruption intervint qui fut plutôt la bienvenue. Mrs Matthews entra dans la pièce. Elle tendit une main gantée à Randall et dit : « J'ai vu ta voiture et donc pensé que tu étais ici. Janet aussi ! Une vraie réunion de famille. Je me demande si tu as pensé à commander du cake frais, Harriet ? Il me semble qu'il n'en restait pas beaucoup hier. Mais tu l'as sûrement fait. » Elle appuya un instant la main sur l'épaule de sa belle-sœur. « Pauvre Harriet ! Quelle triste, triste journée ! Et pour moi aussi.

— J'ai cru comprendre que vous étiez allée courir les magasins en ville », dit Mrs Lupton.

Mrs Matthews lui lança un regard douloureusement réprobateur. « J'ai acheté des vêtements de deuil, Gertrude... si l'on peut appeler cela courir les magasins.

— Je ne vois pas comment on pourrait appeler ça autrement », répliqua Mrs Lupton.

Randall conduisit Mrs Matthews jusqu'à un fauteuil. « Comme vous devez être lasse ! lui dit-il. Je trouve qu'il n'y a rien de plus éreintant que de choisir des vêtements.

— Oh, répondit Mrs Matthews, se laissant aller dans le fauteuil tandis qu'elle retirait ses gants, il s'agissait moins de choisir que de prendre la première chose appropriée. On se soucie bien peu de ce qu'on porte, dans des moments pareils.

— Vous avez une belle nature, chère tante Zoé. Mais je suis bien sûr que votre goût exquis n'a pas pu faillir, si écrasée que vous ayez été. »

Mrs Matthews le fixa de ses yeux expressifs et répondit gravement : « Pas écrasée, Randall, mais... comment exprimer cela... mélancolique, peut-être, et pourtant, non. Gregory était sans cesse dans mes pensées.

— Je vous en prie, Zoé, ne vous rendez pas ridicule avec cette façon de parler fausse et affectée, dit vivement Mrs Lupton. Vous aurez beaucoup de mal à me convaincre que Gregory a été dans vos pensées, comme vous dites, fût-ce pendant dix secondes.

— Et d'ailleurs, je me demande bien pourquoi il l'aurait été, ajouta Miss Matthews, indignée. J'ai passé toute ma vie avec lui et qui plus est il était mon frère, et s'il était dans les pensées de quelqu'un, c'était dans les miennes... et c'est bien le cas, parce que j'ai trié tous ses vêtements et je me demande si nous ne devrions pas envoyer la plus grande partie à une vente. Encore qu'il y ait un vieux pardessus qui ferait l'affaire du jardinier, et Guy serait sûrement bien content d'avoir l'imperméable neuf.

— Mes pensées étaient un peu différentes, ma chère Harriet, dit Mrs Matthews. Me trouvant à Knightsbridge, j'ai pris le temps d'entrer quelques instants à l'Oratoire. Quelle paix ! Il y avait quelque chose dans l'ambiance que j'aurais peine à décrire, mais qui semblait être juste ce qu'il me fallait.

— Ça devait être l'encens, suggéra Miss Matthews, dubitative. Personnellement, je ne l'aime pas, bien que Maman en ait fait souvent brûler dans le salon. Mais je me demande bien pourquoi vous êtes allée dans une église catholique.

— Moi aussi », dit Mrs Lupton.

Janet voulut démontrer sa largeur d'esprit. « Je crois que je comprends ce que vous voulez dire, tante Zoé. Il y a quelque chose dans ces endroits-là, encore qu'on ne puisse pas *approuver* les catholiques, bien entendu, mais j'imagine très bien ce que vous avez dû éprouver.

— Non, ma chère petite, tu es trop jeune pour comprendre, grâce à Dieu, répondit Mrs Matthews, dédaignant ce soutien bien intentionné. Tu ignores tout des aspects les plus sombres de la vie, et puisses-tu les ignorer toujours !

— Oh, Maman, gémit Guy, atrocement gêné.

— Si ces propos grossièrement outranciers se rapportent à la mort de Gregory, tout ce que je peux dire, c'est que je n'ai jamais entendu proférer pareilles sornettes de ma vie », déclara Mrs Lupton.

Randall leva un long doigt mince : « Chut, tante ! Tante Zoé est en train de se rappeler qu'elle est veuve.

— Sagouin ! marmonna Stella, juste derrière lui.

— Oui, Randall, je me le rappelle, dit Mrs Matthews. Maintenant que Gregory n'est plus, je me rends compte que je suis effectivement seule au monde. »

Randall fit un geste en direction de ses deux cousins, renfrognés dans leur coin. « Ah mais, tante, vous oubliez vos deux inestimables Bénédictions ! » Il regarda Stella qui semblait prête à éclater : « Voilà qui t'apprendra à me traiter de sagouin, ma toute belle. »

Sous le couvert des voix de Mrs Lupton et de Miss Matthews montées au diapason de l'indignation, Stella lança : « Tu n'es qu'un sale mufle ! »

Il rit : « Du calme, Stella, du calme !

— Mon Dieu, ce que je voudrais que tu déguerpisses, et pour ne plus revenir !

— Pense à ce que tu t'ennuierais sans moi, dit-il en se détournant. Ciel, sûrement mes deux tantes bien-aimées ne sont pas en train de se quereller ? »

La dispute prit fin abruptement. « Est-ce que tu restes pour le thé, Randall ? demanda Miss Matthews très sèchement.

— Non. Stella a exprimé le souhait que je m'en aille et que je ne revienne pas.

— Stella, ma chérie, je suis sûre que ce n'est pas ce que tu voulais dire. » Mrs Matthews se faisait implorante.

« Ce que c'est que d'être chef de famille, murmura Randall. Je suis en train de devenir populaire. »

Sur cette ultime flèche, il envoya un baiser à l'assemblée et sortit de la pièce.

Il laissait derrière lui une tension que les jours suivants ne dissipèrent nullement. La famille était inquiète, et la nouvelle transmise à Stella par le Dr Fielding — les organes de Gregory Matthews avaient été envoyés au ministère de l'Intérieur pour analyse —, peu rassurante. L'attente éprouvait les nerfs de tous et la visite de Mr Giles Carrington, de l'étude Carrington, Radclyffe & Carrington, pour l'ouverture du testament, le vendredi, fit exploser une grosse charge d'émotions contenues.

Tout le monde avait eu des espérances, tout le monde, sauf Randall, fut déçu. Mrs Lupton, qui n'héritait que de mille livres, avec un portrait de son frère qu'elle n'aimait pas et n'avait pas la place d'accrocher sur ses murs encombrés, était tentée de considérer comme une insulte ajoutée à l'injure le fait de figurer dans le testament sous l'appellation de « ma bien-aimée sœur Gertrude ». Ses filles n'étaient pas nommées et que Guy eût été semblablement ignoré n'était pas une consolation. Stella, dans un codicille ajouté trois semaines auparavant, devait recevoir deux mille livres pour ses vingt-cinq ans, à condition de n'être ni fiancée ni mariée au Dr Fielding à cette date. Randall héritait du plus clair des biens, mais une disposition désastreuse concernait Mrs Matthews et Harriet. Avec ce qui ne pouvait être, selon les deux dames, qu'un raffinement de perversité maligne, Gregory leur léguait dans l'indivision la maison, tout ce qu'elle contenait et une somme suffisante pour son entretien, administrée par ses deux exécuteurs testamentaires, Randall et Giles Carrington.

Tant que ce dernier, qui leur était étranger, fut présent, les divers membres de la famille eurent assez de décence pour se contraindre, mais dès qu'il fut parti, Mrs Lupton ouvrit les hostilités. « Eh bien, qu'on ne s'imagine surtout pas que je suis étonnée, parce que je ne le suis nullement. Gregory n'a jamais témoigné de la moindre considération pour qui que ce soit pendant sa vie et il aurait été bien vain d'attendre qu'il change après sa mort. »

Randall écarquilla délicatement les yeux et dit avec gentillesse : « Ce document n'est pas une communication de l'Au-Delà, tante, je vous assure.

— J'en étais parfaitement consciente, Randall, merci. Je ne serais pas étonnée non plus d'apprendre que tu as pris une grande part à la rédaction du testament. Me qualifier de sœur bien-aimée et puis me léguer un portrait que je n'ai jamais admiré et dont je ne veux pas, me fait soupçonner fortement que tu y es pour quelque chose.

— C'est peut-être toi, dit Stella le regardant bien en face, qui as eu cette idée brillante de me laisser deux mille livres sous condition ?

— Ma chérie, je ne t'aurais pas laissé un sou », répondit tendrement Randall.

Agnès Crewe, venue avec son mari pour connaître le contenu du document, intervint : « Je ne comptais pas du tout qu'oncle Greg me coucherait sur son testament, mais je dois avouer que ça me peine de constater que Bébé n'est même pas nommé. Après tout, c'est le seul représentant de la troisième génération et je trouve qu'il aurait dû avoir quelque chose, même une toute petite chose. »

Owen Crewe dit alors du ton calme qui lui était habituel : « Ton oncle a certainement estimé que mon fils ne faisait pas vraiment partie de la famille Matthews, ma chérie. »

Agnès, équitable comme sa mère et invinciblement bienveillante comme sa sœur, répondit :

« Oui, c'est vrai, mais après tout je suis une Matthews et...

— Du tout, ma chérie, dit Owen. Quand tu m'as épousé, tu étais une Lupton. »

Agnès éclata de rire : « Oh, ces hommes ! Ils ont toujours réponse à tout. Enfin, inutile d'y revenir, ce qui est fait est fait et je n'en dirai plus un mot.

— Excellente résolution. J'espère que tu ne l'enfreindras pas plus de trois fois par jour », conclut gravement Owen.

Henry Lupton, qui n'avait pas pris part à la conversation jusqu'alors, dit soudain avec un petit rire gêné : « Bienheureux celui qui n'attend rien.

— Vous pouvez vous considérer bienheureux si bon vous semble, dit sévèrement sa femme. Je suis loin de voir la chose sous cet angle-là. Gregory était foncièrement égoïste, bien que je déplore d'avoir à dire pareille chose de mon propre frère, et quand je pense que si je n'avais pas été là, il serait enterré maintenant sans que personne ait la moindre idée de ce qui a provoqué sa mort, je regrette extrêmement de ne pas m'être lavé les mains de toute cette affaire.

— Non ! non ! s'exclama Randall. Songez aux charbons ardents que vous amassez sur sa pauvre tête de fantôme !

— Fais-moi grâce de tes irrévérences, Randall. Je ne trouve pas cela amusant du tout.

— Il me semble que tout ce testament est d'une injustice crasse ! s'exclama Guy très amer. Pourquoi est-ce que Stella a deux mille livres et moi rien ? Pourquoi est-ce que Randall rafle tout ? Il n'était pas plus le fils d'oncle Greg que moi.

— C'est à cause du charme irrésistible de ma personnalité, petit cousin, expliqua Randall.

— Personne, personne n'a autant sujet de se plaindre que moi, dit Miss Matthews d'une voix basse et tremblante. Pendant des années, je me suis échinée pour son confort, pour ne pas gaspiller l'argent du ménage comme d'autres l'auraient fait, et qu'est-ce que j'ai comme récompense ? C'est pure méchanceté de sa part et j'espère bien que je ne le rencontrerai pas quand je serai morte, parce que je lui dirais certainement ce que je pense de lui. »

Tout en parlant, elle se précipita hors de la pièce et aussitôt Randall se tourna vers Mrs Matthews, lui murmurant d'un air extrêmement affable : « Et qu'en dit ma chère tante Zoé ? »

Parfaitement à la hauteur de la circonstance, Mrs Matthews répondit avec un faible sourire désabusé : « Je n'ai rien à dire, Randall. J'essaie d'oublier toutes ces considérations terre à terre, sans importance, et de fixer mon esprit sur l'aspect spirituel des choses. »

Henry Lupton, qui la trouvait très charmante, regarda autour de lui avec un air de défi apeuré et risqua : « Eh bien, nous pouvons dire, je pense, que Zoé est un exemple pour nous tous, n'est-ce pas ?

— Henry, dit sa femme, impressionnante de majesté, nous rentrons, je suis prête. »

Une fois seule avec ses deux enfants, Mrs Matthews trouva néanmoins pas mal à dire au sujet du testament : « Ce n'est pas que l'on *veuille* avoir quelque chose, mais ce qui manque, c'est le souci des autres. La considération pour la sensibilité des gens est si importante dans notre monde cruel et j'espère que vous vous en souviendrez toujours, tous les deux. Gregory ne me devait rien, encore que j'aie été l'épouse de son frère et donc beaucoup seraient d'un autre avis que moi sur ce point. Pour ce qui est de l'argent, je n'attendais rien, mais ç'aurait été un tel réconfort si un petit signe m'avait montré que je n'étais pas tout à fait oubliée. Je crains bien que le pauvre Gregory...

— Mais il y a un signe, dit carrément Stella, tu as la moitié de la maison et l'entretien ne te coûtera rien.

— Ce n'est pas tout à fait ce que je voulais dire, ma chérie, répondit sa mère, vague mais réprobatrice. Pauvre Gregory ! Je n'ai que le souvenir de bontés de sa part, mais il avait, je le crains, une nature peu sensible. Il n'a jamais connu la joie de donner. A certains égards, il était curieusement dur. Peut-être, s'il avait eu plus d'imagination... et encore, je ne sais pas si cela aurait fait la moindre différence. Je me dis parfois qu'il a été élevé en égoïste foncier. Je l'aimais beaucoup, beaucoup, mais je ne crois pas qu'il ait jamais eu une pensée pour quelqu'un d'autre que lui pendant toute sa vie.

— C'était une assez vilaine bête, convint Stella.

— Non, ma chérie, il ne faut jamais penser cela, dit doucement sa mère. Essaie de ne regarder que le bon côté des gens. Ton oncle avait de très solides qualités et ce n'est pas sa faute s'il était dur et égoïste et pas toujours très bon pour les autres. Nous ne pouvons pas changer notre nature, même si certains essaient.

— Enfin, remarqua Stella, qui devinait parfaitement la raison de ces attaques contre le caractère de son oncle, ce qui est consolant, c'est que tante Harriet ne vivra pas toujours.

— Ce genre de personne le fait presque immanquablement, dit Mrs Matthews, oubliant un instant d'être chrétienne. Elle va durer indéfiniment en devenant de plus en plus excentrique. »

Stella rit. « Courage. Elle a des années de plus que toi, de toute façon.

— Je voudrais bien avoir sa santé, dit Mrs Matthews, très sombre. Malheureusement, je n'ai jamais été forte et ce n'est pas maintenant que les choses vont s'arranger. Je ne peux pas compter que ta tante aura jamais trace de sympathie, de compréhension pour l'état de mes nerfs. J'ai déjà remarqué que les gens qui ne sont jamais malades n'ont pas la moindre idée de ce que cela représente d'être toujours plus ou moins patraque. Mais bien que je prenne grand soin de ne jamais laisser personne deviner à quel point je suis souvent mal à l'aise, j'aspire parfois à un peu plus de considération.

— Tante Harriet n'est pas un si mauvais vieux cheval, dit Guy, en relevant le nez de sur son livre.

— Tu n'es pas obligé de vivre avec elle toute la journée », répondit sa mère avec une certaine âcreté. Mais elle se ressaisit et poursuivit : « Je me rends bien compte de toutes ses qualités, mais je ne peux m'empêcher de me demander ce qui a incité votre oncle à lui laisser la moitié de cette grande maison. Elle serait bien plus heureuse dans un petit quelque chose rien qu'à elle. Elle se plaint sans cesse que cette propriété est trop grande et coûte les yeux de la tête, et nous savons tous qu'en réalité elle n'est pas capable de la diriger — ce qu'elle voudra continuer de faire en dépit de tout, j'en suis convaincue.

— Mais Maman, tu sais qu'avec ta santé tu ne pourrais jamais te charger de tous ces soucis, fit remarquer Stella pleine de tact.

— Non, ma chérie, ça n'est pas à envisager. Je ne

songerais pas un instant à ma santé, note bien, si ce n'était que j'ai le devoir de la préserver autant que possible pour vous deux, mais si j'étais libre de décider, j'installerais une femme de charge compétente.

— C'est plus ou moins ce qu'est tante Harriet, dit Guy.

— Elle n'est absolument pas compétente, répliqua Mrs Matthews. Et sa manie d'utiliser tout jusqu'à la dernière parcelle et de faire des économies sur des denrées de première nécessité comme le charbon sera ma mort. Vous deux, vous avez votre vie indépendante et vos distractions, mais à mon âge je ne crois pas déraisonnable de souhaiter avoir une maison à moi où recevoir mes amies, sans que Harriet soit là à compter les bouchées qu'elles mangent et à éteindre les lumières à onze heures du soir.

— Si ça te contrarie tellement, dit Stella, est-ce que tu n'aurais pas les moyens de louer un petit appartement, ou quelque chose ?

— Pas question, répondit fermement Mrs Matthews. Je suis déjà obligée de faire très attention. »

De toute évidence elle était très secouée, et Stella, qui ne s'était pas rendu compte jusqu'alors qu'elle avait absolument compté rester reine et maîtresse des Peupliers, fit de son mieux pour la consoler. C'était d'ailleurs peu de chose, car l'honnêteté l'obligeait à admettre que Harriet ferait une compagne absolument impossible pour quelqu'un ayant le tempérament de Mrs Matthews. La même honnêteté l'obligeait aussi à admettre que Mrs Matthews n'était pas non plus la commensale idéale ; mais la loyauté envers sa mère l'empêchait d'écouter les doléances incohérentes de sa tante. Guy, de son côté, tout en ayant une certaine affection pour cette dernière, défendait toujours sa mère contre les critiques adressées par une autre personne que lui ou Stella, si bien que Miss Matthews se trouvait dans une situation déplorable : une surabondance de griefs et personne à qui les confier. Elle errait dans la maison en marmottant, lançait d'obscurs anathèmes à des moments insolites, et sa tendance à se comporter comme la victime d'une injure mortelle prenait des proportions grandioses quand Mr Edward Rumbold et sa femme revinrent providentiellement d'Eastbourne, où ils avaient passé toute la semaine.

Miss Matthews en fut ravie. Elle était sincèrement attachée à Edward Rumbold, qui la traitait toujours avec beaucoup de respect et ne semblait jamais ennuyé par une conversation aussi confuse que diffuse. Convaincue, en outre, de l'infaillibilité du sexe mâle, elle avait très souvent trouvé bons les conseils de son voisin. Plus d'une fois Gregory s'était férocement moqué d'elle et l'avait adjurée de ne pas se rendre grotesque avec un homme marié. Mais, bien que blessée par ces allusions, elle savait qu'il n'y avait pas trace de « choses comme ça » dans ses relations avec Edward Rumbold et que même s'il n'avait pas déjà eu une épouse, elle n'aurait pas souhaité de lien plus étroit que l'amitié.

Randall avait fait remarquer un jour que Rumbold semblait avoir été créé tout spécialement pour être un Ami de la Famille et, de fait, les doléances de Miss Matthews n'étaient pas les seules à se déverser dans ses oreilles toujours réceptives. Mrs Matthews, Stella et Guy, à des degrés divers, lui faisaient tous des confidences et s'il trouvait lassant le récit des difficultés d'autrui, il était bien trop courtois pour le montrer.

Ayant vu l'annonce de la mort de Gregory Matthews dans les journaux, il vint aux Peupliers dès son retour, le samedi, pour présenter ses condoléances et offrir ses services. Mrs Rumbold l'accompagnait, ce qui ne fut pas considéré comme un avantage par les deux dames de la maison.

« On se demande ce qu'il lui trouve », et « on se demande comment elle a fait pour l'attraper », étaient des expressions fréquentes dans la bouche des deux belle-sœurs, qui persistaient à le plaindre de tout leur cœur, bien qu'il parût fort épris de son épouse. Pour Harriet, elle était « Cette Femme », cependant que Zoé, plus charitable, l'appelait toujours « Cette pauvre Mrs Rumbold » et assurait que ce genre de personne rabaissait toujours son mari. Elle ajoutait parfois qu'il était bien triste que le ménage fût sans enfant, étant en général admis que pour elle, cette circonstance était une flétrissure de plus sur l'écusson de Mrs Rumbold.

En réalité, il eût été difficile de trouver un couple plus uni. Participant peu à la vie mondaine de Grinley Heath, Edward et Dorothy passaient une grande partie de l'année à voyager et semblaient toujours se suffire à eux-mêmes. Lui était un bel homme d'une cinquantaine d'années, cheveux gris, traits réguliers, regard appuyé, tandis qu'elle avait des dehors moins avantageux. Mais à moins d'être aussi partiales que Mrs et Miss Matthews, les observateurs n'avaient pas de peine à découvrir la raison de son attrait pour Edward Rumbold. Comme le disait Stella : « Elle a dû être rudement jolie quand elle était jeune. »

Elle l'était encore dans un éclairage favorable, car elle avait de grands yeux bleus et un nez retroussé qui donnait du piquant à son visage. Malheureusement, elle s'était fanée vite et avait tenté de se rajeunir par l'usage pas toujours très heureux de la teinture et du rouge. A quarante-sept ans, la nature l'avait destinée à être grisonnante et rondelette, mais les artifices et la culture physique lui avaient donné des boucles cuivrées et une silhouette de sylphide. Toujours généreusement maquillée, elle s'était mise depuis peu à peindre ses cils d'un bleu époustouflant et ses ongles, d'un écarlate repoussant. Elle était aussi bonne que commune et Stella comme son frère (qui rivalisaient cependant pour lui inventer un passé à grimper aux rideaux) l'aimaient bien, assurant que c'était une bonne fille.

Venue avec son mari présenter ses condoléances, elle s'assit à côté de Miss Matthews sur le divan du salon et dit : « Ma pauvre amie ! Ça a dû être un choc terrible. J'ai été toute retournée quand j'ai vu ça sur le journal. Au commencement, je pouvais pas le croire, il a fallu que je voie l'adresse et même comme ça, je n'arrivais pas à réaliser, hein, Ned ?

— C'était tout à fait inattendu, n'est-ce pas ? » demanda-t-il d'une voix calme qui contrastait avec les accents suraigus de sa femme.

Cette question polie déclencha un torrent de paroles chez Miss Matthews. La constitution de Gregory Matthews, le peu de soin qu'il prenait de sa santé, le canard mangé au dernier repas, la malveillance de Mrs Lupton et le scandale d'une autopsie, tout cela fut amalgamé dans le plus parfait désordre en une seule tirade.

« Je suis navré, vraiment ! Je n'avais pas la moindre idée, dit Mr Rumbold. Évidemment, ce doit être extrêmement pénible pour vous tous.

— Qu'est-ce qui a bien pu pousser Mrs Lupton à dire une chose pareille ? demanda Mrs Rumbold. Comme si quelqu'un pouvait avoir l'idée de tuer Mr Matthews. Non, vrai, je dirais que c'est de la méchanceté pure, hein, Ned ?

— Elle était sans doute bouleversée, répondit-il.

— Nous l'étions tous, mais nous n'avons pas dit pour autant qu'il avait été empoisonné, répliqua Miss Matthews. Comme je regrette que vous n'ayez pas été ici pour me conseiller ! J'aurai toujours l'impression que nous aurions dû faire quelque chose pour empêcher ça, quoi qu'on puisse dire ! »

Il sourit : « Vous n'auriez pas pu l'empêcher, j'en ai bien peur. Et puis, après tout, s'il y a le moindre soupçon, vous préféreriez qu'il soit dissipé, n'est-ce pas ?

— Oui, s'il l'est réellement, répondit Harriet, mais je suis convaincue que de l'instant où on commence à faire des vagues, on découvre toujours quelque chose de choquant là où on s'y attendait le moins.

— L'idée que Gregory a été empoisonné est tout simplement absurde, dit Mrs Matthews. J'en ai la conviction.

— Oui, je veux bien le croire, mais vous saviez parfaitement que Guy s'était querellé avec lui, sans parler de Stella. »

L'effet de cette intervention fut de métamorphoser Mrs Matthews en une tigresse aux abois. Même la manière dont elle se pencha en avant dans son fauteuil en agrippant les accoudoirs avait quelque chose de félin : « Vous voudrez bien, je pense,

Harriet, expliquer ce que vous entendez par là ? lança-t-elle d'une voix basse et menaçante. Et rappelez-vous, s'il vous plaît, que vous parlez de Mes Enfants. »

Miss Matthews battit aussitôt en retraite et assura en reniflant piteusement qu'elle n'avait rien voulu dire du tout.

« Ah, dit Mrs Matthews en détendant ses muscles crispés. Ah, j'en suis heureuse, Harriet. »

Sous son délicat maquillage, elle était toute pâle. Debout derrière le fauteuil maternel, Guy se pencha sur le dossier en souriant : « Bien tapé, 'man ! » dit-il, approbateur.

Elle lui prit la main, mais se contenta de dire : « Je t'en prie, pas cette expression vulgaire, mon chéri. Tu sais qu'elle me déplaît.

— Vraiment, dit Miss Matthews en cherchant un mouchoir dans sa poche, vous n'avez pas besoin de vous en prendre à moi, Zoé ! Personne n'a plus d'affection pour Guy que moi — et pour Stella aussi, bien sûr. Je me mettais seulement à la place d'un étranger. »

Mrs Matthews avait déjà retrouvé son équilibre. « N'en parlons plus. On ne peut évidemment pas s'attendre à ce que vous compreniez les sentiments d'une mère. » Elle se tourna vers Mrs Rumbold pour lui demander aimablement : « Et votre séjour à la mer vous a fait du bien, chère madame ? »

— Oh ! je me porte à merveille, merci. Il n'y a que Ned qui soutenait que j'avais besoin d'un changement d'air. » Elle lui lança un regard chaleureux et ajouta : « Vous ne pouvez pas vous imaginer ce qu'il me gâte, ce cher homme ! »

Mrs Matthews sourit poliment, mais sans rien

dire. Miss Matthews, après avoir lancé un regard haineux dans la direction de sa voisine, demanda au mari de venir voir le plumbago et l'emmena triomphalement dans la serre. Passionnée d'horticulture, elle ne tarda pas à être déchirée entre le désir de parler uniquement de ses malheurs et celui d'échanger des observations avec lui sur le comportement de leurs raretés respectives. Elle finit par arriver à faire les deux, mais au prix de quelque confusion ; ainsi lui tendait-elle continuellement des pots de fleurs pleins de terre (qu'il aurait pu regarder tout aussi bien sans être obligé de les tenir) en lui recommandant avec une certaine inconséquence : « Voyez-moi un peu la manière dont elle agit maintenant. Comme si toute la maison lui appartenait ! » Il arriva à lui échapper sous prétexte qu'il lui fallait aller se laver les mains et il monta au premier, où il tomba dans les rets de Mrs Matthews, qui le guettait.

Par la suite, Stella raccompagna les deux visiteurs jusqu'à la grille et leur dit avec un clin d'œil malicieux : « Est-ce que Maman vous a raconté tous ses malheurs quand tante Harriet en a eu fini avec les siens ? »

Il rit : « Vous êtes une petite impertinente, Stella. Oui, elle m'en a énuméré quelques-uns.

— Eh bien j'espère que vous les avez calmées toutes les deux. Elles se portent sur les nerfs réciproquement et mutuellement.

— Pas étonnant, dit gentiment Mrs Rumbold. Une mort dans une maison, ça suffit bien à déboussoler tout le monde et quand on arrive aux autopsies, etc., je ne suis pas surprise que votre maman et votre tante soient plutôt crispées.

— Nous le sommes tous, dit Stella. Oncle Greg

n'a pas été empoisonné, bien sûr, mais quand une chose comme celle-là a été suggérée, on se retrouve en train de chercher qui a pu la faire. C'est horrible.

— A votre place, je n'y penserais pas du tout, dit Edward Rumbold avec un calme bon sens. Le Dr Fielding est beaucoup mieux à même de juger que votre tante Gertrude, vous savez.

— Oui, admit Stella. Seulement, si en fin de compte c'est vrai, et si la police vient nous poser des questions, est-ce que ça n'aura pas l'air bien suspect que Guy et D... et moi-même ayons eu des empoignades avec lui.

— Mais non, mais non, dit Edward Rumbold, rassurant. La police n'arrête pas les gens simplement parce qu'ils se sont querellés. Vous aimez trop aller au-devant des ennuis, jeune fille.

— Eh bien, j'espère qu'ils ne feront pas l'autre partie du chemin, c'est tout ce que je peux dire, conclut Stella, nullement convaincue.

— Je ne le crois pas vraiment », dit Mr Rumbold.

Mais le lundi matin à dix heures, Beecher se rendit à l'office pour chercher Miss Matthews et lui tendit un plateau d'argent sur lequel reposait une carte de visite.

Elle portait le nom du commissaire Hannasyde de la Police judiciaire, New Scotland Yard. Miss Matthews poussa un petit cri et la laissa tomber comme si elle avait été chauffée au rouge.

« Je les ai fait entrer dans la bibliothèque », dit Beecher, sépulcral.

CHAPITRE IV

Ils étaient trois dans la bibliothèque. Un homme d'âge moyen, cheveux grisonnants, yeux enfoncés, visage carré à l'expression bienveillante, un homme mince à la moustache taillée court, au cou très maigre, et le Dr Fielding. Quand Miss Matthews entra dans la pièce, accrochée au bras de son neveu, le médecin s'avança et dit d'une voix grave : « Miss Matthews, je dois à mon grand regret vous dire que les choses sont plus sérieuses que je ne l'avais pensé. Je vous présente le commissaire Hannasyde, de Scotland Yard, et l'inspecteur Davis, du poste de police de Grinley Heath. »

Miss Matthews regarda le commissaire à peu près comme elle l'eût fait pour un boa constrictor et lui dit bonjour d'une voix à peine audible. Le représentant de la police locale n'eut même pas droit à un coup d'œil.

« Bonjour, dit agréablement Hannasyde. L'inspecteur Davis et moi-même sommes venus vous poser une ou deux questions au sujet de la mort de votre frère.

— Vous n'allez sûrement pas nous dire qu'il a été

empoisonné ! s'exclama Guy. Je ne le croirai jamais. Qui diable aurait bien pu vouloir l'empoisonner ? »

Hannasyde lui lança un coup d'œil : « Je ne sais pas, Mr... Matthews. C'est une des choses que je suis venu tirer au clair.

— Mais enfin, c'est incroyable, déclara Guy. Je ne peux pas le croire.

— J'ai bien peur qu'il n'y ait aucun doute, Guy, coupa Fielding. Les analyses ont révélé de la nicotine. »

Guy cligna des yeux : « De la nicotine ? Mais il ne fumait pas.

— C'est ce que le Dr Fielding m'a dit », répondit Hannasyde.

Miss Matthews retrouva sa voix : « Alors, ça ne peut pas être le canard !

— Le canard ? répéta Hannasyde, un peu déconcerté.

— Oui, parce que s'il y avait eu du poison dedans, nous serions tous morts. Et de toute façon, j'ai la facture pour les deux côtelettes d'agneau et tout le monde vous dira qu'elles avaient été commandées pour mon frère, même s'il ne les a pas mangées.

— Miss Matthews craignait que le canard rôti mangé par son frère ce soir-là ait pu causer sa mort, expliqua le médecin.

— Je vois, dit Hannasyde. Non, ce n'est sans doute pas le canard, Miss Matthews. A part ça, vous rappelez-vous ce que votre frère a mangé ou bu le soir où il est mort ? »

Elle commença à énumérer les plats servis au dîner, mais il l'interrompit : « Non, plus tard. Est-ce qu'il a pris quelque chose en allant se coucher ? Une tasse d'Ovaltine, peut-être ?

— Il détestait tout ce qui était malté, répondit Miss Matthews avec beaucoup d'assurance. Cent fois je l'ai supplié d'essayer, parce qu'il ne dormait pas très bien, mais il n'écoutait jamais les conseils, jamais, même quand il était tout petit.

— Est-ce qu'il prenait quelque chose pour ses insomnies ? demanda Hannasyde.

— Oh, elles n'étaient pas si graves que ça, dit Miss Matthews. En fait, je suis persuadée qu'il dormait beaucoup mieux qu'il le croyait. »

Hannasyde se tourna vers le docteur et lui adressa une interrogation muette.

Fielding répondit : « Je n'ai rien prescrit. Il prenait peut-être parfois de l'aspirine, je ne sais pas.

— Non, je suis sûre qu'il n'en prenait pas, affirma Miss Matthews. Il était contre les drogues.

— Alors, entre le dîner et le coucher, il n'a rien pris, à votre connaissance ? Pas de whisky à l'eau, par exemple ?

— Ah, ce genre de chose-là ! Il prenait un peu de whisky à l'eau à peu près une demi-heure avant de se coucher. Pas toujours, mais assez souvent. On apporte un plateau au salon vers dix heures. Personnellement, j'estime que c'est tout à fait inutile. Ça incite juste les jeunes à veiller, à boire, à fumer et à gaspiller l'électricité.

— Vous rappelez-vous si votre frère a pris du whisky ou n'importe quel autre genre de boisson mardi soir ? Vous pouvez peut-être m'aider, Mr Matthews ?

— J'étais justement en train d'essayer de me rappeler, dit Guy. Je ne crois pas...

— Si, dit brusquement Miss Matthews. Je viens de m'en souvenir en te parlant, Guy. Il a pris un petit whisky et il a dit que quand il demandait un petit whisky, ça ne signifiait pas qu'il le voulait noyé dans l'eau. Et tu as répondu que le siphon était trop plein. Tu ne t'en souviens pas ?

— Est-ce que c'était le soir de sa mort ? demanda Guy en plissant le front. Oui, il me semble bien.

— C'est vous qui lui avez versé son whisky, Mr Matthews ?

— Oui, ça m'arrivait souvent.

— Vers quelle heure est-ce qu'il l'a bu ?

— Oh, je ne sais pas. L'heure habituelle, je pense. Vers dix heures et demie.

— Savez-vous quand il est monté se coucher ?

— Non, j'étais dans la salle de billard avec ma sœur.

— Mon frère montait toujours dans sa chambre à onze heures quand nous n'avions pas d'invités, dit Miss Matthews. Nous avons tous été habitués à des heures régulières dans la famille, même si Gregory a toujours perdu beaucoup de temps à tournailler dans sa chambre avant de se coucher.

— Vous ne savez pas ce qu'il a fait entre le moment où il est monté et celui où il s'est effectivement mis au lit ? »

Miss Matthews présenta quelques signes d'irritation. « Certainement non. Je n'avais pas l'habitude de l'espionner.

— Je ne suggérais rien de semblable, Miss Matthews, dit Hannasyde, pacifique. Vous auriez pu l'entendre se déplacer dans sa chambre.

— Oh non, cette maison est très bien construite, et d'ailleurs ma chambre n'est pas à côté de la sienne.

— Je vois. Qui couchait à côté de lui ?

— Eh bien, ma belle-sœur, d'une certaine façon, mais il y a une salle de bains entre les deux », expliqua Miss Matthews.

Hannasyde regarda Guy : « A quelle heure êtes-vous monté vous coucher, Mr Matthews ?

— Aucune idée, répondit négligemment Guy. Entre onze heures et demie et minuit, je pense.

— Avez-vous remarqué si la lumière était encore allumée dans la chambre de votre oncle ?

— Non, malheureusement. Ma sœur, peut-être. Elle est montée à la même heure.

— Oui, j'aimerais bien avoir un entretien avec Miss... Miss Stella Matthews, dit Hannasyde, consultant son calepin. Et avec Mrs Matthews aussi, si vous voulez bien.

— Ma mère ne se lève qu'après le petit déjeuner, mais je vais aller la prévenir », proposa Guy. Et il sortit de la pièce.

La dame était en train de se coiffer devant sa table de toilette lorsque son fils frappa. Elle lui sourit quand il entra et lui dit : « Comment, mon chéri, pas encore parti au travail ?

— Non, et ça se trouve rudement bien, dit Guy. Tu ne sais pas ? Il y a un type de Scotland Yard en bas qui cuisine tout le monde. »

Le peigne de Mrs Matthews s'arrêta au milieu du parcours et dans le miroir ses yeux effrayés rencontrèrent un instant ceux de son fils. « Scotland Yard, répéta-t-elle. Ça signifie qu'il a été empoisonné.

— Oui, une histoire de nicotine. Personnellement, je n'ai jamais entendu dire qu'on pouvait empoisonner quelqu'un avec ça, mais c'est ce que dit Fielding. Le commissaire est en train d'interroger tante Harriet pour le moment, et il veut te voir, et puis Stella. Il lui a déjà posé un tas de questions et à moi aussi. Au début elle était complètement affolée, mais moi, j'ai trouvé ça plutôt amusant.

— Qu'est-ce qu'elle a dit, ta tante ? demanda très vite Mrs Matthews.

— Oh, elle a dévidé dans son style habituel. En général, complètement à côté de la plaque. Sauf qu'elle répétait sans arrêt que c'était moi qui avais servi le whisky d'oncle Greg le soir de sa mort. » Il eut un petit rire. « Ce ne serait peut-être pas une mauvaise idée, en fait, si quelqu'un essayait de lui faire comprendre qu'elle devrait la boucler. Si on lui en laisse le temps, elle va raconter toutes nos petites histoires de famille à la police, jusqu'à une description de son pauvre frère au berceau. »

Mrs Matthews commença son chignon. « Je vais descendre tout de suite. Sauve-toi pendant que je finis de m'habiller, mon chéri. Oh, et puis, Guy, trouve Stella et dis-lui qu'elle vienne, j'ai besoin d'elle. Et rappelle-toi bien que moins tu en dis, mieux cela vaut. Il n'y a rien à cacher, bien sûr, mais vous avez tendance, Stella et toi, à dire tout ce qui vous passe par la tête et vous donnez parfois une impression totalement fausse aux gens. Dans notre intérêt à tous, je veux que vous soyez très prudents.

— Bien sûr, bien sûr, coupa Guy, impatient. Tu ne supposes pas que je vais balancer quoi que ce soit ?

— Il n'y a rien à balancer, comme tu dis, mon chéri. Tout ce que je veux, c'est que vous ne parliez pas de cette façon sottement exagérée que vous vous permettez tous les deux, surtout quand il s'agit de votre oncle.

— C'est bon, c'est bon, dit Guy. Je ne suis pas totalement débile. »

Il redescendit et trouva sa sœur en grande conversation avec le Dr Fielding. Ils levèrent la tête en voyant Guy et celui-ci nota que Stella était assez pâle. « Maman te demande, lui dit-il. Tu as vu le sémillant détective ?

— Non. J'en ai une peur panique, avoua Stella.

— Il ne faut pas. Il n'est pas du tout alarmant, lui dit le médecin pour la rassurer.

— Je suis sûre que je vais lâcher quelque chose de stupide. Les policiers me font toujours une peur bleue, dit Stella avec un petit rire nerveux. Vous savez, j'ai eu beau en parler et me demander ce qui se passerait si oncle Greg avait vraiment été empoisonné, je n'y ai jamais vraiment cru. Et toi, Guy ? Deryk dit que c'est de la nicotine et moi j'avais toujours pensé que c'était le truc qu'on trouve dans le tabac.

— Eh bien, c'est ça, en fait. Moi non plus, je ne croyais pas qu'on pouvait empoisonner les gens avec. Ça arrive souvent, docteur ?

— Non, je ne crois pas, répondit le médecin, très bref.

— Il n'aurait pas pu l'absorber par accident, je suppose ? » insinua Stella pleine d'espoir.

Le médecin haussa les épaules. « Je dirais que c'est hautement improbable.

— Bon, mais alors, quand a-t-il pu l'avaler, si ça n'est pas au dîner ?

— Ma chère petite, à quoi bon me le demander ? Je n'en sais absolument rien.

— Vous n'avez pas besoin de monter sur vos grands chevaux, dit Stella sans passion. Je suis persuadée que vous en savez plus que vous ne voulez bien le dire sur cette histoire de nicotine.

— En fait, je sais extrêmement peu de chose répondit Fielding. Désolé de ruiner la confiance que vous pouvez avoir en moi, mais ce n'est pas le genre de poison qu'un généraliste rencontre couramment.

— Un coup de veine pour vous, fit remarquer Guy. Je veux dire, si ç'avait été un truc ordinaire comme l'arsenic, on aurait pu vous soupçonner.

— Et pourquoi ? demanda Stella, aussitôt furieuse. Il n'y a aucune raison de soupçonner Deryk. »

Fielding sourit : « Oh que si ! Guy a tout à fait raison et je n'ai aucune hésitation à convenir qu'en effet, on aurait très bien pu croire que c'était moi le coupable s'il s'était agi d'un produit qu'on trouve dans l'armoire à poisons d'un médecin. Beaucoup de gens savent que je n'étais pas en bons termes avec votre oncle et j'imagine qu'aucun membre de votre famille n'ignorait qu'il m'avait menacé d'ébruiter un scandale susceptible de nuire considérablement à ma carrière.

— En effet, mais nous n'en parlerons pas, vous savez, dit Guy, un peu gêné.

— Je ne souhaite pas du tout que vous le dissimuliez, je vous assure, répondit calmement Fielding. Si l'on m'interroge, je raconterai certainement toute l'histoire à la police. » Il ajouta avec un léger sourire : « J'imagine d'ailleurs que Miss Matthews ne sera pas aussi discrète que vous le seriez, vous et Stella. »

Dans la bibliothèque, la susdite était précisément en train de justifier cette méfiance. Ayant découvert que le commissaire Hannasyde était un auditeur plein de compréhension, elle n'avait pas tardé à oublier ses premières appréhensions et à lui raconter une foule de choses que sa famille aurait préféré voir rester dans une discrète obscurité. Elle lui avait raconté toute l'histoire du canard, décrit le caractère détestable de Gregory et déploré l'iniquité du testament.

« Je pensais tout de même qu'après tant d'années passées auprès de lui, mon frère aurait eu la décence de me laisser la maison à moi seule. Mais voilà exactement le genre d'homme qu'il était. Pas étonnant qu'il ait été empoisonné. Et si seulement on pouvait le voir maintenant, je suis bien sûre qu'il est en train de se moquer de nous avec cet air sarcastique qu'il avait toujours. Si vous me posiez la question, je serais obligée de vous dire qu'à mon avis, il aimait mettre les gens mal à l'aise. Et il a assurément bien réussi en se faisant empoisonner comme ça et en laissant ce testament si injuste.

— Vous avez vécu longtemps avec lui, Miss Matthews ?

— Oh oui, depuis la mort de ma mère, il y a dix-huit ans — ou seulement dix-sept ? Non, je suis sûre que c'est dix-huit. Ça n'est pas que je souhaitais venir tenir sa maison, tout au contraire ; en fait, sans ma sœur, j'aurais bien préféré travailler pour gagner ma vie, parce que je ne me suis jamais entendue avec Gregory, même quand nous étions enfants. Il voulait toujours avoir le dessus, ce que je trouve très mal, mais mon opinion, personne n'en tient compte dans la famille. Seulement, quand depuis des années vous avez espéré avoir la maison à vous un jour et puis que vous vous apercevez qu'il faudra la partager avec la dernière personne au monde que vous auriez choisie...

— Vous héritez de la maison avec quelqu'un d'autre ?

— Oui, ma belle-sœur. Oh, je suis bien sûre que vous la trouverez très charmante quand vous la verrez. C'est l'effet qu'elle fait sur tout le monde. Mais moi, je la connais. En surface elle est assez agréable. Mais je n'ai jamais de ma vie rencontré quelqu'un de plus égoïste. Cette femme-là » — impressionnante — « est capable de n'importe quoi pour obtenir ce qu'elle veut. Ma seule consolation, c'est que, elle peut dire ce qu'elle veut, mais elle est aussi déçue que n'importe qui par le testament. Je sais très bien qu'elle comptait hériter de la maison et d'une partie de l'argent aussi, pour tout dire. Et si elle vous assure qu'elle n'a pas de ressources, n'en croyez rien. Elle en a bien assez pour une personne, et même trop si vous voulez mon avis. En fait je pensais qu'elle aurait bien pu donner un peu d'argent à Guy au lieu de compter sur son oncle pour le faire.

— Guy, répéta Hannasyde. C'est le neveu qui est venu ici avec vous il y a un instant ?

— Oui, un si gentil garçon. Et j'espère que vous n'écouterez pas les méchancetés que ma sœur raconte sur lui. Gregory a été extrêmement dur et injuste avec lui et Guy avait toutes les raisons de le détester. Quelle idée d'envoyer un garçon comme ça en Amérique du Sud ! Je n'aurais pas été surprise du tout qu'il ait empoisonné son oncle. Il ne l'a pas fait, bien sûr. J'en suis tout à fait certaine et, si vous voulez le savoir, je croirais bien plutôt que c'est Randall, mon autre neveu. Seulement il n'était pas ici ce jour-là, donc j'ai peur que ce ne soit pas possible. »

L'inspecteur Davis, qui avait écouté ce chef-d'œuvre d'éloquence monologuée d'un air médusé mais attentif, poussa un gloussement étouffé et se mit précipitamment une main devant la bouche. Mais, bien qu'un certain pétillement se dissimulât dans son regard, le commissaire dit avec une parfaite gravité : « En effet, à première vue, cela semble l'exclure. Et dans quelle partie d'Amérique du Sud Mr Matthews se proposait-il d'envoyer son neveu ? »

Miss Matthews, qui avait rarement (Edward Rumbold mis à part) rencontré un auditoire aussi encourageant, répondit avec le plus extrême empressement : « Quelque part au Brésil, j'ai oublié le nom. Une idée vraiment impossible. Guy n'aime pas du tout le caoutchouc et d'ailleurs, il réussit tellement bien dans son travail, qui est vraiment très original — enfin surtout la façon dont il le fait. On ne peut pas compter qu'une affaire qui se lance gagne de l'argent tout de suite, n'est-ce pas ?

— Non, convint Hannasyde. Et qu'est-ce que c'est que cette affaire, si je peux me permettre ?

— Eh bien, on appelle ça Décoration d'Intérieur, et si moi, je ne voudrais pas avoir un plafond doré et des panneaux noirs, je comprends très bien qu'il puisse y avoir des goûts différents. Mais Gregory n'a jamais apprécié les arts, et en plus je crois qu'il n'aimait pas Guy et je dois dire que bien souvent ce garçon était inutilement impoli avec son oncle, même si, dans le même temps, Gregory lui en donnait bon nombre de prétextes. Et puis là-dessus, cette affaire d'Amérique ! Seulement là, Guy avait bien des excuses aussi, le pauvre ; il était complètement désespéré, il me l'a dit lui-même et ça n'était pas étonnant. L'un dans l'autre, les choses ont été bien difficiles et si la mort de Gregory n'a pas fait autant de bien qu'on pouvait l'espérer, elle a au moins mis fin à tous ces querelles et désagréments incessants dans la maison.

— On croirait, à vous entendre, que Mr Guy Matthews n'était pas le seul à être en opposition avec son oncle ? demanda Hannasyde en souriant.

— A couteaux tirés, vous voulez dire, répondit Miss Matthews avec une candeur dévastatrice. Bien malheureusement, ma nièce Stella veut épouser le Dr Fielding, et j'ai à peine besoin de dire que Gregory avait pris ce pauvre homme en grippe, sans l'ombre d'une raison, comme il le faisait si souvent. On ne peut tout de même pas rendre quelqu'un responsable de ce que son père a fait. D'ailleurs, je ne devrais rien en dire et je n'en dirai rien, parce que j'ai eu honte, vraiment honte, de l'attitude de mon frère et en outre, je lui ai dit qu'à mon avis, ça n'était rien moins que du chantage. Mais je préfère ne pas en parler et je vous prie de ne pas me poser de questions à ce sujet-là.

— Je comprends très bien, dit Hannasyde. Ça a dû être très pénible, pour vous. Quant à Mrs Matthews, j'espère pour votre nièce qu'elle n'est pas, elle aussi, hostile au mariage ? »

Miss Matthews renifla d'un air dubitatif : « Je ne sais pas du tout ce qu'elle en pense, parce que je ne crois jamais un mot de ce qu'elle dit. D'ailleurs, si elle se soucie de quelqu'un en dehors d'elle, c'est de Guy et pas du tout de Stella. En fait, elle m'avait agréablement surprise au début, à propos de l'affaire sud-américaine. Je ne croyais pas qu'elle avait tant de cœur, et je ne m'attendais certainement pas à ce qu'elle se querelle avec mon frère à ce sujet-là. J'ai cru à un moment donné qu'il allait y avoir une rupture. Mais de la minute où elle s'est rendu compte qu'elle ne pourrait pas lui forcer la main, elle a retourné sa veste complètement et repris son numéro de sainte-nitouche. Ma sœur Gertrude avait raison — même si je ne souhaite nullement la citer, parce que je considère qu'elle a été très mal avec moi : me traiter de mauvaise maîtresse de maison, je vous demande un peu ! C'est bien fait si Gregory ne lui a laissé qu'un portrait de lui-même et une petite somme et pour ma part, j'appelle ça une punition bien méritée et j'espère seulement que ça lui servira de leçon et qu'à l'avenir, elle ne s'amusera plus à demander des autopsies à droite et à gauche. »

L'inspecteur se raidit soudain et lança un coup d'œil à Hannasyde, qui fronça très légèrement les sourcils, mais garda les yeux fixés sur Miss Matthews en lui demandant : « C'est votre sœur qui a remis l'affaire entre les mains du coroner, Miss Matthews ?

— Eh bien, en fait, c'est le Dr Fielding qui a téléphoné au coroner, mais il ne l'aurait jamais fait sans Gertrude. Il ne soupçonnait pas du tout le poison, il était même tout à fait opposé à une autopsie, mais Gertrude veut toujours se mêler de tout. C'est bien d'elle. Elle a fait des histoires absurdes et, bien entendu, le docteur a été obligé de céder et je voudrais bien savoir à quoi ça a servi ! Si Gregory est mort, il est mort, et nous ne pouvons qu'être reconnais..., enfin peut-être pas exactement, mais vous savez ce que je veux dire.

— Parfaitement, dit le commissaire. Auriez-vous la bonté de voir si le Dr Fielding est encore dans la maison, auquel cas j'aimerais lui dire un mot. »

Miss Matthews fut un peu déçue de voir ainsi coupé net le flot de ses révélations, mais elle acquiesça d'assez bonne grâce et partit à la recherche du médecin. Comme il était encore en train de bavarder avec Stella dans le hall, elle n'eut pas loin à aller et l'inspecteur avait tout juste eu le temps de dire : « Voilà quelque chose que nous ne savions pas », quand Fielding entra dans la bibliothèque.

« Entrez, docteur, dit aimablement Hannasyde. Il y a juste une ou deux questions encore que j'aimerais vous poser. » Il jeta un coup d'œil à son calepin ouvert. « Vous avez déclaré, je crois, que quand vous avez vu le corps du défunt, vous n'avez rien remarqué qui, à votre avis, soit incompatible avec une mort par syncope.

— Exact, dit le médecin. Je doute que quiconque ait pu déceler un empoisonnement par un examen aussi superficiel. »

Hannasyde opina du chef : « Vous soigniez Mr Matthews depuis un certain temps, je crois.

— Un an environ.

— Vous étiez donc assez intime avec les divers membres de la maisonnée... En fait, vous connaissiez les tenants et les aboutissants ? »

Le médecin hésita : « Je ne sais trop quoi vous répondre. Je suis très intime avec Miss Stella depuis quelque temps... Nous sommes fiancés, en fait, et j'ai donné des soins à sa tante. Je connais très peu les autres membres de la famille.

— Vous saviez qu'il y avait beaucoup de zizanies dans cette maison, j'imagine.

— Tout le monde le savait, dit sèchement le médecin.

— Est-ce à cela que vous pensiez quand vous avez décidé de remettre l'affaire entre les mains de la police ? »

Le médecin leva les yeux et regarda droit dans ceux de Hannasyde : « Vous faites erreur, commissaire, dit-il. C'est Mrs Lupton qui a exigé une enquête et non pas moi.

— Vous ne me l'avez pas dit.

— Je vous prie de m'excuser » — poli —, « j'aurai oublié, je suppose. Dans tous les cas, ça ne me semble pas très important. Mrs Lupton vous dira elle-même que je n'étais nullement hostile à l'idée de l'autopsie. Tout au contraire ; s'il y avait le moindre soupçon de malveillance, j'étais bien entendu le premier à souhaiter une enquête approfondie. »

L'inspecteur lui lança — comme on lance un projectile — : « Vous étiez en bons termes avec le défunt ? »

Fielding le regarda d'un air légèrement amusé : « Non, inspecteur, certainement pas.

— Voulez-vous me dire pourquoi, docteur ? »

Fielding se regarda les ongles : « Puisque vous me le demandez, je suis obligé de vous le dire. Pas particulièrement plaisant pour moi, mais je n'ai pas le moindre désir de vous gêner en dissimulant quoi que ce soit que vous puissiez juger important. Mr Matthews était furieusement opposé à mes fiançailles avec sa nièce.

— Pourquoi ? »

Le médecin resta un instant silencieux. Puis il dit d'un ton un peu contraint : « Mr Matthews avait découvert — je ne sais comment — que mon père est mort dans un asile pour alcooliques incurables. »

L'inspecteur eut l'air très choqué et toussota pour masquer son embarras. Hannasyde dit de sa voix calme : « C'est naturellement très pénible pour vous d'en parler, docteur, mais est-ce que Mr Matthews avait fait part de cette découverte à Miss Matthews ?

— Elle n'en avait tenu aucun compte.

— Je vois. Est-ce qu'il avait le moindre contrôle sur les décisions de sa nièce ?

— Nous nous serions mariés, quoi qu'il ait pu dire, si c'est à ça que vous pensez. » Fielding se tut un instant, puis regarda les deux hommes avec un petit sourire amer : « Voyons, commissaire, pourquoi tourner autour du pot ? Vous voulez savoir s'il m'avait menacé de tout traîner au grand jour. Bien sûr il l'avait fait, et bien sûr, les conséquences pour moi auraient été des plus fâcheuses s'il était passé à l'acte.

— Merci, docteur », dit Hannasyde en tournant la tête au bruit de la porte qui s'ouvrait.

Suivie de Stella, Mrs Matthews entra dans la pièce. Charmante avec sa robe noire éclairée d'accents blancs au cou et aux poignets ; si elle s'était coiffée à la hâte, les ondulations n'en portaient pas la moindre trace. Elle s'arrêta sur le seuil et dit : « Oh, nous vous interrompons peut-être ? Je suis désolée, mais mon fils m'a dit que vous vouliez me voir, euh... commissaire.

— Du tout, entrez donc, dit Hannasyde en se levant de sa chaise derrière la table. Je ne veux pas vous retenir plus longtemps, docteur. »

Mrs Matthews attendit que Fielding eût quitté la pièce, puis s'avança vers Hannasyde et s'assit en face de lui, de l'autre côté de la table, non sans lui avoir indiqué d'un geste gracieux qu'il pouvait reprendre son siège. Admirant son exquise prestance, Stella se pencha sur le bras de son fauteuil et regarda gravement le commissaire.

« Vous vouliez aussi voir ma fille, n'est-ce pas ? », demanda Mrs Matthews. Elle posa une main sur celle de Stella et dit avec un petit rire qui semblait mettre le commissaire dans la confidence : « Je sais que vous n'avez pas d'objection à ce que je sois là pendant que vous lui parlez. Elle a la conscience très chargée, hélas, et elle a une peur folle que vous lui posiez des questions gênantes sur des choses comme l'absence de feu arrière sur sa voiture. »

Stella, gênée, se tortilla en murmurant : « Vraiment, maman...

— Ce n'est pas de mon ressort, Miss Matthews, dit Hannasyde.

— Je le sais », répliqua Stella indignée.

Une pression des doigts maternels la fit taire. « Je vous en prie, demandez-moi ce que vous voulez, commissaire, dit Mrs Matthews, indulgente. On répugne à parler de ces choses, mais je sais que c'est nécessaire et il faut essayer de surmonter cette aversion instinctive. J'étais très attachée à mon pauvre beau-frère et tout cela m'a terriblement bouleversée. Je dois vous dire que les nerfs ne sont pas mon point fort. Mais je suis prête à répondre dans toute la mesure où je le pourrai.

— Merci, dit Hannasyde. Naturellement, je comprends ce que vous devez éprouver. Vous viviez sous le toit de Mr Gregory Matthews depuis quelques années, je crois ? »

Mrs Matthews inclina la tête sous le poids des

réminiscences. « Cinq ans. Mon beau-frère a été extrêmement bon pour moi en un temps de profonde douleur, et ne serait-ce que pour cela, je lui garderai toujours une grande reconnaissance.

— Mon père est mort il y a cinq ans, coupa Stella. Mon oncle était notre tuteur à mon frère et moi conjointement avec notre mère.

— Je vois, dit Hannasyde. C'est en sa qualité de tuteur que Mr Matthews se proposait d'envoyer votre fils en Amérique du Sud, Mrs Matthews ? »

Elle haussa les sourcils : « Ce projet inepte ! Je dois dire que je ne l'ai pas pris très au sérieux, commissaire. Vous avez écouté ma belle-sœur, n'est-ce pas ? C'est une excellente personne, mais assez portée à l'exagération comme vous vous en êtes sûrement aperçu. Bien entendu, je ne dirais pas cela devant elle, mais elle ne comprenait pas son frère. Je crois que c'est très fréquent quand deux personnes ne s'entendent pas bien. Il leur manque cette sympathie qui permet de pénétrer le caractère des autres. Je me dis parfois que personne ne comprenait aussi bien mon beau-frère que moi. »

L'inspecteur Davis lança au commissaire un regard éloquent, qui signifiait que la maison lui semblait exclusivement peuplée de spécimens volubiles du sexe dit faible.

« Mais il n'y avait pas de projet sérieux pour envoyer votre fils au Brésil, Mrs Matthews ?

— Mon beau-frère pensait certainement que cela pourrait lui offrir des débouchés intéressants, mais...

— Et vous-même ? Vous étiez de cet avis ? » coupa Hannasyde sans pitié.

Mrs Matthews lui décocha un sourire indulgent. « Vous ne me poseriez pas cette question si vous étiez une femme, commissaire. Je suis la mère de Guy. Jamais je n'accepterais d'être séparée de lui, sauf pour une très, très bonne raison.

— En fait, vous vous y êtes opposée, Mrs Matthews. »

Elle rit d'un air fin : « Mon Dieu, oui, je suppose que vous pouvez dire que je m'y suis *opposée.* Mais je vous ai dit que je comprenais mon beau-frère, et je savais bien que son projet n'aboutirait pas. »

Hannasyde jeta un coup d'œil à Stella. Elle était assise, parfaitement immobile, les yeux baissés et la bouche sévère. Il revint au visage de Mrs Matthews. « Cette affaire n'a pas laissé de rancœur entre vous ?

— Grâce à Dieu, non ! répondit-elle. Quand il est mort nous avions les mêmes rapports d'affection que toujours.

— Pas de querelle entre vous ? »

Elle baissa la voix d'un ton. « Il y avait eu... non pas une querelle, mais un sentiment... comment exprimer cela ?... une blessure de mon côté et, j'ai le regret de le dire, un peu d'amertume. Je me suis laissée aller à une certaine irritation contre lui quand il a abordé pour la première fois la question du Brésil. C'était l'instinct maternel, mais très sot de ma part, et je suis heureuse de pouvoir dire que j'en ai triomphé. Je savais, j'ai toujours su que mon beau-frère ne m'imposerait jamais une décision aussi contraire à mes désirs. Il suffisait de faire montre de tact. Vous ne pouvez pas savoir quel réconfort c'est pour moi de penser qu'à la mort de Gregory il ne subsistait pas l'ombre d'un froid entre nous.

— Je veux bien le croire », dit Hannasyde sans rire.

Quand les deux policiers quittèrent les Peupliers

plus d'une heure après, l'inspecteur était carrément exaspéré. Tout en descendant l'allée à côté du commissaire, il exhalait son amertume : « Eh bien, j'avais toujours entendu dire que la vieille dame ondulait de la toiture, mais si vous voulez mon avis, Mrs Matthews est la pire des deux ! On ne sait vraiment pas par quel bout la prendre, si vous voyez ce que je veux dire !

— Oui, elle est difficile, admit Hannasyde. Quand on a à faire à ce genre de femmes, on ne sait jamais si elles disent la vérité comme elle était, ou comme elles croient qu'elle était... Tiens, salut, Hemingway ! »

Le brigadier Hemingway, vif comme la poudre, yeux pétillants et sourire engageant, attendait son chef devant la grille ; il lui emboîta le pas et lui dit gaiement : « Je vais vous dire une bonne chose, patron. Cette affaire-là, elle va pas vous plaire. Fichtre non. Vous savez ce que ça sentait, dans le coin des domestiques ? La soupe de pois. »

L'inspecteur, qui ne connaissait pas la manière très personnelle d'Hemingway, parut un peu interloqué et dit : « Hein ?

— Une image, expliqua le brigadier. Vous avez ramené quelque chose de votre côté, patron ?

— Pas grand-chose, répondit Hannasyde. Il est encore bien tôt.

— Tôt ou tard, les histoires d'empoisonnement, j'aime pas, dit le brigadier. Parlez-moi d'une bonne blessure par balle bien nette, quelque chose à se mettre sous la dent et pas trop de médecins pour tout emberlificoter en se contredisant. Vous avez déjà eu un cas d'empoisonnement par la nicotine, inspecteur ?

— Ma foi, non, admit l'inspecteur.

— Eh bien, à moins que je me plante vraiment jusqu'à la garde, vous aurez pas envie d'en attaquer un autre quand vous aurez fini avec celui-là, annonça le brigadier, prophétique. Et moi non plus. Le commissaire ici présent ne croit pas aux pressentiments, mais moi, j'en ai un et juste en ce moment.

— Ça n'est pas la première fois, fit désagréablement remarquer Hannasyde.

— Sûr que non, répondit le brigadier, nullement décontenancé. Elle ne vous rappelle rien, cette histoire-là, patron ?

— Non, mais je vois bien qu'à vous, elle rappelle quelque chose, alors dites-le ! »

Le brigadier cligna de l'œil. « L'affaire Vereker[1].

— L'affaire Vereker ? Mais le gus avait été poignardé !

— Je vous dis pas le contraire, mais quand j'ai eu fait le tour du *décor*[2] ici et frimé quelques *dramatis personae*, c'est à ça que j'ai pensé tout d'un coup.

— Ce qui me déplaît, dit lentement l'inspecteur, c'est la nicotine. Il me semble que les toubibs n'y connaissent pas grand-chose, d'après le rapport que vous m'avez montré, commissaire. Je veux dire, s'il y en avait seulement une trace dans l'estomac, ce qui leur ferait penser qu'il ne pouvait pas en avoir avalé beaucoup, et qu'ils trouvent pourtant d'après l'état du sang et de la bouche, c'est ça ? — que...

— Muqueuse et langue, interrompit le brigadier, connaisseur. Il paraît qu'il faut toujours rechercher la nicotine dans la bouche. Le foie et les reins, aussi.

1. *Un rayon de lune sur le pilori*, Fayard, 1990. (N.d.T.)
2. En français dans le texte. (N.d.T.)

Jamais pu comprendre comment on peut avoir envie d'être médecin.

— Il est très possible, dit Hannasyde, qu'il n'ait pas avalé de poison du tout.

— Quoi ? s'exclama l'inspecteur.

— On a connu des cas, poursuivit Hannasyde, où la nicotine a été soit injectée sous la peau, soit absorbée par elle avec un résultat fatal. Il y a même eu, paraît-il, autrefois, tout un escadron de hussards intoxiqué parce qu'ils avaient essayé de passer en fraude du tabac dissimulé contre leur peau.

— Et voilà ! Qu'est-ce que je vous disais ? s'exclama le brigadier. Une belle affaire toute simple, alors qu'on ne sait même pas si le pauvre type a bu la décoction ou si on la lui a versée dessus ! Ce qui a l'air sûr, par contre, c'est que celui qui a fait le coup s'y connaissait drôlement en poisons.

— Oui... ou qu'il s'était documenté, dit Hannasyde. Il me semble que ça ne doit pas être très difficile de préparer de la nicotine, à condition d'avoir quelques notions de chimie. Qu'est-ce que vous avez tiré des domestiques, Hemingway ?

— Des tas de choses, répondit promptement l'interpellé. Beaucoup trop pour mon goût. D'après eux, n'importe quel membre de la famille aurait été enchanté de buter le vieux Matthews. Ça a l'air d'avoir été un vrai tyran. La cuisinière croit que c'est Mrs Matthews, parce que le vieux voulait expédier son neveu au Brésil, mais où ça nous mène ? Peut-être de la bonne psychologie, je dis pas, mais jusqu'à maintenant, j'ai rien de rien sur la dame. Pas trace de preuve. Et puis, il y a une pépée haut de gamme qui s'appelle Rose Daventry. Si vous me demandiez ce que j'en pense, patron, je vous dirais seulement que je voudrais pas employer un mot qui pourrait choquer l'inspecteur.

— Je la connais, dit ce dernier avec un large sourire.

— Bon, alors elle, elle croit que c'est la nièce, parce que son oncle était pas d'accord pour qu'elle épouse le docteur. Du moins, c'est la raison qu'elle m'a balancée, mais ce qu'elle voulait dire, c'est que Miss Stella donne trop de travail pour le goût du petit bouton de rose. Après ça, je me suis coltiné la bonne à tout faire, une fille de la campagne, du nom de Stevens. Celle-là, elle pense rien, vu qu'elle a pas été éduquée pour. Si on excepte deux jardiniers et la fille de cuisine, il y a le maître d'hôtel. J'ai enregistré son témoignage sur bande. Le moins toquard du lot, et c'est tout ce qu'on peut en dire ! Le principal, c'est que quand il est monté se coucher quelques minutes après onze heures, il a vu Miss Harriet sortir de la chambre de son frère.

— Vraiment ? fit Hannasyde. C'est intéressant. Elle m'avait laissé comprendre qu'elle n'avait pas vu Matthews après qu'il était monté se coucher.

— Si vous êtes content, patron, moi aussi, dit le brigadier. Mais si vous savez pourquoi elle a repassé le vieux schnock, vous en savez bien plus que j'en ai trouvé.

— Elle est du genre excentrique, dit l'inspecteur, méditatif. Un vrai numéro.

— Ma foi, je dois dire que jusqu'à maintenant je suis jamais tombé sur quelqu'un qui commettait un meurtre simplement par originalité, déclara le brigadier, ce qui ne veut pas dire que ça n'arrivera pas un jour. Encore un petit témoignage qui vous plaira peut-être. D'après Beecher, il y avait une bouteille toute neuve d'un tonique quelconque qui a été renversée et cassée dans le lavabo par un coup de vent. Miss Harriet l'a trouvée et elle s'est débarrassée des débris de verre en les jetant dans la cuisinière. Ça m'a paru un peu drôle, mais les domestiques m'ont dit que c'était le genre de truc idiot qu'elle faisait tout le temps. Dernier morceau de choix, très scandaleux. Il paraît que le docteur boit. Beecher s'est mis dans le trognon que Matthews avait quelque chose contre ce Fielding, mais à moins que ça soit un penchant exagéré pour la bouteille, il ne voit pas ce que ça aurait pu être.

— Le docteur me l'a expliqué très franchement, répondit Hannasyde. Matthews aurait, semble-t-il, menacé de révéler que le père de Fielding était mort dans un asile pour alcooliques invétérés, si ledit Fielding ne laissait pas tomber la nièce. »

Le brigadier ouvrit de grands yeux : « Ce qu'ils vont pas chercher dans les banlieues ! soupira-t-il avec admiration. Y a des gens qui appelleraient ça du chantage.

— Moi, entre autres, dit Hannasyde.

— Un des plus puissants motifs de meurtre que je connaisse, patron.

— Entendu. Mais je n'ai pas eu l'impression que Fielding était passionnément amoureux de Miss Stella, du moins pas au point de commettre un crime pour elle. »

L'inspecteur qui écoutait, en fronçant les sourcils, dit : « Ça ne m'étonnerait pas si le docteur avait cru que Miss Stella allait hériter d'une grosse fortune. Moi qui vous cause, j'aurais donné ma main à couper que Matthews lui avait laissé le tout, ou au moins une grande partie du magot. Il l'aimait bien, d'après ce que j'ai entendu dire. Il lui avait donné une Riley Sport il n'y a pas plus de six mois, et il était pas du genre à faire des cadeaux à quelqu'un qu'il aimait pas vraiment beaucoup. »

Hannasyde resta un moment silencieux, puis il dit : « Pourquoi la nicotine ? Il soignait Matthews et nous savons que celui-ci était en mauvaise santé. S'il avait voulu se débarrasser de lui, est-ce qu'il ne l'aurait pas fait progressivement, de façon que personne ne soupçonne rien ?

— Oui, il y a ça, répondit Hemingway, mais d'un autre côté, il me semble que la nicotine est précisément le poison qu'on s'attendrait à voir un médecin utiliser. Qu'est-ce que vous en dites, patron ?

— Oui, j'y avais pensé.

— Et voilà où intervient la psychologie, lança allègrement le brigadier. Qu'est-ce qu'on fait maintenant ?

— Il faut que je voie Mrs Lupton, la sœur aînée de Matthews. Il s'est révélé que c'était elle qui avait demandé l'autopsie.

— Tiens, tiens, tiens ! s'exclama le brigadier. Alors c'était pas le Plausible Percy. Voilà qui est intéressant.

— Si vous voulez dire que ça n'était pas Fielding, fit Hannasyde, patient, en effet. Mais comme il semble avoir été, selon tous les témoignages dont je dispose, non seulement disposé mais très désireux de le faire, je ne crois pas que nous ayons autant avancé que vous le croyez. Nous allons voir ce que Mrs Lupton a à nous dire, après quoi il faudra que je fasse une visite à l'héritier.

— Et c'est qui ? demanda le brigadier.

— Le neveu aîné de Gregory Matthews, répondit

lentement Hannasyde. Il vit à Londres et je serai très heureux de le rencontrer. Enfin, très intéressé, parce que d'après tout ce que j'entends dire, il semble que ce soit un jeune homme extrêmement impopulaire et déplaisant.

— En voilà bien d'une autre ! s'exclama le brigadier. Et où est-ce qu'il intervient dans cette histoire ? »

Hannasyde rit : « C'est ça, le hic ! Nulle part, et je ne peux pas m'empêcher de penser que c'est précisément la personne qui devrait le faire. »

CHAPITRE V

« Ah les femmes ! s'exclama l'inspecteur une demi-heure plus tard. Ah, les femmes ! »

Ils sortaient juste d'un entretien avec Gertrude Lupton et le ton haineux de l'inspecteur avait quelque excuse. Hannasyde rit, mais le brigadier, toujours intéressé par des types nouveaux, déclara : « Voilà ce que j'appelle une matinée agréable. On s'imaginerait pas que quelqu'un puisse déclencher un scandale dans la famille simplement par plaisir, hein ?

— Pas par plaisir, par jalousie, corrigea Hannasyde, et finalement elle avait raison.

— Raison ou tort, je suis sûr qu'elle n'avait pas la moindre raison pour vouloir ce PM, riposta l'inspecteur, indigné. Pas surpris que son mari ait eu l'air si gêné. Il devrait avoir honte de la laisser raconter n'importe quoi, comme ça.

— Pauvre diable, fit Hannasyde. C'est égal, sans elle il n'y aurait pas eu d'affaire du tout, donc quel qu'ait été son mobile, nous n'avons rien à regretter. »

Le brigadier se gratta le bout du nez, l'air

méditatif : « Pas de mobile. Intuition féminine, si vous voulez mon avis. Drôles de corps, les femmes.

— Vous ne croyez tout de même pas à ça ? » demanda l'inspecteur méprisant.

Le brigadier le fixa d'un regard pénétrant : « Vous êtes marié, inspecteur ?

— Non.

— C'est ce qu'on appelle une question de pure forme, expliqua Hemingway. Je sais bien que vous ne l'êtes pas. Sinon, vous y croiriez, à l'instinct des femmes — et un peu vite. Elles en ont tout le temps des accès, même les meilleures, et à peu près une fois sur douze elles tombent juste. Gertrude Tête de Granit a eu l'impression que quelqu'un avait ratatiné son frangin, et si vous en saviez autant que moi sur les Impressions de ces dames, vous iriez pas vous répandre dans la nature en racontant qu'elle l'a fait par méchanceté. Jamais de la vie. Elle s'est dit : " J'aime aucune des personnes dans cette maison. " Et croyez-moi, inspecteur, de la minute où une femme se met une idée comme ça dans ce qui lui sert de cervelle, elle va avoir une Impression sur tout le lot en moins de deux.

— Je serais pas du tout épaté, déclara l'inspecteur, qui avait pris Mrs Lupton en grippe, si on découvrait que c'est elle qui a fait le coup et qu'elle a monté ce numéro pour nous détourner de la piste. »

Le brigadier échangea un regard indulgent avec Hannasyde. « Mauvaise psychologie, dit-il. C'est une femme bien.

— Du temps perdu ! fulmina l'inspecteur. Elle ne nous a pas dit une seule chose qu'on ne savait pas déjà. Vous êtes d'accord, commissaire ? »

Hannasyde, qui n'avait pas prêté grande attention

à la conversation, se ressaisit : « D'accord ? Oh, non, je ne suis d'accord ni avec l'un ni avec l'autre. Je crois qu'elle avait plus qu'une impression et je crois qu'elle nous a dit plusieurs choses. »

Le brigadier opina du chef : « Il me semblait bien que vous aviez levé un lièvre.

— Vous vous trompiez, répondit calmement le commissaire. Mais cette Lupton, si désagréable qu'elle soit, est scrupuleusement honnête. Chez les Matthews nous avons interrogé un certain nombre de personnes qui avaient toutes peur et qui ont donc dit ce qu'elles pensaient être le plus avantageux pour elles ou le moins dangereux. Mrs Lupton n'a peur ni de moi ni d'aucun policier, et elle était farouchement décidée à n'accuser personne. Elle n'agit pas par méchanceté ; elle cherche à établir la vérité. Ce qui fait que ce qu'elle dit a de la valeur. Quand une femme comme Miss Matthews dit que sa belle-sœur est capable de tout, je ne la crois pas, pas plus que quand Mrs Matthews insinue délicatement que Miss Harriet aurait aimé voir éliminer son frère sans bruit. Mais quand une femme d'une honnêteté farouche comme Mrs Lupton me dit que sa belle-sœur fera n'importe quoi pour arriver à ses fins, je commence à ouvrir l'œil et le bon. Or, les personnes qu'elle soupçonne, ce sont Mrs Matthews, le jeune Guy et le médecin.

— Vaste programme, commenta l'inspecteur.

— Non, je ne crois pas, dit Hannasyde. Elle a éliminé la jeune fille, Stella, et j'ai pourtant l'impression qu'elle la déteste cordialement. Mais elle a dit très carrément qu'elle ne la croyait pas capable d'avoir fait une chose pareille, ce qui, dans mon esprit, donne pas mal de poids à son opinion quand elle affirme que n'importe lequel des trois autres en était capable. Je ne connais rien à l'intuition féminine, Hemingway, mais si Mrs Lupton a soupçonné la malveillance, ce n'est pas parce qu'elle a remarqué que le corps de son frère présentait une anomalie quelconque, mais parce qu'elle savait la situation aux Peupliers assez tendue pour finir par un meurtre. Ce qui est précisément ce que je voulais établir. »

Le brigadier hocha la tête : « Juste, chef. » Mais l'inspecteur Davis n'était pas si facile à satisfaire : « Moi, ce que je voudrais savoir, c'est comment Matthews a pris ce poison. Ça me tracasse beaucoup, parce que jusqu'à présent, on n'a absolument rien trouvé qu'il ait été le seul à absorber, sauf, peut-être, le fortifiant qu'il a pu prendre après le dîner.

— Guy Matthews aurait peut-être pu faire tomber dans le whisky le poison d'un petit flacon caché dans sa main », suggéra Hannasyde.

L'inspecteur renifla avec dédain.

« Ne vous inquiétez pas, inspecteur, dit Hemingway. Le patron cherche quelque chose de bien plus profond et mystérieux. S'pas patron ?

— Plus ou moins, oui. De toute façon, nous allons rentrer à Londres maintenant pour rencontrer Randall Matthews. »

Après avoir quitté l'inspecteur au poste de police, Hannasyde et son subordonné prirent le métro. Randall Matthews louait un appartement dans une rue donnant dans St James's Street, mais n'était pas chez lui quand le commissaire se présenta. Le domestique, lorgnant la police d'un œil hostile, se refusa à hasarder une hypothèse sur l'heure probable du retour de son maître. Mais Hannasyde et son brigadier, revenus à trois heures, trouvèrent une

Mercedes garée devant la maison et en conclurent, avec raison, que le propriétaire n'en était autre que Mr Randall Matthews.

Cette fois, au lieu de leur parler par l'entrebâillement le moins entrebâillé possible de la porte, le domestique l'ouvrit au large — non sans une visible répugnance — pour laisser entrer le commissaire.

Les deux hommes furent introduits dans un petit vestibule décoré en diverses teintes de gris et laissés là pendant que Benson allait informer son maître de leur arrivée.

Le brigadier regarda autour de lui d'un air dubitatif, se gratta le menton avec le bord de son melon et prononça : « Du genre qu'on pourrait dire Artisse. Z'avez jamais pensé que le *décor* disait des tas de choses, patron ? Regardez-moi ce divan.

— Qu'est-ce qu'il a ? demanda Hannasyde, jetant un coup d'œil assez méprisant au meuble en question : large, bas et recouvert de velours gris perle.

— Je sais pas trop, répondit le brigadier. S'il y avait une douzaine de coussins avec des glands en or jetés négligemment dessus, j'aurais su quoi penser. Mais non, rien. Quand même, chef, on peut classer le lascar : il a des goûts coûteux. Ça vous paraît oriental, ces machins-là ?

— Gravures chinoises, répondit brièvement Hannasyde.

— Ça m'épaterait pas du tout. Je dirais même que ça s'accorde très bien avec ce que j'étais en train de me dire. »

Une porte en glace à l'extrémité du vestibule s'ouvrit à cet instant et Randall Matthews s'avança, tenant la carte de Hannasyde entre le pouce et l'index.

« Encore du *décor* », marmonna le brigadier.

Randall était vêtu d'un complet de flanelle gris perle qui s'harmonisait admirablement avec l'arrière-plan. Il leva les yeux, qu'il avait fixés sur la carte, et dit : « Ah, bonjour, commissaire. Je pourrais presque dire : " Soyez les bienvenus dans mon humble demeure. " Entrez donc. » Il fit un geste en direction de la pièce dont il venait. « Tous les deux, bien sûr. Il faut me présenter votre ami.

— Brigadier Hemingway, répondit Hannasyde, ses yeux calmes un peu renfrognés.

— Comment allez-vous, brigadier ? dit Randall, affable. Ah, Benson, le chapeau du brigadier. »

Le brigadier, à la hauteur de cette circonstance-là comme de n'importe quelle autre et de plus en plus rempli d'une curiosité qui lui donnait des airs de pie sautillante, tendit son chapeau au domestique, puis suivit Hannasyde dans une pièce donnant sur la rue ; à l'exception des rayonnages de livres, elle semblait entièrement composée de cuir de Cordoue.

Randall prit un coffret contenant des cigarettes russes et le tendit à ses visiteurs, qui refusèrent l'offre ; il en choisit alors une pour lui, l'alluma et désigna deux fauteuils : « Mais asseyez-vous, je vous en prie. Et avant d'aller plus loin, dites-moi comment mon pauvre oncle a été empoisonné ? »

Hannasyde haussa les sourcils : « Vous pensiez donc qu'il avait été empoisonné, Mr Matthews ? Je croyais que vous aviez qualifié de " canard " les soupçons de Mrs Lupton.

— Je suis persuadé que c'est exact, répondit Randall. C'est tout à fait le genre de chose que je dirais sans l'ombre d'hésitation de toute parole tombant des lèvres de ma chère tante Gertrude. Mais votre chaleureuse présence me convainc d'erreur, cher commissaire. Je n'ai nulle honte à reconnaître mes erreurs. J'en fais très peu.

— Félicitations, dit sèchement Hannasyde. Votre oncle a effectivement été empoisonné.

— Oui, commissaire, oui. Sinon vous ne seriez pas ici. Suis-je autorisé à savoir comment ?

— Il est mort d'un empoisonnement à la nicotine.

— Quelle honte ! s'exclama Randall. Je crois que je vais jeter le reste de ma cigarette.

— Je n'ai pas l'intention de prendre de votre temps...

— Un temps précieux, glissa doucement Randall.

— ...plus qu'il m'est nécessaire, Mr Matthews, mais comme je constate que vous êtes non seulement l'héritier de votre oncle, mais le chef de la famille, j'ai jugé indispensable de venir vous voir. La police aura bientôt l'occasion d'examiner les papiers du défunt.

— Ah, c'est le notaire de mon oncle qu'il vous faut, déclara Randall. Je suis sûr qu'il vous plaira.

— Je ne crois pas avoir son nom, dit Hannasyde. Si vous voulez bien...

— Certainement, dit Randall. Il s'appelle Carrington. »

Hannasyde, qui avait ouvert son calepin, releva très vite la tête : « Carrington ?

— Giles Carrington. Ils sont plusieurs, et je suis sûr d'être allé les voir. Adam Street.

— Merci, dit Hannasyde. Je connais très bien Mr Giles Carrington[1]. Maintenant, si vous voulez bien répondre à une ou deux questions, Mr Mat-

1. Voir *Un rayon de lune sur le pilori.* (N.d.T.)

thews, je ne vous retiendrai pas plus longtemps. Quand avez-vous vu votre oncle pour la dernière fois ?

— Voyons, j'ai rencontré mon oncle pour la dernière fois le dimanche avant sa mort, c'est-à-dire...

— Le 13 mai. Vous vous trouviez à Grinley Heath ce jour-là ?

— Certes oui, répondit Randall avec un léger frisson.

— Pardonnez-moi ma curiosité, Mr Matthews, mais avez-vous une raison particulière pour vous souvenir de cette occasion ?

— C'est-à-dire qu'elle est gravée de façon indélébile dans ma mémoire, ma visite ayant coïncidé avec celle de ma cousine, Mrs... Crewe, je crois, mais je n'en suis pas tout à fait sûr.

— C'est tout.

— Non, dit Randall. Loin de là. Elle avait amené son déplorable rejeton avec elle et semblait considérer comme un heureux concours de circonstances que je fusse là pour l'admirer. »

Sans tenir compte de cette sortie, Hannasyde demanda de son ton le plus sec : « Et c'est la dernière fois que vous avez vu le défunt ?

— Oui, répondit Randall.

— Étiez-vous en bons termes avec lui ?

— Oh, oui » — ce avec une parfaite indifférence. « Sur un pied d'intimité ? »

Randall le regarda entre ses longs cils. « Je vais devoir vous demander d'élucider, mon cher commissaire.

— Autrement dit, étiez-vous dans ses confidences ?

— Je ne pense pas. Il y a chez moi un indéfinissable quelque chose qui n'incite pas ma famille à se confier.

— Vous ne pouvez donc pas me dire s'il avait des ennemis ?

— Non, répondit Randall doucement. Et je ne peux pas non plus vous dire s'il avait des amis.

— Ah ! » Hannasyde lui lança un regard acéré. « Connaissez-vous quelqu'un qui avait des raisons de souhaiter sa mort ?

— Autre que moi ? » demanda Randall.

Le brigadier sursauta. Hannasyde répondit : « Vous aviez des raisons, Mr Matthews ? »

Randall lui sourit : « Cher monsieur, je suis l'héritier. Voyons, comprenons-nous bien. Vous n'avez nul besoin de prendre des gants pour me poser des questions. Je serai ravi de répondre à toutes celles que vous jugerez pertinentes. En fait, je brûle d'envie de vous aider à démasquer le meurtrier.

— Merci, dit Hannasyde.

— Du tout, du tout. Seulement il ne faut pas faire votre petit timide. Vous voudriez certainement connaître l'état de mon compte en banque, par exemple. Ce n'est pas le genre de chose que j'ai immédiatement présent à l'esprit, mais je vais vous donner une lettre d'introduction pour le directeur de ma banque.

— Je préférerais que vous me donniez le compte rendu de vos mouvements le 14 mai, dit Hannasyde.

— Quoi de plus simple ? J'étais à Newmarket, évidemment.

— Vous aimez les courses, Mr Matthews ?

— Énormément », répondit Randall, qui se dirigea vers son bureau où il se mit à jeter des notes sur une demi-feuille de papier : « Rentré à Londres après la course de 3 h 30 en compagnie d'un certain Frank Clutterbuck dont je vais vous donner l'adresse. Je suis revenu ici, je me suis changé — *vide* Benson — me suis rendu au restaurant Duval que vous connaissez certainement. Donnez mon nom au maître d'hôtel. J'y ai été rejoint par deux amis dont je suis en train de noter le nom et l'adresse pour vous. De chez Duval, nous sommes allés au Palladium — à l'orchestre, rangée B, places 8, 9 et 10. En partant de là, un peu avant la fin du spectacle, redevenu esclave du devoir, j'ai pris un taxi (dont j'ai stupidement omis de relever le numéro) jusqu'à South Street, où j'ai fait une apparition tardive mais gracieuse au bal de Mrs Massingham. Je vous donnerai son adresse aussi. J'en suis parti aux environs de trois heures du matin, je suis revenu ici et me suis couché. » Il se leva et donna la feuille de papier à Hannasyde. « Je suis resté chez moi, commissaire, jusqu'à ce que Mr Giles Carrington me téléphone, vers onze heures, pour m'informer que mon oncle était mort, une autopsie prévue, et une enquête de police imminente. »

Hannasyde plia le papier et le glissa dans son calepin. « Avez-vous été surpris, Mr Matthews ?

— Vous ne l'auriez pas été ?

— Il me semble que oui, si je n'avais connu personne qui pût avoir le moindre mobile pour ce meurtre. »

Randall sourit et répondit, assez moqueur : « Ah, je pense que vous faites allusion à — euh — des dissensions familiales. Lequel de mes parents voudriez-vous que j'incrimine par quelque déclaration accusatrice ? Je n'ai pratiquement pas de préférence.

— Je ne souhaite pas que vous incriminiez qui que ce soit, Mr Matthews, mais si vous avez une information concernant l'affaire, je serais heureux de la connaître. »

Randall tendit la main pour prendre une cigarette dans la boîte à côté de lui et se mit à la tapoter contre son ongle. « Mais je crois que je ne sais rien de pertinent, dit-il tristement.

— Dans ce cas, nous ne prendrons pas davantage de votre temps », déclara Hannasyde en se levant.

Randall sonna et, quand Benson fit son apparition, lui enjoignit avec son habituelle langueur de raccompagner les visiteurs.

Tout en descendant l'escalier avec le commissaire, Hemingway lui dit : « Un peu trop facile et sans nœuds, chef. Juste un tout petit peu trop. »

Hannasyde grogna.

« Alibi et tout, poursuivit le brigadier. Réglé au quart de tour. Il a dévidé ça comme s'il était bougrement content de nous jouer un tour. Essayez donc de trouver la faille. On peut toujours chercher, n'est-ce pas ?

— Je ne pense pas. Vous pouvez vérifier, bien sûr, pour la forme. Je vais aller voir Mr Carrington.

— Un petit rayon de soleil dans une journée maussade, comme on pourrait dire, fit observer le brigadier, poétique. C'est drôle de tomber droit sur lui, alors que je venais juste de parler de l'affaire Vereker. Je me demande si Miss Vereker — oh, Mrs Carrington, maintenant, n'est-ce pas ? —, je me demande si elle élève toujours des bull-terriers.

— Je lui demanderai.

— Pendant que vous y serez, vous pourriez aussi lui demander si le jeune Vereker a trouvé moyen de se faire pendre », recommanda le brigadier.

Mr Giles Carrington ne fit pas attendre le commissaire longtemps et dès que celui-ci fut introduit dans son cabinet, il se leva derrière son grand bureau encombré, puis s'avança, la main tendue : « Par exemple ! Voilà une agréable surprise ! s'exclama-t-il. Comment allez-vous, Hannasyde ? Asseyez-vous, je vous en prie. »

Hannasyde lui serra chaleureusement la main et accepta un fauteuil avec une cigarette.

« Comment allez-vous, Mr Carrington ? Et madame ?

— Oh, tout le monde va très bien, merci.

— Et Mr Vereker ? Hemingway — vous vous rappelez de lui ? — veut savoir s'il n'a pas déjà été pendu. Ces croquis à la plume qu'il a faits de la police ont laissé des cicatrices. »

Giles rit. « Il est parti pour l'étranger aussitôt l'affaire réglée et je suis heureux de pouvoir vous annoncer qu'un mariage a été arrangé qui sera célébré sous peu.

— Miss Rivers ? Magnifique. J'espère que vous lui transmettrez toutes mes félicitations.

— Avec plaisir. Mais si vous voulez passer nous voir un soir, vous pourrez les lui présenter vous-mêmes, il est chez nous en ce moment.

— Rien ne pourrait me faire plus plaisir, répondit Hannasyde, mais ma vue risquerait de réveiller des souvenirs assez pénibles, non ?

— Avec Kenneth, on ne sait jamais, décréta Giles. Probablement pas. » Il lança un coup d'œil interrogateur au policier. « Au fait, que présage votre visite, Hannasyde ? Affaire ou plaisir ?

— Les deux. J'ai eu un grand plaisir à travailler avec vous, vous savez.

— Très bien tourné, mais ça ne prend pas. Je ne sais rien du défunt Gregory Matthews. »

Les yeux du commissaire pétillèrent : « Voyons, voyons, Mr Carrington ! Ne jouez pas les Holmes. Bien sûr il s'agit de l'affaire Matthews.

— Il a été empoisonné ? demanda Giles.

— Oui. Nicotine. Je vais être obligé d'examiner ses papiers.

— Entendu. Demain, cela vous convient ? »

Hannasyde acquiesça du chef. « Nous ne trouverons rien. Le meurtre est vieux de cinq jours. Et c'est moi qu'on vient chercher ! Dites-moi ce que vous savez de Matthews, Mr Carrington.

— Pas grand-chose. Il était client de notre étude depuis cinq ans à peu près. Il avait été auparavant chez Digby Bryant, et quand celui-ci est mort, il est venu chez nous. J'ai su qu'il ne s'entendait pas avec le jeune Bryant. Il ne nous a pas surmenés. Quelques formalités, de la routine. Il ne me faisait pas de confidences.

— Savez-vous comment il a gagné son argent ?

— Oh ! c'était un genre de boursicoteur. Il avait un bureau dans la City et je crois qu'il jonglait avec les actions et les obligations. Après avoir commencé sa carrière chez un agent de change, il avait dû avoir de la chance au jeu.

— Nous jetterons un coup d'œil à ce bureau. Vous savez quelque chose sur le reste de la famille ?

— Rien, en dehors de ce que j'ai vu lors de l'ouverture du testament.

— Vous ne m'aidez guère, gémit Hannasyde. Qu'est-ce que vous avez pensé de Randall Matthews ? »

Giles fit tomber la cendre de sa cigarette. « Ma foi, puisque vous me le demandez... je ne peux pas dire que ç'ait été le coup de foudre.

— Pour moi non plus. Vous savez quelque chose de lui ? »

Giles secoua la tête. « Très mondain, pas mon genre du tout. Il vous intéresse ?

— Comme toutes les personnes qui ont un lien avec cette affaire. Hemingway dit que c'est de la purée de pois. C'est cette sacrée nicotine. Elle a pu être avalée, mais selon toute probabilité elle ne l'a pas été. Il y avait une grosse écorchure sur le dos de la main gauche du défunt.

— Entrent les Borgia ! fit Giles, incrédule.

— On croirait bien, n'est-ce pas ? Mais un de nos spécialistes pense que le poison a pu être absorbé de cette façon-là. La sœur, Harriet Matthews, a été la dernière personne à voir le défunt le soir où il est mort, bien qu'elle ne l'ait pas avoué. On peut supposer qu'elle est responsable de l'écorchure, mais...

— Avec une paire de ciseaux empoisonnés ? interrompit Giles, moqueur. Continuez, continuez, j'aime vous voir devenir romanesque. »

Hannasyde sourit. « Je sais. Mais ça n'est pas une plaisanterie. Supposons qu'elle ait fait l'écorchure, apparemment par accident, et puis qu'elle l'ait bassinée avec une lotion dans laquelle elle aurait versé son poison ?

— Un instant, dit Giles. Harriet Matthews, c'est la dame excentrique qui a la manie des économies ?

— Exactement.

— Parmi tous les suspects, quelle idée de la choisir ! Elle n'aurait ni l'astuce ni surtout les connaissances voulues.

— Les vieilles dames volubiles et originales ne sont pas toujours aussi candides qu'elles en ont l'air, Mr Carrington. Au reste, je ne crois pas que ce soit elle. Mais l'ennui, c'est qu'il n'y a personne qui me semble susceptible d'avoir fait le coup. A première vue, l'héritier constitue le meilleur suspect. Il vit sur un grand pied, sans doute au-dessus de ses moyens et, si je ne me trompe, joue beaucoup. Intelligent, un toupet d'airain et un sang-froid de même. De plus, il m'a fourni un alibi détaillé dans lequel je ne compte pas trouver la moindre faille. Jusqu'à présent, je n'ai absolument rien contre lui. Il dit qu'il a appris la mort de son oncle par vous. Comment l'a-t-il prise ? »

Giles réfléchit : « C'était au téléphone. Très calmement, je crois. J'ai simplement dit que Matthews était mort, puis ajouté qu'il y avait quelque doute sur la cause du décès et qu'une autopsie était prévue. Un silence, il a eu l'air ennuyé, mais je pense que n'importe qui l'aurait été. Un scandale dans la famille ne fait jamais plaisir.

— Qu'est-ce qu'il a dit ?

— Je ne me rappelle pas. Quelque chose sur l'incompétence des médecins et la nécessité de venir me voir.

— Ah ! Il est venu ce même jour ? Quand ?

— Peu avant une heure. Parfaitement calme et maître de lui. Il voulait mettre au point avec moi l'ouverture du testament et diverses autres questions de mon ressort.

— Il savait qu'il était l'héritier, je suppose.

— Oh, oui. Il est exécuteur testamentaire avec moi.

— Est-ce qu'il paraissait désireux de savoir ce qui s'était passé à Grinley Heath ?

— Pas plus qu'il n'est naturel de l'être. Il aurait voulu savoir quel était l'imbécile qui avait lancé l'histoire du meurtre, mais comme je n'en savais rien...

— Qui lui a dit qu'il était question de meurtre ? Vous ? »

Giles le regarda : « Non, je ne crois pas. Mais on y pense aussitôt quand on apprend qu'il y aura une autopsie, n'est-ce pas ? Je suppose qu'il a soupçonné, tout comme moi, une possibilité d'empoisonnement. Mais il ne m'a pas paru la prendre très au sérieux. Il a dit qu'il était sûr que les divers membres de sa famille se montraient égaux à eux-mêmes, et il a ajouté que la tentation d'aller sur place les voir se rendre grotesques était trop forte pour qu'il pût y résister. Je crois qu'il est effectivement allé à Grinley cet après-midi-là.

— Je n'en doute pas, dit Hannasyde. Très compréhensible — et s'il y avait aux Peupliers quelque indice gênant à faire disparaître, plus compréhensible encore.

— Vous avez l'air grincheux, mon cher. Ça ne vous ressemble pas.

— Avouez qu'il y a de quoi faire damner un saint, Mr Carrington. Voilà un homme qui est empoisonné le 14 mai au soir. Son médecin traitant trouve des causes naturelles, il est prêt à signer le certificat de décès, mais un membre de la famille élève des objections et on décide de faire pratiquer une autopsie. Le médecin-légiste ne voit rien non plus, mais les organes sont envoyés au ministère de l'Intérieur, conformément au règlement. Personne à Grinley ne prend la chose au sérieux, aucune réaction officielle ne se produit. Résultat : cinq jours s'écoulent avant que l'affaire arrive chez nous et pendant ce temps-là, tous ceux qui sont concernés de près ou de loin non seulement savent qu'une enquête est en cours, mais ont eu tout le loisir de faire disparaître les indices qu'il pouvait y avoir. La chambre du défunt est briquée à l'os, la bouteille de fortifiant providentiellement cassée, tout débarrassé.

— Ah, je vois, dit Giles en souriant. Vous voudriez le cadavre découvert *in situ*, la lettre accusatrice dans la corbeille à papiers, le verre (avec des traces de poison) sur la table et tout sous clef jusqu'à ce que vous arriviez. »

Hannasyde rit un peu jaune : « Convenez que ce serait beaucoup plus facile pour la police. A propos, vous avez les clefs du défunt, je pense ?

— Oui, mais seulement depuis vendredi. Randall me les a confiées en attendant le résultat de l'enquête. »

Hannasyde écarquilla les yeux : « Il pense vraiment à tout, hein ? Irréprochable, Mr Randall Matthews. Et le reste de la famille le déteste. » Il tapota un moment le bureau de Giles. « Je vais mettre le Yard sur cet impeccable jeune homme. Vous êtes pressé, Mr Carrington ?

— Qu'est-ce que vous voudriez que je fasse ?

— Que vous veniez avec moi au bureau de Gregory. »

Giles jeta un coup d'œil à sa montre : « Bon. Mais

il faut que je sois revenu à cinq heures. J'ai un rendez-vous. »

Un taxi conduisit les deux hommes devant un grand immeuble de la Cité. Gregory Matthews y avait loué au quatrième étage une seule pièce, où il traitait apparemment ses affaires. De petites dimensions, elle ne contenait qu'un bureau, deux fauteuils de cuir, une table avec une machine à écrire, une grande corbeille à papiers, un classeur et un coffre-fort. Ordre parfait et odeur de renfermé.

« Pas de lettres déchirées, ici, fit remarquer Giles. Un de ces immeubles modernes où les femmes de ménage entrent avec un passe-partout et nettoient chaque matin avant que vous n'arriviez. » Il s'assit au bureau et se mit à examiner les clefs enfilées dans un anneau qu'il tenait à la main. « Par quoi préférez-vous commencer ? Bureau, coffre-fort ou classeur ? »

Hannasyde feuilletait un agenda qu'il avait pris sur la table : « Ça m'est égal. Bureau, répondit-il distraitement. Parker & Snell, sans doute ses agents de change. Il avait, semble-t-il, rendez-vous avec eux le 14 mai. Ça ne nous dit pas grand-chose.

— Oui, ce sont ses agents de change, dit Giles en introduisant une clef dans le premier tiroir du bureau. Tenez.

— Un instant. » Hannasyde tournait à l'envers les feuilles de l'agenda. « Pratiquement pas de rendez-vous notés. Des cours d'actions, par contre, tous les jours. Il avait des goûts éclectiques pour ses placements... Lundi 13 mai : Lupton, 12 h. » Il referma l'agenda. « Lupton, c'est le beau-frère. Je me demande bien pourquoi il voulait le voir.

— Le petit homme desséché avec l'épouse en forme de Jaggernaut ?

— Exactement. Pourquoi diable Matthews a-t-il pris rendez-vous avec lui, alors qu'ils habitaient le même patelin ? Pourrait être utile de le savoir. »

Giles le regarda avec amusement : « Quel esprit redoutablement tordu ! Je peux trouver une douzaine de raisons.

— Oh, moi aussi, mais on ne sait jamais. Est-ce que vous avez entendu parler d'une certaine Gladys Smith qui habite 531 Fairleigh Court, Golders Green ?

— Non, jamais, répondit Giles en prenant des papiers dans le tiroir qu'il venait d'ouvrir. Elle a un rapport quelconque avec l'affaire, ou vous allez me raconter une anecdote ?

— Je vois son nom et son adresse notés là, le 9 mai, c'est tout. Pas d'heure, donc ce n'était pas forcément un rendez-vous.

— Vous avez l'air de vous raccrocher à des fétus », fit remarquer Giles en parcourant rapidement les papiers qu'il tenait.

Hannasyde nota l'adresse de Mrs Smith. « Je n'ai pas grand-chose d'autre sous la main. Ils sont parfois importants, d'ailleurs. Vous avez mieux dans vos papiers ?

— Non, rien d'intéressant. »

Ils examinèrent le reste du bureau ensemble, puis se tournèrent vers le coffre. Rien d'important non plus à première vue, mais Hannasyde prit des relevés de compte ainsi qu'un gros classeur et s'installa au bureau pour les regarder plus en détail.

Giles se mit à bourrer sa pipe, puis déclara au bout d'un moment : « Je m'ennuie ferme. » A quoi

Hannasyde répondit par un grognement. « Vous trouvez quelque chose dans les relevés ? demanda Giles.

— Pas à première vue. Il ne tenait pas ses comptes avec beaucoup de rigueur. Il n'indique pas toujours ce qu'il a vendu pour acheter certains paquets d'actions. » Il soupira et referma le livret. « Il faudra que je regarde ça de plus près. Jetons un œil au classeur. »

Rien d'intéressant non plus. Ils passèrent rapidement en revue le peu qu'il contenait et Giles déclara en bâillant qu'il était bien content de ne pas appartenir au CID.

« Beaucoup de gens seraient soufflés s'ils savaient ce que la majeure partie de notre travail est ennuyeuse, répondit Hannasyde. Je vais garder le livret de la banque, le registre et cet agenda, Mr Carrington. Je ne crois pas qu'il y ait autre chose ici. Espérons que nous aurons plus de chance à son domicile. Pourriez-vous me retrouver aux Peupliers à dix heures, demain matin ?

— Je vous y conduirai en voiture. Je pense que vous allez faire une petite visite à Gladys Smith, maintenant.

— Gladys Smith nécessite une explication, dit Hannasyde, imperturbable. Qui est-elle et pourquoi figure-t-elle au milieu de cotations et de rendez-vous ?

— Je n'en sais rien, mais je suis sûr que vous trouverez, répondit Giles cordialement. Vous découvrirez probablement que c'est une dactylo qui a demandé du travail à Matthews, mais j'admire votre zèle.

— Rien n'indique qu'il ait jamais employé de dactylo.

— Ce qui ne prouve nullement qu'il n'allait pas le faire, répliqua Giles.

— Vous avez sans doute raison », admit Hannasyde, placide.

Mais le lendemain matin, en montant dans la voiture de Giles, il lui annonça : « Mes fétus commencent à faire une corde. Il ne s'agissait pas d'une dactylo à la recherche de travail.

— Hein ? Oh, Gladys Smith ! Alors vous l'avez vue ? A quoi ressemble-t-elle ? »

Hannasyde craqua une allumette et se mit en devoir d'allumer sa pipe : « Une jolie petite femme. Pas toute, toute jeune et carrément commune. Confortable pourrait-on dire. De beaux yeux et un sourire maternel. » Il s'arrêta un instant, tira une bouffée de sa pipe et ajouta : « Elle n'a jamais entendu parler de Gregory Matthews. »

Giles éclata de rire. « Encore mieux que je ne pensais ! Mon pauvre Hannasyde, quel coup !

— Je n'ai pas pris la chose comme ça du tout », dit Hannasyde en tassant le tabac dans le fourneau de sa pipe avec un pouce carré. « J'ai trouvé que c'était l'élément le plus intéressant qui ait fait surface jusqu'à maintenant. Voyons, vous pouvez faire beaucoup mieux, Mr Carrington : Vous ne trouvez pas un peu bizarre qu'elle n'ait jamais entendu parler d'un homme qui a son nom et son adresse inscrits dans un agenda ?

— Elle le connaissait peut-être sous un nom d'emprunt, suggéra Giles sans se démonter. Voilà qui sent fortement l'intrigue. Il y avait une liaison sous roche ?

— Oh non, elle n'a pas même reconnu la photo, ça ne fait aucun doute.

— J'admets que cela semble un peu étrange, dit Giles. Mais voilà qui ne vous aide guère. Où est la corde dont vous me parliez ?

— Elle m'a emmené dans son salon, dit Hannasyde. Une petite pièce douillette. Des tas de coussins et de bibelots. Vous connaissez le genre. Il y avait un grand portrait d'homme au beau milieu de la cheminée. Son mari, d'après elle.

— C'était peut-être vrai, dit Giles, charitable.

— Je ne crois pas, répliqua Hannasyde avec son calme imperturbable. C'était une photographie de Mr Henry Lupton. »

CHAPITRE VI

« Henry Lupton ? répéta Giles, interloqué. Vous ne voulez pas dire le beau-frère en puissance d'un char de combat ? Il a une maîtresse ? Que c'est drôle !

— Peut-être pas tellement, dit Hannasyde. Mais enfin, oui, c'est à peu près ça. Je n'ai pas tiré grand-chose de Gladys Smith. Elle m'a dit que son mari était voyageur de commerce et souvent parti. Grand air de respectabilité partout. Pauvre diable !

— Qui ? Henry ? Il a l'air d'avoir trouvé des consolations.

— Si sa femme a vent de la chose, la consolation sera maigre.

— Mais en somme, qu'est-ce que les peccadilles de Lupton ont à voir avec la mort de Matthews ?

— Peut-être rien du tout. Mais si vous vous en souvenez, Gladys Smith figurait dans l'agenda de Matthews à la date du 9 mai. Le 13, il avait rendez-vous avec Lupton. Vous ne voyez pas le rapport ? »

Giles fronça les sourcils. « Si, peut-être. Matthews a découvert l'existence de Gladys Smith et menacé Lupton de manger le morceau s'il ne la larguait pas. C'est ça que vous voulez dire ? Il aimait beaucoup sa sœur ?

— Il semble l'avoir préférée au reste de la famille. Et d'après ce que j'ai entendu dire de lui, ce genre de chantage féroce aurait été tout à fait dans sa manière.

— Il avait en effet l'air d'une brute, admit Giles. Je suppose que maintenant Lupton prend le rôle de Premier Suspect, comme dirait Kenneth. J'en suis désolé. J'avais une nouvelle qui selon moi aurait dû vous faire plaisir.

— Laquelle ? » demanda Hannasyde.

Giles sourit. « Oh, simplement votre ami Randall. Il m'a téléphoné hier soir pour savoir ce que vous mijotiez... Du moins, c'est ce que j'ai cru comprendre. Enfin, il nous retrouvera aux Peupliers aujourd'hui.

— Et pour quoi faire ? » demanda Hannasyde.

Giles haussa les épaules. « Il a parfaitement le droit d'être là quand vous examinez les papiers de Matthews. Il est l'un des exécuteurs testamentaires, comme vous savez.

— Oh, je n'ai pas d'objection. Mais j'aimerais savoir pourquoi il veut y être.

— Vous lui demanderez. Moi, je ne l'ai pas fait.

— Très bien », approuva Hannasyde qui retomba dans son silence méditatif.

Pas trace de la voiture de Randall quand ils arrivèrent aux Peupliers, mais les premiers sons qui frappèrent leurs oreilles, lorsqu'ils furent introduits dans la maison, furent les accents sonores de Mrs Lupton. Un chapeau d'homme sur la table à côté d'une paire de gants semblait indiquer que son mari pourrait être présent également. Hannasyde regarda le couvre-chef sans en avoir l'air et se tourna pour saluer Miss Harriet Matthews, qui sortait de la bibliothèque. L'air énervé, contrarié, elle tenait des propos encore plus chaotiques que d'ordinaire. « Ah, vous voilà ! Eh bien, je suis sûre que je n'ai rien à y voir. Oh, comment allez-vous, Mr Carrington ? Je ne vous avais pas vu. Mais je dois dire que je ne vois pas du tout ce que les papiers personnels de ce pauvre Gregory ont à voir avec la police, et je juge extrêmement indiscret... Mais enfin, il est entendu que personne ne prête la moindre attention à ce que je dis. Ne croyez pas que vous allez trouver quelque chose, parce que je sais parfaitement qu'il n'y a rien à trouver, et si par extraordinaire il y avait des lettres sur l'affaire du Brésil, ça ne prouverait rien du tout, contrairement à ce que ma sœur pourrait vous avoir dit — ce qu'elle s'est empressée de faire, je n'en doute pas un instant. »

Mrs Lupton sortit de la bibliothèque au milieu de ce discours, suivie par son mari, et dit avec son air de majesté habituel : « Ne sois donc pas ridicule, ma pauvre Harriet. Bonjour, messieurs. Je crois que vous voulez examiner les papiers de mon frère ?

— Ça ne te regarde pas, Gertrude ! s'exclama Miss Matthews, très agitée. Je ne veux pas être traitée comme un zéro en chiffre chez moi, dans ma maison. Tu n'as rien à faire ici. On croirait bien que c'est toi qu'on doit consulter ! Personne ne t'a demandé de venir et personne ne te veut.

— Ah, bonjour, Mr Carrington », roucoula une voix venue des hauteurs de l'escalier. Mrs Matthews avait fait son apparition, adressant un gracieux sourire à Giles et un autre, un peu plus distant, au commissaire. « Quelle superbe matinée, n'est-ce pas ? Ma chère Gertrude ! Quelle surprise ! Et Henry, aussi ! »

Miss Matthews la lorgna avec une hargne rongeante. « Vous voilà descendue bien tôt, Zoé, dit-elle. Remarquable, vraiment ! Bien sûr, personne ne peut deviner pourquoi. Oh, non !

— C'est peut-être un peu imprudent de ma part, admit Mrs Matthews. Mais un jour comme celui-ci, on est heureux de se sentir vivant. » Elle dirigea de nouveau son sourire vers Giles. « On va vous dire que je suis une pauvre vieille éclopée, j'en ai bien peur, Mr Carrington.

— Si c'est à moi que vous faites allusion, Zoé, assena Mrs Lupton avec un mépris écrasant, je ne dirais rien de semblable à Mr Carrington. Je n'ai pas la moindre intention de lui parler de vous, mais si je devais le faire, je vous définirais comme une malade imaginaire et rien d'autre. Mr Carrington, c'est vous, je crois, qui avez les clefs de mon frère. Veuillez me suivre.

— Tous ces détails sordides, dit Mrs Matthews en frissonnant. Je pense que c'est inévitable.

— Oui, c'est inévitable, hélas, dit Giles avec sa gentillesse habituelle.

— Si quelqu'un a le droit de protester, c'est moi et certainement pas ma belle-sœur, trancha Mrs Matthews. Et je me garde bien de le faire. A quoi bon ? »

A ce moment, Randall Matthews entra dans la maison, apparemment assez tôt pour entendre les remarques de sa tante car il dit, comme s'il avait pris part à la conversation : « Personne n'a le droit de protester. Mon Dieu, qu'est-ce qui a pu amener ma chère tante Gertrude ici ? Je me le demande.

— Tu ne sais pas de quoi nous parlions, dit Miss Matthews, furieuse.

— Non, mais j'ai la certitude que ma réponse était la bonne. » Son regard retourna à Mrs Lupton. « Vous n'êtes pas seulement inattendue, chère tante, mais superfétatoire.

— Je comprends parfaitement où tu veux en venir, Randall, annonça Mrs Lupton. A tes yeux je suis certainement “ superfétatoire ”, je n'en doute pas, mais j'imagine que je suis au moins aussi concernée que toi par la mort de mon frère. Si ses papiers personnels jettent quelque lumière, j'entends en être avertie.

— Si un phénomène aussi singulier se produit, l'univers entier en sera averti, promit Randall. Carrington, vous avez la clef du cabinet de Barbe-Bleue. Venez donc l'ouvrir. »

Cette regrettable désinvolture déchaîna un torrent de protestations. Sans y prêter la moindre attention, Randall conduisit Giles et Hannasyde au bureau de son oncle et attendit, très décontracté, tandis que la clef était introduite dans la serrure.

Comme s'il poursuivait une conversation mondaine, Hannasyde dit : « Je regrette que les dames soient attristées par cette formalité, Mr Matthews. Ces choses-là sont toujours pénibles pour le reste de la famille. »

Les yeux de Randall papillotèrent. « Ma foi, on ne sait jamais, dit-il. Il y a des tas de petites choses dans nos vies que nous préférerions ensevelir décemment au plus profond de l'oubli.

— Comme, par exemple ?

— Je n'ai pas encore vu la correspondance de mon oncle », répondit Randall, toujours suave.

Giles tourna la clef dans la serrure et poussa la porte. Ils entrèrent dans le bureau, une pièce carrée avec un tapis de Turquie et des meubles massifs. Randall alla à la fenêtre, l'ouvrit et resta là, les mains dans les poches, les épaules appuyées contre le mur, sans manifester le moindre intérêt pour les découvertes faites par Hannasyde — qui n'étaient d'ailleurs guère intéressantes. Il y avait quelques factures, beaucoup de reçus, plusieurs lettres dactylographiées ayant trait à l'avenir de Guy Matthews au Brésil et un mot de Henry Lupton, daté du 13 mai. Giles, qui l'avait trouvé, le tendit sans commentaire à Hannasyde.

Il semblait avoir été écrit à la hâte et commençait abruptement : « Suite à notre conversation de ce jour, il faut que je vous revoie avant de faire quoi que ce soit. Je compte que vous aurez réfléchi entretemps et vous avertis que vous aurez lieu de le regretter si vous me poussez à un geste désespéré. »

Hannasyde lut ces quelques phrases, et il s'apprêtait à replier la petite feuille quand Randall quitta sa fenêtre et s'approcha. « Ah, vous permettez ? murmura-t-il et il prit le mot.

— Pas d'intérêt particulier, déclara Hannasyde assez sèchement.

— C'est sans doute pour cela que vous vous y arrêtez », dit Randall de sa voix la plus douce. Il lut le mot et le rendit.

« Savez-vous à quoi cette lettre fait allusion, Mr Matthews ?

— Et vous ?

— Oui, je crois.

— Alors pourquoi me poser la question ? » demanda Randall. Il jeta un coup d'œil dans le tiroir que Giles avait ouvert. « Quelle déception ! Mon oncle a dû détruire sa correspondance la plus incandescente, hélas. »

Le tiroir contenait une collection d'objets hétéroclites. Sous un paquet d'étiquettes, Hannasyde découvrit une paire de lunettes de soleil, des trombones éparpillés et un tube de colle. Il y avait encore une quantité de papier timbré, de la cire à cacheter, un canif, une bouteille d'encre rouge et un rouleau de papier collant. Le commissaire les déposa sur le bureau et constata qu'il n'y avait rien en dessous.

Randall regardait cet assemblage disparate, les sourcils légèrement froncés.

« Le tiroir fourre-tout habituel », dit Giles en y remettant les divers objets.

Randall leva les yeux : « Comme vous dites, répondit-il poliment. Tout cela est bien déprimant. »

Les autres tiroirs ne présentaient pas plus d'intérêt et Giles venait de refermer le dernier quand un petit coup timide fut frappé à la porte et Henry Lupton passa la tête. « J'espère que je ne dérange pas ? demanda-t-il. En fait, ma femme voudrait savoir... Nous ne faisions que passer, vous comprenez, juste pour demander comment les choses évoluent et le temps presse. Alors si l'on n'a pas besoin de nous... » Il laissa la fin de la phrase en l'air, regarda Hannasyde, puis Giles, puis revint à Hannasyde.

Ce fut ce dernier qui répondit : « Voulez-vous entrer, Mr Lupton ? Il y a précisément une ou deux questions que je voudrais vous poser. »

Henry Lupton ferma la porte, mais n'entra pas plus avant dans la pièce et dit précipitamment : « Oh, bien sûr ! Je serais trop heureux si je pouvais vous apporter quelques réponses, mais en réalité, vous savez, je suis dans l'ignorance la plus complète. Une affaire incompréhensible ! Je le disais à ma femme hier soir encore. Je n'ai jamais été aussi choqué de ma vie. »

Randall sortit son étui à cigarettes : « N'en faites pas trop », dit-il avec un sourire qui ressemblait singulièrement à un ricanement.

Hannasyde tourna la tête : « Je ne pense pas que j'aie besoin de vous retenir davantage, Mr Matthews.

— J'ai comme une impression que vous allez me découvrir une utilité, répliqua Randall en ouvrant son briquet. Je peux évidemment me tromper... mais non, je ne me trompe pas. »

La porte s'était rouverte, cette fois sans avertissement préliminaire, et Mrs Lupton fit irruption dans la pièce. « Puis-je vous demander ce qui se passe ici ? dit-elle d'un ton courroucé. Vous savez parfaitement que j'ai une matinée très chargée devant moi, Henry. J'aurais pensé que vous aviez au moins eu le temps de transmettre deux fois mon message. » Elle braqua un regard dominateur sur Hannasyde : « Si ma présence n'est pas nécessaire, je me retire, annonça-t-elle.

— Certainement, dit Hannasyde. Mais j'ai diverses choses à dire à votre mari, si vous voulez bien nous excuser une minute.

— A mon mari ? répéta Mrs Lupton. Et qu'avez-vous à dire à mon mari, commissaire ? »

Henry Lupton, qui semblait affreusement mal à l'aise, bredouilla : « Eh bien, ma bonne amie, voyez-vous — le commissaire veut avoir une petite conversation avec moi en privé, si vous... si vous n'y voyez pas d'inconvénient.

— Vraiment ! J'avais toujours cru que mari et femme ne faisaient qu'un. » Elle se tourna de nouveau vers Hannasyde : « Vous pouvez parler tout à fait librement devant moi, commissaire. Mon mari et moi n'avons pas de secrets l'un pour l'autre.

— Ce n'est pas une question de secrets, Mrs Lupton, répliqua Hannasyde. C'est simplement que je préfère...

— Si vous avez quelque chose à demander à mon mari, vous pouvez le demander en ma présence, interrompit Mrs Lupton. Je serai sans aucun doute beaucoup plus compétente que lui pour répondre à tout ce qui touche aux affaires de cette maison.

— Je crains que vous ne compreniez pas, Mrs Lupton, coupa Giles. Le commissaire Hannasyde est obligé de suivre la procédure normale. Il n'y a pas...

— Henry, dit Mrs Lupton, implacable, voulez-vous avoir la gentillesse d'informer le commissaire que vous n'avez pas d'objections à ma présence ?

— Eh bien, ma chère, naturellement je... naturellement, je...

— Personne d'entre nous ne peut maintenant douter qu'il a toutes les objections possibles, dit Randall. Vous savez, vous feriez beaucoup mieux de vous retirer, ma chère tante. Je suis sûre que la double vie d'oncle Henry va être révélée. Ma conviction, c'est qu'il entretient une maîtresse depuis des années. »

Giles ne put s'empêcher de jeter un bref coup d'œil, qui glissa du beau visage moqueur de Randall à celui de Henry Lupton, gris comme la cendre. Le petit homme essayait de rire, mais il n'y avait pas de gaieté dans ses yeux. Le commissaire restait imperturbable.

Mrs Lupton rougit. « Tu t'oublies, Randall. Je ne vais certes pas rester ici pour voir mon mari servir de cible à tes insultes. Si tu crois être drôle, tu te trompes lourdement. Tu es seulement mal élevé.

— Oh, je ne l'insultais pas, dit Randall. Pourquoi n'aurait-il pas une maîtresse ? J'incline à penser qu'à sa place — celle de votre conjoint, chère tante Gertrude — j'en aurais plusieurs. »

Les yeux de Giles rencontrèrent ceux de Hannasyde à l'autre extrémité de la pièce. L'atmosphère était à couper au couteau. De toute évidence, Randall avait enfin réussi à époustoufler le commissaire.

Mrs Lupton se gonfla sous l'effet de l'indignation.

« Ou tu t'excuses pour ton impertinence, Randall, ou je quitte cette pièce. Jamais de ma vie on ne m'a parlé de cette façon.

— Chère tante ! » dit Randall en lui envoyant un baiser.

Mrs Lupton pivota sur ses talons et sortit de la pièce raide comme la justice.

Randall avala une grosse bouffée de fumée. « Je vous l'avais bien dit que vous pourriez avoir besoin de moi », fit-il remarquer en se dirigeant vers la porte.

Henry Lupton dit d'une voix étranglée : « Attends, Randall ! Qu'est-ce... qu'est-ce que tu voulais dire avec cette plaisanterie de si mauvais goût ? »

Randall le regarda d'un air méprisant. « Mon bon oncle, je vous ai tiré d'un pétrin ; maintenant, tirez-vous de celui-ci. » Et il sortit négligemment de la pièce.

Giles l'aurait volontiers suivi, mais Lupton, qui avait désormais un peu de sang aux joues, l'arrêta en lui disant : « Je vous en prie, ne partez pas, Mr Carrington. Je... je préférerais que vous restiez ; vous êtes un homme de loi et...

— Je ne peux pas vous conseiller, Mr Lupton, dit Giles. Je suis ici uniquement en qualité de notaire de feu Mr Matthews.

— Certes, certes, mais ma position...

— Restez, je vous en prie », trancha Hannasyde, et il posa devant Henry Lupton sa propre lettre : « Avez-vous écrit ceci, Mr Lupton ? »

Celui-ci la regarda d'un air éploré. « Oui. C'est-à-dire... Oui, je l'ai écrit. Nous... Mon beau-frère et moi... nous avions eu un petit désaccord à propos... à propos d'une affaire personnelle. Ces choses-là arrivent dans les meilleures familles, vous savez. J'avais pensé que le mieux était une rencontre pour que nous en parlions ensemble. Sous toutes réserves, vous comprenez.

— Vous l'avez rencontré ? demanda Hannasyde.

— Non. Oh, non ! Il est mort avant qu'il y ait eu vraiment le temps.

— Il a répondu à votre lettre ?

— Par téléphone, seulement. Juste pour me faire savoir qu'il ne pouvait pas me donner rendez-vous. » Il rit nerveusement. « Sur le moment j'étais très contrarié... mon beau-frère avait une sorte de manière qui vous hérissait un peu, si vous voyez ce que je veux dire. »

Hannasyde prit son ton le plus mesuré : « Mr Lupton, je tiens à mettre une chose bien au point. Sauf dans la mesure où elle peut avoir un rapport quelconque avec cette affaire, je ne me soucie nullement de votre vie privée. Et je n'ai pas non plus, je peux vous l'assurer, le moindre désir de provoquer gratuitement des dissensions dans votre cercle familial. Mais quand j'ai examiné les papiers du défunt à son bureau avec Mr Carrington ici présent, j'ai trouvé le nom et l'adresse d'une dame Gladys Smith. Vous comprendrez que j'aie été obligé de suivre cette piste. J'ai rendu visite à Mrs Smith chez elle hier ; ce que j'ai vu et entendu alors était suffisant pour me convaincre que vous la connaissiez... intimement. »

Henry Lupton regarda Giles pour chercher un soutien et, n'en trouvant pas, dit d'un air bravache : « Et après ? Je voudrais bien savoir quel rapport ça peut avoir avec cette affaire.

— Moi aussi, c'est ce que je veux savoir. » Hannasyde ménagea un silence, mais Henry Lupton ne disant rien, il poursuivit : « Vous aviez rendez-vous avec votre beau-frère pour le lundi 13 mai. »

Lupton se tortilla sur sa chaise : « Oui, bien sûr. Mais c'est... c'est tout à fait ridicule ! Il n'y a aucune raison pour que vous traîniez le nom de Mrs Smith dans toute cette boue.

— Est-ce que vous allez me dire que votre rendez-vous avec le défunt n'avait aucun rapport avec Mrs Smith... dont j'ai trouvé le nom et l'adresse dans son agenda ? »

Il était évident que Henry Lupton ne savait que répondre. Il marmonna quelque chose sur la nécessité de consulter son avocat, se ravisa, et, jetant par hasard les yeux sur sa propre lettre à Gregory Matthews dit, très agité : « Je ne l'ai pas empoisonné, si c'est ce que vous soupçonnez. Oui, oui, je sais très bien ce que vous pensez et j'admets que j'ai été idiot d'écrire cette lettre. Ça devrait vous convaincre que... que jamais au grand jamais je n'aurais prévu un pareil drame.

— Je ne soupçonne rien du tout, dit calmement Hannasyde. Mais il est évident qu'au moment de sa mort vous étiez en mauvais termes avec Gregory Matthews ; évident, également, que l'existence de Mrs Smith y était pour quelque chose. Je crois qu'en l'absence de votre avocat, Mr Carrington vous conseillerait d'être franc avec moi. »

Giles ne dit rien, mais Henry Lupton, se prenant la tête dans les mains, poussa un gémissement et répondit : « Bien entendu, je ne souhaite pas du tout gêner le travail de la police. Naturellement, je comprends très bien votre position, commissaire, mais la mienne est... est extrêmement équivoque. Ma femme ne se doute de rien... J'ai mes filles aussi à ménager et mon seul but est de... de...

— Essayez donc de comprendre que je ne suis pas ici pour enquêter sur la morale publique, Mr Lupton, dit froidement Hannasyde. Je ne peux que vous dire en toute honnêteté que vos relations avec Mrs Smith risquent plus d'être ébruitées par votre refus d'être franc avec moi que par une déclaration faite maintenant de votre plein gré.

— Oui, répondit Lupton d'un ton lamentable. Je le vois bien. Je suppose que vous ferez une enquête et ça se saura. » Il frissonna et releva la tête. « Je... je connais Mrs Smith depuis des années, dit-il sans regarder Hannasyde dans les yeux. Je n'ai pas besoin de revenir sur tout cela, n'est-ce pas ? Mon travail m'amène à circuler pas mal et j'ai toujours eu...

beaucoup d'occasions, sans éveiller les soupçons. J'étais très prudent. Je ne sais pas comment mon beau-frère l'a découvert. Pour moi, c'est un mystère. Mais enfin, il l'a su. Il m'a demandé de passer à son bureau. Je n'avais pas la moindre idée... Je trouvais ça étrange, mais c'était un homme étrange et l'idée ne m'a pas effleuré... Bref, j'y suis allé et il m'a accusé... il m'a reproché mes relations avec Mrs Smith. » Son visage se crispa, il serra convulsivement ses genoux et dit d'une voix étranglée : « Il savait tout. Il savait même à quelle date j'étais allé la voir pour la dernière fois, et il savait qu'ils me prenaient... les autres locataires de l'immeuble, je veux dire... pour un voyageur de commerce. Il avait dû faire les recherches les plus minutieuses. Inutile de nier. Il savait tout... oh, des choses dont on n'aurait jamais pu penser qu'il les savait. » Il s'interrompit brusquement et se tourna vers Giles comme pour faire appel à lui. « Vous le connaissiez, Carington. On ne peut pas essayer d'expliquer ça au commissaire. Personne ne comprendrait, à moins d'avoir connu Gregory Matthews.

— Je ne le connaissais pas bien, répondit Giles.

— Vous avez bien dû voir le type d'homme que c'était. Le pouvoir ! Voilà ce qu'il aimait. Il ne se souciait pas de ma femme, vous savez. Pas assez pour menacer de me dénoncer. Ce n'était pas ça. C'était... c'était un fond de cruauté dans sa nature. D'une certaine façon, ils sont tous comme ça, ces Matthews. Il voulait tirer les ficelles, et voir les marionnettes danser. Eh bien, je lui ai dit qu'il ne pouvait pas faire ça avec moi. J'ai... j'ai souvent dansé... pour des petites choses... Mais ça, c'était différent. Je ne veux pas que vous croyiez à une simple intrigue un peu sordide, parce que je vous jure que ce n'est pas ça. Mrs Smith... est exactement comme une épouse pour moi. Je l'épouserais si je pouvais, mais tout est tellement impossible. Il y a mes filles et puis ma situation et... et ma femme, bien sûr. J'ai même un petit-fils. On ne peut pas, vous comprenez. Mais c'était ce que je voulais dire quand j'ai écrit cela. » Il désigna du doigt la lettre sur le bureau devant Hannasyde.

Le policier la prit : « La phrase : “ vous avertis que vous aurez lieu de le regretter si vous me poussez à un geste désespéré ”, cela signifiait que vous envisagiez le divorce ?

— Oui, je crois. Je ne sais pas. J'étais affreusement perturbé. Je ne voyais aucun moyen de m'en sortir. Je lui ai écrit pour essayer de lui faire peur. Je me disais qu'il hésiterait peut-être à me pousser à bout s'il savait que j'étais prêt à envoyer tout et tout le monde au diable pour garder Gladys. Lui non plus ne tenait certainement pas à faire éclater un scandale dans la famille et ce n'était pas comme si ma femme avait souffert de quelque façon que ce soit de l'existence de Mrs Smith.

— Je comprends très bien, dit Hannasyde. Vous lui avez demandé un second rendez-vous et il a refusé, n'est-ce pas ? »

Henry Lupton inclina la tête.

« Oui, il a refusé et c'est la dernière fois que je lui ai parlé. Le matin du jour où il est mort. Au téléphone. Il m'a appelé de son bureau. Je ne l'ai jamais revu.

— A quelle heure vous a-t-il appelé, Mr Lupton ?

— Oh, assez tôt. Pas plus tard qu'onze heures.

— Je vois. Et qu'est-ce que vous avez fait, à ce moment-là ? »

Lupton le regarda fixement. « Rien. J'étais à mon bureau, vous comprenez. J'avais mon travail, je ne pouvais rien faire.

— Vous n'avez pas essayé de le rencontrer... au moment du déjeuner par exemple ?

— Non, ce n'était pas la peine. Je connaissais Gregory. J'ai déjeuné tout seul. Je voulais avoir le temps de réfléchir.

— Où avez-vous déjeuné ?

— Comme d'habitude, à un petit restaurant tranquille. La Vigne. Ils me connaissent. Je suis sûr qu'ils pourront confirmer ce que je vous dis.

— Et après le déjeuner ?

— Je suis retourné à mon bureau, bien sûr. En fait, je suis parti plus tôt que d'habitude. Enfin, avant le thé.

— Où êtes-vous allé ?

— A Golders Green. Je voulais voir Mrs Smith.

— Ah, oui, dit Hannasyde, très suave. Vous vouliez naturellement parler de tout cela avec elle.

— Ma foi, non, non, je n'en ai pas parlé. Je voulais le faire, mais... mais j'espérais toujours qu'il pourrait y avoir un moyen de sortir de l'impasse. Et je ne voulais pas inquiéter Gladys. Je ne lui ai rien dit de ce qui s'est passé. Simplement que nous avions eu un décès dans la famille.

— Ah ! fit Hannasyde. Et à quelle heure avez-vous quitté Mrs Smith ?

— Je ne sais pas au juste. Je suis rentré chez moi bien à l'heure pour le dîner. C'est-à-dire que je suis venu directement de Golders Green.

— Et après le dîner ?

— Nous avions des amis pour un bridge. Je ne suis pas sorti de chez moi avant le lendemain, quand nous sommes venus ici.

— Merci. » Hannasyde nota quelque chose dans son calepin. Son ton était parfaitement neutre.

Lupton le regarda avec inquiétude : « Il y a encore quelque chose que vous voulez savoir, ou est-ce que je peux m'en aller ? Ma femme sera...

— Non, rien de plus pour le moment. »

Henry Lupton se leva. « Alors... ?

— Certainement », répondit Hannasyde.

Le petit homme se retira et Giles, s'écartant de la fenêtre où il se tenait, dit : « Pauvre diable ! Dans quel pétrin il s'est mis ! Son histoire ne vous plaît pas ?

— C'est son alibi qui ne me plaît pas.

— Lequel ? Ah, Gladys Smith ! Je serais tenté de penser qu'il y est allé. Une vague idée de chercher du réconfort. Plutôt pathétique.

— De toute façon, elle jurera qu'il était avec elle.

— Probablement, mais je ne vois pas bien comment il aurait pu venir ici à cette heure-là sans être vu par l'un ou par l'autre, si c'est ce à quoi vous pensez.

— Facilement, dit Hannasyde avec un rien de mépris. Il y a d'autres façons d'entrer dans cette maison que par le perron, Mr Carrington. Il y a une porte du côté du jardin, par exemple, qui donne sur des toilettes. N'importe qui peut l'utiliser pour échapper aux regards. L'escalier de service aboutit juste à côté de cette pièce-là. Il lui suffisait de bien choisir son moment. L'heure du thé, par exemple. Il pouvait raisonnablement compter que le champ serait libre.

— Oui, mais à quoi bon ? demanda Giles. Matthews n'était pas chez lui. Dans quoi est-ce qu'il aurait versé le poison ?

— Je pensais à cette bouteille de fortifiant si providentiellement cassée. »

Giles plissa le front : « Aurait-il su où elle était placée ? Et comment s'y serait-il pris pour la casser ?

— Il aurait pu le savoir. Et c'était assez simple de la casser quand il est venu le lendemain matin avec sa femme.

— Oh ! dit Giles, dubitatif. Vous croyez que ce serait bien dans son caractère ? Un petit homme si faible ?

— Il était désespéré. Il l'admet lui-même. Je dirais que cette Gladys Smith est ce qu'il y a de plus important dans sa vie.

— Le divorce me semble être une solution plus susceptible de l'attirer que l'assassinat », fit remarquer Giles.

Hannasyde secoua énergiquement la tête. « Je ne suis pas de votre avis. Il ne serait pas capable d'affronter un scandale de ce genre. Il aime aussi ses filles, sans doute. S'il a commis ce meurtre, c'est parce qu'il pensait pouvoir s'en tirer, ni vu ni connu. Ce qui n'aurait pas été possible en cas de divorce avec une femme pareille. Il y aurait eu un boucan de tous les diables.

— Admettons, dit Giles, qui n'admettait rien du tout. Mais il ne pouvait pas être sûr qu'en supprimant son beau-frère, il se mettait à l'abri. Matthews aurait pu en parler à quelqu'un d'autre. D'ailleurs, c'est ce qu'il a fait. Ce jeune salopard de Randall ne lançait pas ses pointes au hasard. Il savait.

— Oui, mais si vous avez remarqué, Lupton était

stupéfié qu'il le sache. Il croyait probablement que Matthews avait gardé le secret. » Il prit la lettre de Lupton et la glissa dans son agenda. Puis il regarda attentivement le bureau, ouvrit un des tiroirs et fronça les sourcils. C'était le fourre-tout. « Je voudrais... je voudrais terriblement savoir ce que Mr Randall Matthews a trouvé de si intéressant dans cette collection, dit-il.

— Il était intéressé ? Je n'ai pas remarqué.

— J'en suis presque sûr. Mais est-ce que c'était par quelque chose qu'il voyait, ou quelque chose qu'il comptait voir et qui n'y était pas ? Je n'en sais rien. Mis à part ses devoirs d'exécuteur testamentaire (qui ne doivent pas le préoccuper beaucoup, à mon avis), pourquoi voulait-il être présent quand nous examinions les papiers de son oncle ? Que pensait-il que nous allions trouver ?

— Peut-être précisément ce que nous avons trouvé. La lettre de Henry Lupton. »

Hannasyde réfléchit un moment. « C'est possible. C'est même probable si le vieux Matthews l'avait mis dans la confidence. Mais qu'est-ce qu'il y a donc dans ce tiroir ?

— Peut-être, comme vous le croyez, quelque chose qui n'y est pas.

— Possible. La seule chose qui me frappe, c'est qu'il n'y a pratiquement pas de lettres anciennes, ni ici, ni au bureau de Matthews.

— Certaines personnes déchirent les lettres dès qu'elles y ont répondu, dit Giles. Vous voulez suggérer que quelqu'un a fait le ménage dans les papiers du défunt ?

— Je ne veux rien suggérer du tout, répliqua Hannasyde. Mais il me semble que si Matthews a détruit toutes ses lettres lui-même, ce devait être une sorte d'obsession.

— La main redoutable de Randall », dit Giles avec un sourire amusé.

Hannasyde sourit aussi, mais à regret. « Je sais, vous trouvez qu'il me hante. Je dois vous dire que je n'ai rien trouvé qui indique sa présence, fût-ce au voisinage de cette maison, entre le 12 et le 15 mai. » Il ajouta, un peu penaud : « Vous avez tout à fait raison. Je me méfie de lui et je me méfie de ses alibis. Ils sont si solides qu'on les croirait faits exprès. Mais je vous le dis franchement, je ne vois pas comment il aurait pu commettre ce meurtre.

— On dirait que vous le regrettez. » Cette fois, Giles rit.

« Non. Mais je suis inquiet. Je marche à tâtons dans le brouillard avec constamment l'impression d'être sur une fausse piste. Si seulement je pouvais trouver dans quoi le poison a été administré ! Peut-être le whisky que Guy a versé pour son oncle, peut-être une lotion avec laquelle Matthews aurait bassiné sa main écorchée... Mais tout ce que j'ai trouvé dans cette maison, c'est un flacon de Pond's Extract avec la bande de garantie encore collée sur le bouchon. Peut-être le fortifiant — et la bouteille a été brisée. Je me suis creusé les méninges pour trouver autre chose... quelque chose qui aurait pu être tripoté à n'importe quel moment, peut-être des jours avant la mort de Matthews. J'ai pensé à des comprimés d'aspirine, mais il ne prenait pas de drogues. Hemingway qui a passé tous les domestiques au crible, n'a pas pu établir que Matthews aurait mangé ou bu autre chose que le reste de la famille à l'exception de ce whisky et du fortifiant. » Il s'interrompit et se leva : « Enfin, inutile de vous faire perdre votre temps avec ça, Mr Carrington. Vous grillez sûrement d'envie de rentrer à Londres.

— Je ne sais pas si je grille exactement, mais il faut que je file, c'est sûr, dit Giles en jetant un coup d'œil à sa montre. Je suis heureux de ne pas laisser Lupton dans le rôle du Suspect n° 1, ajouta-t-il avec un petit clin d'œil. Il me fait pitié, le pauvre type.

— Oh ! il est suspect, assura Hannasyde, et je vais être obligé de vérifier minutieusement ses dires. Mais c'est trop habile. Si Lupton l'a fait, ça n'aurait pu être que sous le coup du désespoir, sans préméditation. Or, je peux me tromper, mais il me semble que ce n'est pas le cas ici. Ce crime-là a été soigneusement préparé, jusqu'au poison qui a été utilisé. Un vulgaire profane ne songe pas à une substance telle que la nicotine comme ça, à l'improviste.

— Je vois. Vous pensez qu'il y a eu de la recherche.

— Oui. De la recherche et une intelligence froide, calculatrice », dit Hannasyde, mettant son calepin dans sa poche, tandis qu'il se dirigeait vers la porte. Il l'ouvrit et faillit renverser Miss Matthews. « Oh, excusez-moi ! »

Elle tenait un vase de fleurs et dit avec son débit précipité : « Que vous m'avez fait peur, commissaire ! J'allais juste remettre de l'eau à mes fleurs. Je le fais toujours dans les toilettes parce que ça fait tant de saletés ! »

Elle finit par un de ses petits rires niais et disparut précipitamment derrière la porte qui fermait l'extrémité du couloir. Les deux hommes se regardèrent : « Elle écoutait, dit doucement Giles.

— Oui, répondit Hannasyde d'un ton neutre. Elle a la réputation d'être extrêmement curieuse. »

CHAPITRE VII

Quittant le bureau dans le sillage de sa tante, Randall ne la suivit pas dans la bibliothèque, d'où il entendait la voix de celle-ci clamer les iniquités de son neveu ; au lieu de cela, il se dirigea vers le pied de l'escalier, jeta un rapide coup d'œil circulaire, puis monta les marches à pas de loup sans se presser. Personne sur le palier. La première porte, qui donnait dans la chambre de Gregory Matthews, n'était pas fermée à clef. Randall entra donc et referma le battant derrière lui, sans bruit.

La pièce, vaste et assombrie par l'acajou, avait l'aspect rébarbatif des lieux inhabités. Le lit était recouvert d'un drap, les fenêtres fermées, la coiffeuse, la commode et même la cheminée, vidées de tous les objets personnels.

Randall jeta un regard autour de lui, puis se dirigea vers l'énorme armoire à trois portes qui occupait presque tout un panneau. Les vêtements du défunt, rangés dans un ordre impeccable, ne semblèrent pas l'intéresser, car après un examen très sommaire, il referma les battants et reporta son attention sur la coiffeuse. Là, rien dans les deux tiroirs, sauf une montre avec sa chaîne, et un coffret contenant des boutons de manchettes et de plastron ; dans la commode, de l'autre côté de la pièce, rien que des piles de sous-vêtements.

Randall haussa les épaules et se dirigea vers la porte qui communiquait avec la salle de bains de son oncle. Là, c'était la même dénudation qui l'attendait, il ne restait pas même un cuir à rasoir pour lui rappeler la présence de Gregory. Il alla aussitôt ouvrir une petite armoire à pharmacie, mais elle était complètement vide. Il la referma lentement, alla jusqu'à la porte palière, l'ouvrit et sortit de la pièce à l'instant précis où Stella montait l'escalier en courant.

Elle s'arrêta net en le voyant et le dévisagea, le front de plus en plus soucieux. Randall soutint son regard avec le léger sourire narquois qui lui était habituel, et referma la porte de la salle de bains derrière lui. « Bonjour, trésor », dit-il.

Elle restait figée, la main sur la grosse boule de bois en haut de la balustrade.

« Qu'est-ce que tu faisais là ? demanda-t-elle sur un ton soupçonneux.

— Simple coup d'œil à la scène du crime, répondit-il en lui tendant son étui à cigarettes. Une sèche, mon amour ?

— Non, merci. Qu'est-ce que tu cherchais ? »

Il écarquilla les yeux : « J'ai dit que je cherchais quelque chose ?

— Je sais que c'est ce que tu faisais.

— Eh bien, de toute façon, j'ai été déçu. Quelqu'un est passé avant moi.

— Tante Harriet a tout vidé le jour même où oncle Greg est mort », lança sèchement Stella.

Randall alluma une cigarette et dit d'un ton méditatif : « Je me demande souvent si tante Harriet est aussi stupide qu'elle en a l'air.

— Grand Dieu ! tu ne t'imagines pas qu'elle a fait ça pour détruire des pièces à conviction ? s'exclama Stella, incapable de croire à pareille préméditation.

— Je n'arrive pas à me faire une opinion sur la question, répondit Randall. Au risque de surmener ta petite cervelle poids plume, ma jolie, essaie de te rappeler ce que notre chère tante Harriet a sorti de l'armoire à pharmacie.

— Oh, je ne sais pas. Toutes sortes de choses. De la teinture d'iode, et des emplâtres pour les cors, et du sulfate de soude.

— Et puis le fortifiant, bien sûr, dit Randall en regardant la fumée bleue monter du bout de sa cigarette.

— Non, la bouteille a été cassée. Une bouteille neuve, d'ailleurs. »

Il leva très vite les yeux : « Cassée, répéta-t-il, vraiment ? Tiens, tiens. Et qui l'a cassée, mon tout petit ?

— Personne. Oncle Greg avait dû la laisser sur la tablette au-dessus du lavabo et le vent l'a fait tomber.

— Des questions à ce sujet ?

— Tu veux dire, par la police ? Oui, je crois. Pas à moi. »

Randall soupira. « Je me demande qui déplore le plus le zèle intempestif de tante Gertrude, la famille Matthews ou le commissaire Hannasyde.

— Je n'en sais rien, mais à propos de tante Gertrude, qu'est-ce que tu as bien pu lui dire ? Elle répète sans arrêt qu'elle n'a jamais été traitée de la sorte.

— Je veux bien le croire, dit Randall.

— Mais enfin, qu'est-ce que tu lui as dit ? » Stella insistait.

« Simplement que si j'étais marié avec elle, j'aurais plusieurs maîtresses. »

Elle ne put retenir un petit gloussement, mais dit : « Vraiment, c'est la limite, en effet. C'est à peu près ce que tu pouvais dire de plus malhonnête.

— Ma foi, je n'ai rien trouvé de mieux sur le moment, admit Randall. Ça nous a débarrassés d'elle avec un succès total.

— Tu ne peux pas continuer à dire des choses atrocement malhonnêtes aux gens rien que pour te débarrasser d'eux.

— Non seulement je le peux, mais je le fais, répliqua-t-il, imperturbable.

— Oui, en effet, s'écria Stella, furieuse. Tu as la pire langue de vipère que j'aie jamais connue.

— Tu me l'as souvent dit. » Randall esquissa un petit salut en la regardant avec un curieux sourire. « Tu ne peux pas me supporter, n'est-ce pas, petite cousine Stella. Qu'est-ce que j'ai fait ?

— Rien. Tu ne *fais* rien, dit Stella avec mépris. Tu distilles simplement des méchancetés horribles et tu valses de-ci de-là comme un gigolo. Je te détestais quand nous sommes venus ici vivre chez mon oncle.

— Tu continues, ma chère.

— Je ne pense jamais à toi. Tu as été odieux avec moi quand j'étais petite fille...

— Une gamine dégingandée, empotée, murmura Randall en fermant les yeux. Je me rappelle.

— Je n'étais pas comme ça du tout !

— De surcroît, ignorante et sans grâce. »

Elle rougit : « Toutes les filles le sont à cet âge-là.

— Peut-être. Mais je ne voyais aucune raison d'être gentil avec toi.

— Tu n'es gentil avec personne. Tu étais odieux avec Guy et tu l'es encore.

— Je suis humain, simplement, mon trésor. S'il mord à mon hameçon, je lui fournis l'appât.

— Je parierais bien que tu arrachais les ailes des mouches quand tu étais petit garçon, dit Stella avec un profond dégoût.

— Un de mes passe-temps favoris.

— Et — si ça t'intéresse — je n'admets pas l'habitude que tu as de te moquer de Maman. »

Il haussa les sourcils. « Ma subtile tante Zoé ? Comme tu me méconnais ! Je suis son admirateur le plus fervent.

— Ça suffit, merci.

— Impossible de te plaire, décidément. Qu'est-ce que je pourrais trouver à dire sur ton petit ami ?

— Laisse-le tranquille, tu veux bien ? Nous sommes fiancés. »

Une lueur malicieuse se glissa dans ses yeux. « Ah, ça tient toujours ? »

Elle rougit, hésita un instant, puis dit carrément : « Écoute, Randall, si tu crois que tu vas me faire monter à l'échelle, tu te trompes. Je pense que tu as mis le nez sur une histoire ridiculement exagérée au sujet de Deryk et des Foster. Tout à fait ton genre. C'est parfaitement vrai qu'il a emmené Maisie au bal des Hope, mais étant donné que je ne pouvais pas y aller et qu'il connaissait Maisie depuis aussi longtemps que moi, je ne suis nullement jalouse, si bizarre que ça puisse paraître. »

Le sourire de Randall s'élargit : « J'ai l'impression de t'avoir fait grimper encore plus haut que je ne l'avais espéré, ma chatte. Tout cela est parfaitement nouveau pour moi. »

Elle se mordit les lèvres : « Alors, à quoi faisais-tu allusion ?

— Oh ! à rien, à rien, répondit Randall d'un ton dégagé. Parle-moi encore de cette rivale. Où habite-t-elle ?

— Park Terrace. Et ce n'est pas une rivale. »

Il ouvrit tout grands les yeux : « Voilà qui semble très prometteur. Un quartier extrêmement cossu. J'espère qu'elle n'a ni frère ni sœur ? »

L'arrivée de Guy épargna à Stella la nécessité de répondre. Il sortait à cet instant de sa chambre et Randall reporta aussitôt son attention sur lui, disant avec un étonnement très bien feint : « Eh bien, eh bien, mon petit cousin. Pas possible ! Il est vrai que tu vis de tes rentes, maintenant, à moins que la firme de Brooke et Matthews ne soit en liquidation ? »

Guy, qui était pâle et semblait fatigué, lui lança un regard noir : « Non, elle marche très bien. Tu n'es pas le seul à avoir le droit d'être ici.

— Un brin morose, murmura Randall. Pas tout à fait le petit rayon de soleil du logis, aujourd'hui.

— Je ne vois pas comment on pourrait être joyeux avec une épée de Damoclès pareille sur nos têtes, rétorqua Guy qui parlait par saccades.

— Je parviens fort bien à maintenir mon habituelle sérénité, dit Randall. Prends donc une cigarette. Très apaisant pour les nerfs. »

Guy en prit une machinalement, mais la tint serrée entre ses doigts jusqu'à ce que Randall sorte son briquet et l'ouvre d'un coup de pouce. Guy sursauta. « Oh, merci ! » dit-il, embarrassé ; après quoi il se pencha pour allumer la cigarette. En se redressant de nouveau, il demanda : « Ils ont fini, en bas ?

— Tu fais allusion à la police ? demanda Randall. Est-ce que je serais ici, autrement ? »

Guy le regarda un instant, puis détourna le regard. « Ils n'ont rien trouvé, n'est-ce pas ? Il n'y avait rien à trouver. » Il s'interrompit, mais comme Randall ne disait rien, il demanda avec irritation : « Tu pourrais me répondre, non ?

— Je pensais que tu m'avais évité cette peine, dit aimablement Randall. Tu as dit qu'il n'y avait rien à trouver. Je suppose que tu le sais.

— Salaud ! Je n'ai pas touché aux papiers de mon oncle !

— Guy, dit brusquement sa sœur. Ne sois donc pas idiot. Tu ne vois pas qu'il essaie de te faire marcher. »

Guy eut un petit rire bref : « C'est pourtant ce qu'il pense. » Il hésita, puis regarda de nouveau Randall. « Sur quelle piste est-ce qu'ils sont ? Qu'est-ce qu'il en pense, cette espèce de commissaire ?

— Mon pauvre petit, tu crois que je suis dans ses confidences ?

— Je pensais que tu aurais pu entendre dire quelque chose ici ou là. Ils sont déroutés, hein ? Je ne vois pas comment ils pourraient ne pas l'être. Il n'y a rien, absolument rien pour indiquer qui l'a fait. N'importe qui pourrait être le coupable, mais comment vont-ils l'identifier ?

— Pas la moindre idée, répondit Randall. J'imagine que ça les aiderait s'ils découvraient comment la nicotine a été administrée, mais j'ai cru comprendre qu'ils n'en étaient pas encore là. Il y aura peut-être des révélations fracassantes à l'enquête publique demain. A propos, j'espère que tu as appris ton texte ?

— Ah, tu penses à ce foutu whisky ? demanda Guy. Ça aurait été facile pour moi de l'empoisonner, avec toute la famille en rangs serrés autour de moi !

— Ma foi, je ne sais pas, dit Randall, pensif. Il me semble que j'aurais pu le faire.

— Toi ! Probablement. Et tu l'aurais sans doute fait si tu avais eu la moindre occasion. »

Randall rit doucement : « Mais je n'ai pas eu la moindre occasion, petit cousin. Je n'étais pas là. J'ai bien peur que tu ne sois obligé de me rayer de la liste. Dommage, bien sûr, mais c'est comme ça.

— Oh, assez ! supplia Stella. A quoi bon continuer ces chamailleries. Elles rendent tout dix fois pire que ça ne l'est déjà. Je ne vois vraiment pas pourquoi tu te mets martel en tête, Guy. Nous savons que tu ne l'as pas fait, et si la police le croit, elle ne peut pas intervenir, puisqu'elle n'a aucun élément. Je veux dire, ils ne peuvent même pas analyser le verre dans lequel oncle Greg a bu, puisqu'il a été lavé des jours avant qu'ils viennent.

— Guy ne s'inquiète pas de ça, dit Randall en scrutant le visage de son cousin entre ses cils épais. Ce n'était peut-être pas dans le whisky. »

Les lèvres de Guy se crispèrent : « Bien sûr que non. D'ailleurs, je ne m'inquiète pas vraiment, mais cette... cette atmosphère de soupçon me porte sur les nerfs. Ma conviction, c'est que toute cette affaire va se dégonfler comme une baudruche, faute de preuves. Après tout, la police ne résout pas toutes les affaires criminelles, loin de là.

— Ce que je voudrais que tante Gertrude n'ait pas soulevé ce lièvre nauséabond ! lança Stella.

— Ah, je l'étranglerais avec un certain plaisir », dit Guy, la voix tremblante de rage contenue. Il les vit qui le regardaient tous les deux et se força à rire. « Bon, je ferais mieux de descendre voir ce qu'ils fabriquent. » Il passa brusquement devant sa sœur en haut de l'escalier et descendit en courant.

Randall le suivit des yeux, éteignit soigneusement son mégot de cigarette dans un pot de fougères à côté de lui et dit : « Oh là, là !

— Il y a bien de quoi avoir les nerfs à vif, répliqua Stella sur un ton de défi. Tu n'habites pas ici, alors tu ne peux pas savoir ce que c'est.

— J'hésite toujours à donner des conseils quand on ne m'en demande pas, dit Randall en traînant sur les mots, mais si j'étais la tendre sœur de Guy, je lui dirais d'aller travailler comme d'habitude. Ça ferait déjà meilleur effet.

— Il ne veut pas. Je lui ai dit qu'il fallait qu'il fasse comme si de rien n'était, et j'ai même demandé à Mr Rumbold de lui conseiller d'aller travailler, mais il est épouvantablement nerveux, et les choses le bouleversent très facilement. Je crois que c'est parce qu'il a trop d'imagination.

— Si j'en juge par le seul exemple de son œuvre que j'ai eu l'avantage de contempler, je qualifierais son imagination non seulement d'excessive, mais de morbide », dit Randall.

Stella, qui n'admirait pas les arrangements décoratifs de son frère, ne répondit pas à cette nouvelle attaque et se contenta d'annoncer : « Il faut que je descende. Et je t'avertis, Randall, que si la police me le demande, je dirai que je t'ai vu sortir de la salle de bains de notre oncle.

— Très bonne idée, dit cordialement Randall. Ouvrons un Bureau de Renseignements Généraux. Tu pourras dire que j'étais dans la salle de bains et je pourrai répéter certains des propos de Guy.

— Tu es un beau dégoûtant ! » s'écria Stella.

Il sourit : « Veux-tu un armistice, ma douce ? »

Elle resta un instant immobile, les mains crispées sur la balustrade, puis, sans un mot, pivota violemment sur ses talons et descendit en courant. Toujours souriant, Randall la suivit sans se presser.

Mrs Lupton n'avait pas attendu que son mari la rejoigne. Après avoir émis quelques jugements définitifs autant que contondants sur les manières et la moralité de l'aîné de ses neveux, elle était allée à une réunion de la Croix-Rouge locale. Henry Lupton, tout juste sorti du bureau au moment où Randall arrivait dans le hall, tourniquait près de la porte d'entrée, sans savoir où aller. Il parut un peu étonné quand Stella, après l'avoir à peine salué, pénétra dans la bibliothèque ; mais au bout d'un instant, il vit Randall au tournant de l'escalier et s'avança vers lui : « Je veux te parler, lui dit-il tout bas mais d'un ton pressant.

— Vraiment ? dit Randall en continuant à descendre languissamment les marches.

— Oui... je... » Il jeta un rapide coup d'œil derrière lui pour s'assurer que Stella avait bien fermé la porte de la bibliothèque. « Je veux savoir pourquoi tu as été aussi... aussi honteusement malhonnête avec ta tante.

— Le désir manifesté par tant de gens d'intelligence apparemment normale d'être informés de ce qu'ils savent déjà très bien est une source d'étonnement permanent pour moi, fit remarquer Randall. Néanmoins, je suis tout à fait disposé à vous faire ce plaisir, si vous y tenez vraiment. »

Henry Lupton leva vers lui des yeux implorants. « Qu'est-ce que ton oncle t'a dit à mon sujet ? C'est ça que je veux savoir. Le dimanche avant sa mort, quand il t'a demandé de venir dans son bureau. J'aurais dû m'en douter ! J'aurais dû me douter qu'il...

— Bien sûr, vous auriez dû. Pouviez-vous supposer qu'il ne le ferait pas ? Il croyait que ça flatterait mon sens de l'humour.

— Je ne doute pas qu'en effet, ç'a t'ait bien diverti, dit Lupton, amer.

— Jusqu'à un certain point. Avons-nous fini cette discussion maintenant ?

— Non, je veux savoir... J'exige de savoir ce que tu vas faire.

— Ce que je vais faire ? répéta Randall en laissant tomber les mots avec dédain. Est-il possible — est-il vraiment possible que vous me croyiez capable de m'intéresser à vos intrigues amoureuses si totalement inintéressantes ? »

Lupton rougit, mais ses muscles semblèrent se détendre. « Je ne sais pas. De cette famille, je croirais n'importe quoi. N'importe quoi. Quant à toi, si tu voyais l'ombre d'une possibilité de semer la zizanie, tu sauterais dessus.

— Dans le cas présent, répondit Randall, grinçant, l'idée de ma chère tante Gertrude dupée et trahie me procure des satisfactions plus hautes.

— Ta tante ne souffre en rien de cette situation.

— Quel dommage ! »

La porte matelassée au fond du hall s'ouvrit à cet instant et Miss Matthews apparut avec son vase de fleurs rempli. « Oh, Henry ! s'exclama-t-elle. Gertrude est partie. Et je dois dire, Randall, que ce que tu lui as dit était tout à fait déplacé. Je ne sais d'ailleurs pas de quoi il s'agissait, et je ne tiens pas du tout à le savoir. Et si tu as l'intention de rester à déjeuner, je trouve que tu aurais pu me prévenir parce que, quelles que soient les idées de Zoé sur la tenue d'une maison, les miennes sont différentes et il n'y aura pas assez.

— Heureusement, dit Randall, rien ne saurait être plus éloigné de mes projets.

— Bon, enfin, j'espère que je ne suis pas inhospitalière, poursuivit Miss Matthews, légèrement adoucie, mais je dois dire que je suis contente. Il y a bien assez de gens à nourrir dans cette maison, sans y ajouter. J'ai déjà été obligée de dire très carrément à Zoé que je ne veux pas voir ses amis venir prendre des repas ici tous les jours et se comporter comme si le salon était là uniquement pour leur permettre de jouer au bridge. Je sais très bien l'idée qu'elle a derrière la tête et je ne me laisserai pas faire. La maison est à moi autant qu'à elle. Plus, même, si chacun avait ce qui lui revient ; c'est pareil pour la voiture, et je ne veux pas qu'elle l'utilise sans même me demander si j'en ai besoin... Oui, Zoé, c'est de vous que je parle et je n'ai à m'en cacher devant personne. »

Peut-être attirée par la voix de sa belle-sœur, Mrs Matthews était sortie de la bibliothèque et demandait doucement : « Vraiment, ma chère Harriet ? Mais vous pouvez parler de moi tant que vous voulez.

— Je ne m'en priverai pas. Et j'espère que vous avez entendu ce que je disais. »

Mrs Matthews lui sourit d'un air indulgent : « Non, hélas, ma très chère. Je venais vous rappeler que j'aurai besoin de la voiture cet après-midi, si cela ne vous dérange pas le moins du monde.

— Eh bien si, justement. » Triomphe mal dissimulé. « Pullen l'a prise pour la faire décalaminer. »

Le sourire s'évanouit, pour faire place à une certaine rigidité. Après un court silence, elle dit avec une politesse étudiée : « Ma chère Harriet, vous saviez certainement que j'avais un rendez-vous chez le coiffeur cet après-midi. Je me rappelle parfaitement vous l'avoir dit et vous avoir demandé si vous aviez besoin de la voiture. Elle aurait sûrement pu être décalaminée un autre jour.

— Pullen a dit qu'il fallait le faire », répliqua Miss Matthews, butée.

Sa belle-sœur pinça les lèvres, une lueur fort peu chrétienne dans l'œil, mais elle dit avec son habituelle suavité : « Je suis sûre que vous l'avez fait dans une bonne intention, Harriet, mais à l'avenir peut-être vaudrait-il mieux que nous nous consultions avant de donner des ordres aussi arbitraires. Vous n'êtes pas de cet avis ?

— Non, pas du tout », trancha Miss Matthews, qui s'en alla dans le salon poser ses fleurs.

Randall la suivit des yeux, puis demanda à Mrs Matthews : « Ma pauvre tante Zoé, vous ne trouvez pas la vie bien difficile ? »

Elle aussi regardait sa belle-sœur, mais aux paroles de Randall, elle se retourna, affronta le regard de ces yeux cyniques et répondit sur un ton qui n'avait pas trace d'acrimonie : « Non, Randall, pas du tout. Quand tu auras mon âge, tu auras appris à juger les gens avec indulgence. J'ai beaucoup, beaucoup d'affection pour ta tante Harriet, et toutes ces petites manies qui vous impatientent tant, vous, les jeunes, n'ont aucune importance pour moi. Il faut toujours essayer de dépasser les apparences et de se rappeler que quand certains font des choses qui ne sont pas très gentilles, il peut y avoir de très bonnes raisons à ça.

— Je n'ai plus un mot à dire », et Randall s'inclina.

Parvenue au pied de l'escalier, elle posa un instant la main sur le bras de son neveu en passant devant lui. « Essaie d'être plus tolérant, mon cher Randall, dit-elle avec un vibrato très large. C'est toujours une faute de condamner les petites faiblesses du prochain. Il faut essayer de comprendre et d'aider. »

Elle lui pressa légèrement le bras et monta l'escalier. Randall regarda sa manche avec inquiétude, la lissa et déclara : « Après cela, j'ai l'impression que plus rien ne se situera jamais à de pareilles hauteurs. Je vais rentrer chez moi.

— Ta tante est une femme délicieuse, dit Henry Lupton avec chaleur. Je l'admire plus que je ne saurais dire.

— Moi aussi, répliqua Randall, et depuis toujours.

— Et je trouve que tu pourrais au moins te dispenser de te moquer d'elle.

— Voilà la deuxième fois aujourd'hui que l'on m'accuse de me moquer de ma subtile tante Zoé. Je suis bien innocent, croyez-moi. En fait, mon admiration pour elle croît à pas de géant. »

Henry Lupton le regarda d'un œil soupçonneux. Mais Randall se contenta de lui décocher un sourire tentateur et traversa le hall pour prendre son chapeau et ses gants. « Je suppose que tu vas venir pour l'enquête publique ? » demanda Mr Lupton.

Randall bâilla : « Si rien de plus amusant ne se présente, je viendrai peut-être. Pas si la séance doit avoir lieu à une heure inhumaine le matin, bien sûr. Transmettez mes respectueuses salutations à mes tantes, si vous les revoyez. » Sur cette recommandation assez désinvolte, il laissa son oncle mi-indigné mi-soulagé.

Contrairement à l'attente de sa famille, il ne se montra pas à l'enquête publique le lendemain matin, ce qui amena ses trois tantes à former un front uni encore que transitoire. Mrs Lupton supposa qu'il n'osait pas la regarder en face, mais considéra que la simple décence aurait dû le contraindre à être présent ; Miss Matthews vit dans cette absence un affront délibéré à la mémoire de son oncle, cependant que Mrs Matthews, plus charitable, déplorait une certaine insensibilité, certainement due à sa jeunesse.

Tous les autres membres de la famille étaient là. Même Owen Crewe, fort peu enthousiaste. Agnès, l'air radieux, mais le verbe assourdi eu égard à la circonstance, expliqua à sa mère qu'elle avait eu un mal terrible à obtenir que son mari vienne, mais elle trouvait qu'il devait au moins la soutenir.

« Je ne vois vraiment pas en quoi cette affaire nous concerne, déclara Owen, sur le ton désagréable d'un homme arraché à son travail.

— Vous permettez, je suppose, à Agnès d'éprouver quelque tristesse à la mort de son oncle », dit Mrs Lupton, austère.

Owen, qui ne se lançait jamais dans une discussion avec sa belle-mère, se contenta de répondre : « Je ne vois aucune raison qui m'oblige à perdre toute une matinée ici », et alla s'asseoir aussi loin que possible d'elle. Quand il constata que Randall n'était pas venu, il poussa un bref éclat de rire, et lança : « Pas si bête », ce qui eut pour seul effet de faire dire à sa femme avec un enjouement inentamé qu'Owen était toujours d'une humeur massacrante le matin.

Comme il s'était assis à côté de Mrs Rumbold, celle-ci lui glissa sur le ton de la confidence : « C'est assez horrible, n'est-ce pas ? Je veux dire, quand on a connu le pauvre Mr Matthews et tout. »

Owen la regarda avec l'instinctive méfiance d'un homme timide accosté par une étrangère et répondit : « Certainement », d'un ton empesé.

Mrs Rumbold lui décocha un sourire éblouissant. « Vous ne vous souvenez pas de moi, n'est-ce pas ? Je me demande bien pourquoi, d'ailleurs... Vous n'avez aucune raison. Je m'appelle Rumbold. On connaissait très bien Mr Matthews. On habite tout à côté. »

Owen rougit et se leva à moitié pour lui serrer la main. « Oh, bien sûr ! Je suis désolé. Je n'ai aucune mémoire des visages, malheureusement. Comment allez-vous ? Euh... très gentil à vous d'être venus.

— On a pensé que c'était un devoir, en somme, chuchota la dame. Je dois dire que j'apprécie pas trop ce genre de chose, mais les deux pauvres vieilles chattes voulaient que Ned — c'est mon mari —

vienne, alors, nous voilà. Ned ne croit pas qu'il se passera grand-chose.

— Rien du tout, j'imagine, répondit Owen, songeant avec délices aux émotions de Mrs Matthews si elle avait pu s'entendre qualifier de pauvre vieille chatte.

— Heureusement, on n'est pas les seuls étrangers à la famille, poursuivit Mrs Rumbold. La moitié de Grinley a l'air d'être ici. Simple curiosité, si vous voulez mon avis. Ah, voilà le Dr Fielding qui arrive. Ma foi, il n'a pas l'air bien inquiet.

— Il n'a aucune raison de l'être.

— Là, je n'en sais rien, répondit Mrs Rumbold, dubitative. Il n'avait pas l'air de savoir que Mr Matthews avait été empoisonné. Alors, pour un médecin, hein ? Ned me répète tout le temps que personne peut le blâmer, mais moi je dis qu'un docteur aurait dû savoir. Vous n'êtes pas d'accord ?

— En réalité, je ne connais rien à ce genre de chose », répondit Owen qui, bien qu'assez peu observateur, avait eu le temps de remarquer non seulement les cils bleus de sa voisine, mais sa capeline ornée d'une jonchée d'énormes roses roses et se sentait affreusement gêné d'être vu en compagnie d'une personne aussi spectaculaire. Il marmonna donc une phrase obscure sur la nécessité de dire un mot à son beau-père et battit en retraite vers celui-ci, juste au moment où le coroner faisait son entrée.

De l'avis de ceux qui étaient venus dans l'espoir d'assister à un drame en plusieurs actes, l'enquête fut des plus décevantes. Appelé le premier, Beecher décrivit comment il avait trouvé le corps de son maître, le matin du 15 mai. On lui posa très peu de questions et il ne tarda pas à laisser la place au Dr Fielding.

Un petit frémissement parcourut alors l'assistance, qui eut l'impression que la séance allait devenir plus intéressante. Plusieurs dames trouvèrent le médecin très séduisant et une ou deux personnes confièrent à leurs voisins, tout comme Mrs Rumbold l'avait fait, qu'il avait l'air tranquille comme Baptiste.

De fait, il témoigna avec une parfaite assurance et une économie de mots qui prouvaient son sang-froid. Questionné, il admit qu'un examen sommaire n'avait rien révélé qui fût incompatible avec son premier diagnostic : mort par syncope. Il devint assez technique et une moitié de l'auditoire se dit : même les médecins ne peuvent pas tout savoir, cependant que l'autre s'en tenait à sa conviction que les médecins devraient tout savoir. L'interrogatoire se poursuivant, Fielding fit une description plus technique encore de l'affection cardiaque pour laquelle il avait traité le défunt. Comme on lui demandait ce qui l'avait amené à prévenir le coroner du décès de son patient, il répondit aussitôt : « Un membre de la famille s'était déclaré mécontent de mon diagnostic. »

Cette réponse, pourtant donnée sur un ton parfaitement uni, provoqua un autre frémissement dans la salle. On crut que les détails de quelque scandale familial choquant allaient être dévoilés d'un instant à l'autre, et quand Mrs Lupton se leva pour témoigner, un silence plein d'espoir s'établit.

Mais elle se montra presque aussi adroite que le médecin et ne révéla rien. Elle n'avait aucune raison de soupçonner que son frère avait pu être empoisonné ; elle avait simplement eu l'impression que sa mort n'était pas due à des causes naturelles. Non, elle ne pensait pas pouvoir expliquer pourquoi elle avait eu cette impression. Elle l'avait ressentie avec force en voyant le corps. Son instinct la trompait rarement.

— Qu'est-ce que je vous avais dit ? » chuchota Hemingway à son supérieur.

Mrs Lupton se rassit au milieu de la déception générale. Les gens lorgnèrent alors les autres membres de la famille Matthews en se demandant lequel allait être appelé, mais le coroner dit quelque chose au greffier et le commissaire Hannasyde anéantit les derniers espoirs en demandant un ajournement qui fut accordé. Les spectateurs, dégoûtés, n'avaient plus qu'à rentrer chez eux pour exercer leur imagination et échafauder de vaines hypothèses.

Owen Crewe, se frayant un passage à la suite de sa femme, lui chuchota à l'oreille. « Je t'avais bien dit que c'était du temps perdu. » Sur ce, il se sentit presque de bonne humeur et s'abstint de rabrouer Janet quand elle lui annonça qu'elle était si heureuse qu'il ne se soit rien produit. Une fois sorti de la salle, il déclina fermement une invitation à déjeuner de sa belle-mère, dit à sa femme qu'elle pouvait faire ce qu'elle voulait, mais que lui rentrait à Londres, et fila d'un pas décidé vers l'endroit où il avait garé sa voiture. Agnès aurait bien aimé reparler de tout cela avec sa mère, mais comme son idéal en matière de *conjugo* était essentiellement fondé sur l'obligation pour les femmes de suivre leur mari chaque fois que la chose était possible, elle quitta sa famille à regret et suivit docilement Owen.

Miss Matthews, qui avait assisté à l'enquête

publique armée d'un panier à provisions et d'une liste pour l'épicerie, se précipita dans la direction de la Grand-Rue, tandis que Mrs Matthews, légèrement appuyée sur le bras de son fils, distribuait des sourires évanescents à celles de ses connaissances qu'elle repérait et proclamait son épuisement spirituel. « Je sens, dit-elle avec solennité, qu'il me faut un petit moment de calme. Stella, ma chérie, est-ce que tu vois Pullen ?

— Oui, il attend de l'autre côté de la place.

— Dis-lui d'amener la voiture ici. Oh, il nous a vus. » Elle se détourna pour tendre une main luxueusement gantée à Edward Rumbold : « Je ne vous ai pas remercié d'être venu, dit-elle d'une voix grave. Je crois que vous comprenez ce que nous ressentons. Savoir que l'on a un ami à ses côtés pendant cette terrible épreuve... Suis-je sotte d'être aussi sensible ? J'ai souffert mort et passion. Ces centaines d'yeux qu'on sent fixés sur soi ! » Elle frissonna, tint encore un instant la main de Mr Rumbold, puis la libéra : « Si seulement on pouvait penser qu'on a laissé toutes ces terribles choses derrière soi, dans cette salle étouffante.

— Essayez de réagir, dit gentiment Edward Rumbold. Bien sûr, c'est très éprouvant pour vous, et nous prenons bien part à vos chagrins. »

Elle sourit, épuisée mais crâne : « Je ne peux pas en parler maintenant. Quand j'aurai eu le temps de me ressaisir... Voulez-vous venir nous voir un peu plus tard ? Pour le thé, peut-être ? Mais...

— Oh, oui, dit soudain Stella. C'est trop sinistre avec juste la famille dans la maison. »

Il ne put s'empêcher de rire. « Après une invitation aussi flatteuse, comment refuser ? fit-il, taquin.

— Ce n'est pas tout à fait ce que je voulais dire, rectifia-t-elle. Et bien sûr, vous amenez Mrs Rumbold.

— Ma chérie, dit Mrs Matthews d'un ton de reproche. Cela va sans dire, Mr Rumbold le sait bien. »

Qu'il le sût ou pas, il vint seul aux Peupliers et expliqua à Stella, venue à sa rencontre dans l'allée, que son épouse avait un autre engagement.

« Je ne la blâme pas, répondit Stella, avec candeur. Notre intérieur est abandonné des dieux, mais pas des hommes, malheureusement. Figurez-vous que pour tout arranger, nous avons bataillé contre les journalistes toute la journée. Ils s'agglomèrent autour de la maison en rangs serrés et, bien entendu, Maman s'est laissée interviewer ; alors, Dieu sait ce que nous allons retrouver dans les journaux demain.

— Quelle bêtise ! Vous ressentez tout cela trop vivement, Stella, il faut essayer de penser à autre chose.

— Je ne peux pas, fit-elle en lui emboîtant le pas. Ça me mine complètement. Oh ! vous savez bien, n'est-ce pas ? Il n'y a pas que la mort de mon oncle, il y a aussi tante Harriet. Je ne défends pas Maman...

— Mais vous devriez, coupa Rumbold.

— Je sais très bien qu'elle peut être épouvantablement irritante, dit Stella, sur la défensive. Mais en fait, ce que j'allais dire quand vous m'avez très malhonnêtement interrompue, c'est que même si je ne prends pas systématiquement la défense de Maman, je trouve que tante Harriet la traite horriblement mal. Elle fait tout ce qu'elle peut pour lui mettre des bâtons dans les roues, et si Maman déplace une table de deux centimètres, elle fait une scène et dit qu'elle aurait dû être consultée. »

Edward Rumbold resta un instant silencieux, puis dit : « A votre place, je ne m'en inquiéterais pas trop. Votre maman et votre tante sont très énervées toutes les deux et... enfin, chacune est déçue de ne pas être seule propriétaire de la maison, n'est-ce pas ? »

Le pétillement malicieux de ses yeux se refléta aussitôt dans ceux de Stella : « Vous pouvez croire, oui, qu'elles sont déçues. Et comment !

— Eh bien, il faut leur donner le temps de s'en remettre. Vous constaterez sans doute qu'en fin de compte, elles s'organiseront très confortablement.

— Je l'espère, dit Stella. Ce qui est sûr, c'est que moi, je ne vais pas continuer à vivre ici dans l'ambiance actuelle. Avec Guy, tante Harriet s'entend à peu près ; mais elle ne m'aime pas et elle ne me laisse pas une minute de tranquillité. Tout ce que je fais est mal fait. J'ai dit hier soir à Maman que je ne pourrais pas tenir encore longtemps. »

Il parut contrarié, mais dit d'un ton encourageant : « Eh bien, mais vous n'y serez pas obligée. Quand vous mariez-vous ? »

Elle ne répondit pas tout de suite et, quand elle le fit, ce fut avec une désinvolture étudiée : « Oh, pas avant un an ! Nous n'avons jamais eu l'intention de nous marier cette année, n'est-ce pas, et maintenant, avec tout ce qui s'est passé, nous pensons l'un comme l'autre qu'il faut attendre au moins que tout soit éclairci et que j'aie quitté le deuil. »

Il lui prit le poignet et l'obligea à s'arrêter. « Ma chère enfant, rien de cassé, j'espère ?

— Mon Dieu, non. En fait, c'est moi qui ai

trouvé qu'il valait mieux attendre un peu. Je l'ai pratiquement exigé, parce qu'il faut penser à la clientèle de Deryk et... si nous avons un assassin dans la famille, il pourrait y regarder à deux fois avant de m'épouser.

— Pas si c'est un homme d'honneur.

— Naturellement, il ne l'a jamais dit. Mais il est tout à fait de mon avis pour ce qui est de ne pas précipiter le mariage et d'attendre que la situation soit éclaircie. Ce que je veux, c'est louer un tout petit appartement avec une fille que j'ai connue à l'école. Elle s'est lancée dans la couture et je me disais que je pourrais peut-être aussi trouver un boulot. Vous croyez que je réussirais comme mannequin ?

— Non, je ne crois pas. Qu'en dit votre maman ?

— Oh, elle est contre, bien sûr, mais je pense qu'elle y viendra, avec le temps. Elle est bien obligée de convenir que la vie est intenable ici en ce moment, mais elle m'exaspère, parce qu'elle répète sans arrêt que c'est bien pire pour elle que pour Guy et moi. »

Ils étaient arrivés à la maison, où ils furent accueillis dans le hall par Miss Matthews, qui accabla Mr Rumbold de ses effusions et l'entraîna dans le salon pour pouvoir parler tranquillement avec lui avant que Zoé descende de sa chambre.

Mais ce projet était voué à l'échec, parce que Mrs Matthews, qui avait décidé d'abréger sa sieste, était déjà installée sur le sofa avec un petit ouvrage de broderie à la main et une cigarette allumée dans un cendrier à côté d'elle.

Affreusement vexée, Miss Matthews s'exclama aussitôt que la pièce empestait la fumée et se précipita pour ouvrir toutes les fenêtres. Sans prêter la moindre attention à cet acte de belligérance, Mrs Matthews se leva, serra la main d'Edward Rumbold et l'invita à s'asseoir à côté d'elle.

La porte s'ouvrit alors pour laisser passer Beecher avec le plateau du thé, et le violent courant d'air ainsi provoqué fit voler les rideaux, qui renversèrent un vase. Le maître d'hôtel parvint tout juste à empêcher la porte de claquer derrière lui. Cette mésaventure obligea Miss Matthews à refermer les fenêtres, ce qui l'horripila ; aussi, quand l'eau des fleurs eut été épongée, le vase, remis à sa place, et que Guy arriva pour demander s'il y avait le feu, elle était presque parvenue au point d'ébullition, allant jusqu'à s'en prendre à son cher neveu, en général à l'abri des attaques.

C'est à ce moment si malencontreux que la porte s'ouvrit de nouveau et Randall entra languissamment telle une symphonie en brun.

CHAPITRE VIII

Pour l'observateur sans passion, l'effet produit par cette arrivée ne pouvait être que comique. Mr Edward Rumbold, après un regard circulaire mais rapide à l'assemblée, fut soudain saisi d'un accès de toux qui l'obligea à se cacher la bouche derrière une main pendant plusieurs instants. Le sourire séraphique de Mrs Matthews disparut brusquement ; Miss Matthews s'arrêta pile au milieu d'une phrase pour foudroyer l'intrus du regard et Guy gémit : « Oh, Dieu ! » comme s'il était vraiment au bout du rouleau.

Randall les regarda, une lueur cruelle dans les yeux et dit, toujours affable : « Quelle joie de vous voir tous l'air si heureux et détendu.

— Nom d'un tonnerre, qu'est-ce que tu viens faire ici ? demanda Guy, acerbe.

— Guy, mon chéri, murmura sa mère, doucement réprobatrice.

— Ah, comment allez-vous ? dit Randall en serrant la main d'Edward Rumbold. Ravi de vous voir. Je craignais de trouver la famille à l'état pur. Ne prenez pas la peine de sonner, chère tante Harriett. Beecher sait que je suis ici.

— Je n'avais pas la moindre intention de le faire, répliqua Miss Matthews, tremblante d'exaspération. Je me demande bien pourquoi tu as décidé de venir ici. J'ai remarqué que tu n'avais pas pris la peine d'assister à l'enquête publique.

— Non, j'ai pensé que ce serait beaucoup plus charitable de vous laisser me la raconter, dit Randall, approchant un fauteuil et relevant soigneusement son pantalon avant de s'y asseoir.

— Je ne veux en parler avec personne, et surtout pas avec toi.

— Vraiment ? dit Randall, incrédule. Et dire que j'ai failli ne pas venir vous voir aujourd'hui de crainte de vous trouver tous en train de discourir sur l'enquête dans ce style réitératif qui vous est propre.

— Si tu avais une once de bons sentiments, tu aurais assisté à l'enquête publique, déclara Miss Matthews, remuant les tasses à grand bruit. Mais je ne m'y attendais pas. Il y a longtemps que je n'attends plus rien de toi. Égoïste, et dans toutes les circonstances. Exactement comme ton oncle, quoi que tu ne sois pas la seule personne qui ne pense qu'à elle. Je ne donne pas de nom, mais ceux qui se reconnaissent peuvent le prendre pour eux », ajouta-t-elle, très sombre.

Mrs Matthews intervint alors pour dire d'une voix grave : « Est-ce que tout cela ne manque pas un peu de dignité ? Quand on pense qu'il y a une semaine seulement la mort est passée dans cette maison, est-ce qu'il ne vous semble pas que nous devrions nous détourner de ces querelles mesquines pour essayer de penser à des choses plus nobles, plus élevées ? »

Guy eut un mouvement d'impatience et s'éloigna vers la fenêtre, où il se mit à tripoter le cordon de vitrage en tournant le dos à la pièce.

« Certainement, ma chère tante, acquiesça Randall, qui l'avait écoutée avec un air d'intérêt courtois. Essayons, essayons ! Mais il faut que vous nous suggériez le sujet. Personne n'est aussi indiqué que vous pour cela.

— Je crois que chacun d'entre nous pourrait penser à quelque chose, dit doucement Mrs Matthews. Même toi, Randall.

— Je peux vous raconter l'histoire du golfeur monté au ciel, mais j'ai bien peur qu'elle épuise mon répertoire de choses plus nobles et plus élevées.

— Si tu essaies de me scandaliser, Randall, je peux t'assurer que je ne le suis nullement, mais seulement très triste de penser que tu peux tourner en ridicule des choses qui pour moi sont sacrées.

— Tante Zoé, dit Randall, vous ne me décevez jamais. »

Edward Rumbold sentit qu'il était temps d'intervenir. « La jeune génération est d'une irrévérence inquiétante, Mrs Matthews. L'autre jour, j'ai rencontré une ravissante qui tenait des propos tout à fait stupéfiants sur le christianisme. » Il enchaîna avec beaucoup d'aisance et conta une anecdote qui divertit non seulement Mrs Matthews mais sa belle-sœur.

A la fin de l'histoire, Guy se détacha de sa fenêtre et commença de passer les tasses à thé. Stella entra presque aussitôt après, fit un signe de tête à Randall et s'assit sur un pouf à côté de sa mère.

Randall la regarda d'un air navré : « Mon petit trésor, tu ne vois pas que je suis ici ? Tu n'as pas une exclamation de consternation et de dégoût mêlés pour m'accueillir ?

— Comme j'avais vu ta voiture dans l'allée, je savais ce qui m'attendait, répliqua Stella. Je pense que tu es venu pour avoir des nouvelles de l'enquête publique ; la police a demandé un ajournement. Nous sommes donc revenus à la case départ.

— S'ils ont un sou de bon sens, ils laisseront tomber, dit Guy. On ne saura jamais la vérité. Vous ne croyez pas qu'ils vont baisser les bras, et vite, Mr Rumbold ?

— Je ne sais pas. Tout dépend de ce qu'ils ont comme indices.

— Ils n'ont rien, dit Guy, avec un petit rire. Tante Harriett y a veillé.

— Si jamais j'avais pu prévoir les histoires que l'on ferait parce que j'ai débarrassé les affaires de mon cher Gregory, je n'en aurais pas touché une seule, affirma Miss Matthews, très agitée. On croirait bien que je l'ai fait exprès. Personne ne m'a dit que c'était interdit, et mon principe, c'est que si une chose doit être faite, il faut la faire tout de suite. D'ailleurs, comme je l'ai dit à ce commissaire, il n'y avait rien qui pouvait contenir du poison, absolument rien. Je lui ai dit : “ Si vous croyez qu'il y a du poison dans un flacon de teinture d'iode ou un paquet d'emplâtre pour les cors, prenez-les et vous verrez bien. ”

— Et il les a pris ? » demanda Mr Rumbold.

Miss Matthews renifla : « Oui. Quelle ânerie ! J'aurais compris qu'il prenne le sulfate de soude ou les pilules pour le foie, mais je n'ai jamais entendu parler de quelqu'un qui buvait de la teinture d'iode. Enfin, je lui ai donné tout ce que j'ai trouvé dans l'armoire à pharmacie du pauvre Gregory. J'espère qu'il est content.

— Mais ma chère Miss Matthews, qu'est-ce que vous avez fait des effets personnels de votre frère ?

— Je n'en ai rien fait du tout, répliqua-t-elle avec indignation. J'ai laissé tous ses vêtements et ses brosses en ivoire et sa montre avec la chaîne et tout ça bien rangé dans son armoire. La seule chose que j'aie jetée, ce sont des éponges qui ne pouvaient servir à personne. Et si la police veut les voir, je regrette, mais elles sont allées dans la chaudière avec tout le reste des choses sans valeur.

— Je vois, dit Rumbold. Place nette.

— A quoi bon garder des tas de vieilleries dont personne ne peut se servir ? Je suppose qu'on ne va pas tarder à me reprocher d'avoir fait balayer la chambre.

— Ma chère Harriet, je crois que personne ne vous blâme, dit Mrs Matthews. Vous ne pouviez pas savoir. Après tout, personne d'entre nous ne pensait que les soupçons de Gertrude avaient une ombre de justification. Et si par hasard vous avez brûlé tout à fait innocemment quelque chose qui contenait le poison, figurez-vous que j'en serais presque contente. Rien ne peut nous rendre Gregory, alors ne vaut-il pas mieux que nous restions dans l'ignorance ?

— C'est apparemment ce qui nous attend », marmonna Guy.

Stella plissait le front : « Non, dit-elle. S'il a été empoisonné, il faut que nous sachions par qui. Grand Dieu ! comment pourrions-nous continuer à vivre comme si de rien n'était en sachant que l'un de nous est un assassin ?

— Stella, comment oses-tu ? dit sa tante d'une voix étranglée.

— Mais c'est vrai ! C'est ça qui est atroce. Vous n'avez pas l'air de vous rendre compte que si la police ne découvre pas le coupable, nous nous demanderons toute notre vie qui a fait le coup.

— Aneries morbides, décréta Guy. J'aimerais beaucoup mieux me le demander, même longtemps, que d'avoir un scandale nauséabond à affronter.

— Vraiment ? dit Stella, en le regardant d'un air vaguement horrifié. Alors que ça pourrait être moi ou Maman ?

— Oh, ne dis donc pas d'imbécillités », répliqua rudement Guy.

Mrs Matthews posa la main sur l'épaule de Stella avec un petit rire : « Ma chérie, il ne faut pas laisser ton imagination courir si vite.

— Mais le fait demeure qu'elle a dit la vérité et rien que la vérité, dit alors Randall. Je te félicite, Stella. »

Mrs Matthews lança un regard presque aussi limpide que celui de son neveu : « Hélas, je ne peux pas t'approuver, mon cher Randall. Stella parlait avec cette exagération que j'ai si souvent déplorée. J'espère qu'elle ne soupçonnerait pas sa mère ou son frère d'avoir commis un crime aussi terrible, non plus que je ne pourrais jamais soupçonner un de mes enfants.

— Je crois que nous commettons tous une erreur, dit Edward Rumbold. Il n'y a aucune raison de supposer que Matthews a été tué par l'un d'entre vous. Êtes-vous si sûrs qu'il n'y a personne en dehors de la famille qui aurait pu le faire ? »

Guy le dévisagea : « Mais qui, bon sang ? demanda-t-il brutalement.

— Je ne sais pas, mais il me semble que si j'étais vous, je préférerais penser qu'il s'agit d'une personne de l'extérieur, plutôt que de me rendre malade à soupçonner sans le moindre fondement ma propre famille, répondit Rumbold doucement, mais d'un air qui fit monter le sang aux joues de Guy.

— Moi, je préférerais que tout soit éclairci », déclara Stella avec décision.

Rumbold la regarda en souriant. « Eh bien, c'est la preuve que vous ne vous demandez pas vraiment si c'est votre mère ou votre frère qui est coupable.

— Je n'ai jamais entendu une chose pareille ! s'exclama Miss Matthews. Oh, vous partez déjà, Mr Rumbold ? Vous avez à peine fini votre thé.

— Il va sans doute le compléter ailleurs, fit remarquer Randall. Et je ne le blâme certes pas, ajouta-t-il en jetant un coup d'œil aux plats à gâteaux assez pauvrement assortis. Il y a comme une certaine saveur de carême aux galas de tante Harriet que seule l'élite sait apprécier. »

Stella gloussa, et même Mrs Matthews se mordit les lèvres. Harriet se redressa comme mue par un ressort et dit : « Je ne t'ai pas invité à prendre le thé, Randall, et je n'ai pas invité non plus Mr Rumbold, bien que *lui,* je sois toujours heureuse de le voir, et j'espère qu'il le sait. Et s'il trouve mes thés insuffisants...

— Merci, merci, j'ai pris un thé excellent, dit précipitamment Rumbold. Vous savez comme j'aime vos petits scones, Miss Matthews. Je dis toujours à ma femme qu'elle ne me donne jamais rien d'aussi bon. Je vous en prie, que personne ne se dérange. Je connais le chemin. »

Obéissant à un coup d'œil de sa mère, Guy posa son assiette et se leva. Mais Randall, qui s'était levé aussi, lui fit signe de se rasseoir. « Ne perds pas ta chance de harponner une dernière tranche de cake. Après tout, tu vas dîner ici. J'accompagne Mr Rumbold. » Tout en parlant, il avait atteint la porte ; il l'ouvrit et s'effaça pour laisser passer son hôte.

« Ce n'était vraiment pas la peine de vous déranger, dit Rumbold en prenant son chapeau sur la table du hall.

— C'est un plaisir, répliqua Randall. La société de ma famille ne peut être vraiment appréciée sans de fréquentes coupures. »

Rumbold le regarda, mi-amusé mi-réprobateur : « Dans ce cas, pourquoi venez-vous ? demanda-t-il. Votre présence ne contribue pas vraiment à faire régner la paix.

— Non, mais vous ne croyez pas que c'est agréable pour eux d'avoir quelqu'un comme tête de Turc ? Je leur permets de se défouler, répondit Randall de sa voix la plus suave. Ils sont tous un peu sur les nerfs, comme vous l'avez peut-être remarqué.

— C'est une situation extraordinairement déplaisante pour eux », répliqua sérieusement Rumbold.

Randall sortit avec lui de la maison : « Oh, extraordinairement, convint-il. Des révélations intéressantes à l'enquête publique ?

— Rien du tout. La police a demandé un ajournement dès que Mrs Lupton a eu témoigné.

— Tout bien considéré, on ne pouvait pas s'attendre à autre chose. Je suppose que notre engageant praticien a figuré en bonne place ?

— Il a été l'un des témoins, oui. Et très bon, j'ai trouvé.

— Bien sûr. Et tout le monde a paru satisfait de sa prestation ?

— Tout à fait, oui. Il n'y avait aucune raison pour qu'on ne le soit pas, vous savez. Il s'est comporté depuis le début avec une parfaite correction.

— Oui, je l'ai remarqué. Pas du genre à perdre son sang-froid, notre ambitieux médecin. »

Le sarcasme était à peine voilé. Rumbold hésita, puis dit : « Je ne ferai certes pas semblant de ne pas comprendre ce que vous insinuez, mais pourquoi le faites-vous ? Vous savez quelque chose contre lui ?

— Je le trouve parfaitement insupportable, répondit calmement Randall.

— C'est peut-être une raison suffisante pour avoir envie de le soupçonner, mais sûrement pas pour le faire.

— Ma très grande faute », dit Randall en s'inclinant.

Ils étaient arrivés à la grille. Là, Rumbold se retourna et tendit la main : « Oh, je ne voulais pas vous donner une leçon, mais je suis beaucoup plus âgé que vous, Matthews, et vous me permettrez peut-être de vous donner un conseil : ne faites pas ce genre de remarque devant votre cousine. D'une part, ce n'est pas particulièrement charitable, et de l'autre, j'ai idée qu'elle a bien assez de soucis dans ce domaine-là sans qu'on y ajoute. »

Les yeux de Randall s'ouvrirent au maximum et Rumbold fut frappé par leur curieux éclat, sans pouvoir discerner si l'expression était plaisante ou pas. L'instant d'après, les insolentes paupières s'étaient de nouveau abaissées sur eux. « Vraiment ? dit Randall. Je vous suis très obligé. »

Il rentra lentement dans la maison et retrouva ses deux tantes au salon, leurs divergences momentanément oubliées pour exalter de concert les vertus de leur invité et déplorer la vulgarité de sa femme.

« Un homme si cultivé, soupirait Mrs Matthews. On se demande...

— Ce qu'il a bien pu lui trouver, interrompit Stella. Un joli visage et un bon cœur.

— Ce chapeau ! » Mrs Matthews en frissonnait. « Tout ce qu'il y a de plus commun comme ton de rose. Et à son âge, en plus.

— Tout à fait déplacé. » Miss Matthews faisait chorus. « Pas du tout le genre de chapeau à porter à une enquête publique. J'ai été vraiment choquée. »

Stella quitta son pouf pour se replier à l'autre bout de la pièce. Les deux dames poursuivirent leur stimulante conversation et, lorsqu'elles en arrivèrent à conclure que si Mr Rumbold, qui devait être extrêmement riche (tous les exportateurs de laine l'étaient), habitait une maison aussi modeste que Holly Lodge, c'était uniquement parce que sa femme était habituée au genre HLM, une parfaite harmonie s'était établie entre elles. Elle ne dura malheureusement pas longtemps, car Mrs Matthews ayant sonné pour faire débarrasser les reliefs du thé, sa belle-sœur se crut obligée de se verser une autre tasse, et comme celle-ci était non seulement d'une force redoutable mais à peine tiède, son humeur s'en ressentit aussitôt, lui faisant oublier les perfections et imperfections respectives d'Edward et Dolly Rumbold pour ne penser qu'à ses propres griefs.

Guy, apparemment incapable de s'occuper de

façon sensée, fit une autre tentative pour savoir par Randall dans quelle direction la police s'orientait. Celui-ci déclara qu'il n'en avait pas la moindre idée et, comme Guy semblait disposé à poursuivre le sujet, il prit congé d'un air excédé.

Personne n'ayant manifesté le moindre désir de l'accompagner, il sortit donc tout seul et mettait déjà sa voiture en marche, quand il aperçut soudain le Dr Fielding qui remontait l'allée en direction de la maison. Randall le suivit d'un regard singulièrement déplaisant, puis coupa de nouveau son moteur. Quand le médecin arriva à sa hauteur, l'expression sombre et hostile avait disparu, tandis que les lèvres minces esquissaient un semblant de sourire. « Ah, comment allez-vous, docteur ? » demanda Randall d'un ton traînant, et il ôta un gant de chamois pour tendre la main.

Fielding n'eut pas l'air charmé de la rencontre, mais il serra la main tendue et remarqua qu'ils ne s'étaient pas rencontrés depuis un certain temps. « Je ne vous ai pas vu à l'enquête publique.

— Pas vraiment surprenant, dit Randall. Je n'y étais pas.

— Ah, non ?

— Non, j'ai pensé que ce serait ennuyeux et probablement vulgaire. Mais je regrette beaucoup d'avoir manqué votre témoignage. J'ai su que vous aviez été la vedette d'une représentation sans vous fort médiocre.

— Vraiment ? » Le médecin le regarda avec une certaine méfiance. « Je me demande bien de quelle manière.

— Par votre comportement, cher docteur, qui, à

ce qu'on m'a dit, frôlait la grande noblesse. Et votre témoignage qui a dû être magistral, j'en suis sûr. »

Fielding inspira profondément : « Vous êtes trop bon. Je suis assez habitué à apporter mon témoignage dans le cadre de mon activité professionnelle.

— Mais dans des circonstances si difficiles, susurra Randall. Et tant de témoins ont tendance à perdre la tête. Non pas que je m'attendisse à ce que ce fût votre cas, cela va sans dire.

— Merci, répondit Fielding, lourdement ironique. Je n'avais aucune raison de perdre la tête.

— Non, tout semble avoir été mené avec la plus extrême courtoisie. Pas de questions gênantes, pas de ces interrogatoires contradictoires si éprouvants pour les nerfs. J'ai toujours pensé que ce genre d'exercice pouvait faire perdre leur sang-froid aux plus coriaces.

— Espérons alors que vous n'aurez jamais à subir ce supplice, rétorqua Fielding.

— C'est très gentil à vous et cela semble appeler une riposte de la même eau. Je ne peux moins faire que vous souhaiter de ne pas être amené à l'affronter non plus.

— C'est une perspective qui ne m'affole pas, dit Fielding avec un léger sourire. Si cette affaire aboutit à un procès, je serai bien entendu appelé à témoigner de nouveau. »

Randall secoua la tête. « Tout cela est bien malheureux. Pour le meurtrier, je veux dire. Qui aurait pu supposer que ma chère, chère tante Gertrude aurait été l'instrument choisi pour faire capoter un des crimes les plus soignés du siècle.

— J'aurais souhaité pour la famille que la vérité n'ait jamais été mise au jour, certainement, dit

Fielding. C'est extrêmement déplaisant pour eux. » Il affronta carrément le regard sardonique de Randall : « C'est même assez déplaisant pour moi, poursuivit-il avec décision. Beaucoup de gens, j'imagine, pensent qu'en tant que médecin, j'aurais dû me rendre compte instantanément que Matthews avait été tué par quelque obscur poison.

— Oh, on jasera forcément, dit Randall, très jovial. Les gens ont l'esprit tellement tordu. Je suis sûr qu'ils attachent une importance ridicule à cette bouteille de fortifiant si heureusement cassée.

— Heureusement ? répéta Fielding. Pas pour moi.

— Ai-je dit heureusement ? demanda Randall. Je voulais dire malheureusement, bien sûr.

— Enfin, ce fortifiant n'avait pas été préparé à mon dispensaire, déclara Fielding.

— Non, je n'avais pas pensé une seconde qu'il l'eût été. »

La mâchoire de Fielding se fit un rien plus proéminente. « De plus, ajouta-t-il, la nicotine n'est pas un poison que les généralistes utilisent couramment, comme vous le savez certainement, Matthews, avec votre formation médicale. »

Randall, qui fixait son pare-brise d'un air méditatif, tourna la tête à cet instant et dit avec un sourire de biais : « Ah, vous saviez ça ?

— Mais oui. Votre oncle me l'avait confié, il y a quelque temps. Il m'avait dit que vous aviez été un étudiant brillant, mais que vous aviez abandonné à la mort de votre père.

— Et vous avez transmis le renseignement à la police ? demanda Randall.

— Non. J'ai jugé que cela ne me regardait pas. »

Randall se pencha en avant et remit le contact. « Eh bien, vous devriez. Le commissaire Hannasyde serait ravi. »

Fielding haussa les épaules : « Oh ! je n'ai nulle envie de jeter de l'huile sur le feu. »

Randall gloussa de joie : « Vous vous flattez, mon cher docteur, vraiment ! Passez donc votre renseignement, il égaiera la vie bien terne du commissaire et il ne me fera aucun tort.

— Dans ce cas, pourquoi prendre cette peine ? » demanda Fielding, qui pivota sur ses talons et, après un petit salut très bref, se dirigea vers la maison.

Son but était d'en prévenir les habitants contre les dangers des interviews accordées à la presse. En revenant de ses visites, cet après-midi-là, il avait trouvé sa propre maison assiégée par les journalistes, ce qui l'avait mis de fort méchante humeur. Trouvant sa fiancée disposée à traiter ce péril comme une affaire de peu d'importance, il lui dit assez sèchement qu'il aimerait la voir considérer un peu la position dans laquelle lui se trouvait. Mrs Matthews l'assura aussitôt, avec le sourire d'une femme qui connaît le monde et ses traquenards, qu'il n'avait rien à craindre. « J'ai vu un des reporters personnellement, dit-elle avec gravité, et je crois que je lui ai fait comprendre ce que nous ressentions tous. Je lui ai parlé — les mots m'étaient comme inspirés d'En-Haut — et je crois qu'il s'est rendu compte, qu'il a eu honte. »

Inquiet, Guy lui demanda : « Dis donc, tu n'as fait aucune déclaration, au moins ?

— Mon cher enfant, je viens de te dire que non. »

Guy n'insista pas, mais lorsqu'au moment du départ, Stella le raccompagna, Fielding lui dit :

« Vraiment, Stella, je trouve que vous auriez pu empêcher votre mère de voir ce type. Si vous recherchez la publicité, moi pas. Cette affaire me fait déjà assez de tort.

— Je suppose, répondit-elle d'une petit voix bien posée, que cela vous fait du tort qu'on vous sache fiancé avec moi, n'est-ce pas ?

— Inutile de revenir là-dessus. Je ne pense pas que cela me fasse beaucoup de bien, mais nous n'y pouvons rien.

— Peut-être que si, dit-elle en levant les yeux vers lui.

— Ma chère petite, ne croyez pas une minute que j'essaie de me dérober. »

Guy entrant dans le hall à ce moment, la conversation fut interrompue. Le jouvenceau, aussi inquiet que le médecin, déclara qu'il ne serait pas étonné du tout que sa mère en eût fait des wagons avec le reporter.

Sa méfiance était pleinement justifiée. Le lendemain matin, la une du *Daily Reflector* était ornée d'un gros titre en caractères gras, d'une photographie des Peupliers et d'une autre (encadrée) de Mrs Matthews sortant de la salle où l'enquête publique avait eu lieu. Quand Guy descendit pour le petit déjeuner il trouva sa tante et sa sœur entourées de quatre quotidiens dont elles se lisaient des extraits avec indignation.

Stella : « " Dans une affaire d'empoisonnement en banlieue, la sœur de la victime refuse d'évoquer cette mort mystérieuse ". " Nous estimons plus sage de ne rien dire, assure Mrs Zoé Matthews, la blonde et gracieuse veuve mêlée au mystérieux empoisonnement de Grinley Heath qui met en échec les experts de Scotland Yard. " Voilà qui va faire bien plaisir à Maman. Oh, Guy, regarde-moi cette photo. Je te demande un peu !

— Écoutez-moi ça, implora Miss Matthews d'une voix trémulante. Je n'ai jamais rien entendu de pareil. Jamais. " En grand deuil — je me demande bien ce qu'elle pourrait porter d'autre — une expression de lassitude dans ses yeux tristes, la charmante Mrs Zoé Matthews, belle-sœur de Gregory Matthews, dont la mort est survenue dans des circonstances mystérieuses à sa résidence de Grinley Heath il y a une semaine, m'a reçu hier dans son salon ensoleillé. " Son salon, vraiment ! Oh, je suis bien sûre qu'elle lui a dit qu'il était à elle, mais pour ce qui est d'être ensoleillé, c'est une pièce qui ne voit jamais le soleil et elle le sait bien. »

Pâle de consternation, Guy traversa la pièce en courant pour lire le paragraphe incriminé par-dessus l'épaule de sa tante : « " Il faut se rappeler que la vie continue... perte irréparable... aussi mystérieux pour nous que pour Scotland Yard... " Grand Dieu, elle n'a pas pu raconter toutes ces inepties !

— Bien sûr que si, grinça Miss Matthews. C'est exactement le genre de balivernes que j'attends de sa part. " Il y avait un lien très fort entre mon pauvre beau-frère et moi. " Ah ouiche ! Et pas un mot sur ce que *moi*, je peux éprouver. " Digne et calme. " Calme ! Effrontée, plutôt ! Oh, je ne peux pas supporter ça ! »

Guy récupéra le journal que Miss Matthews semblait prête à déchirer en petits morceaux et se replia avec lui près de la fenêtre. Stella, qui pendant ce temps s'était plongée dans le *Morning Star*, s'exclama soudain : « Quel toupet ! Écoutez ça, tante Harriet : “ La mort de Mr Matthews a été un choc terrible pour nous tous ”, a révélé hier à notre représentant la jolie Rose Daventry, vingt-trois ans, femme de chambre aux Peupliers. Il y en a encore des kilomètres et même quelque chose sur le petit ami de Rose. Oh, elle dit que tout le monde l'a ressenti comme une perte personnelle.

— Quoi ! hurla Miss Matthews.

— Il y a une photo, aussi. »

Miss Matthews lui arracha le journal des mains : « Elle va partir aujourd'hui, huit jours ou pas, déclara-t-elle. Quelle impertinence ! Une perte personnelle. Et en plus, c'est un affreux mensonge parce que tous les domestiques que nous avons jamais eus détestaient Gregory. Jamais elle n'aurait osé dire ça si elle n'avait pas reçu son congé. »

Beecher, entré dans la pièce à cet instant, fut littéralement foudroyé du regard par sa maîtresse hors d'elle. « Êtes-vous au courant de cette scandaleuse histoire ? » lui demanda-t-elle en giflant le journal.

Beecher toussota : « Oui, mademoiselle. Très répréhensible, vraiment. Mrs Beecher a dit à Rose ce qu'elle en pensait. Mr Randall au téléphone, mademoiselle.

— Qu'est-ce qu'il veut ? grommela Guy.

— Il n'a pas dit, monsieur.

— Bon, eh bien, moi, je ne réponds pas, décréta Guy en s'asseyant à table. Dites-lui que nous sommes sortis.

— Vas-y, Stella, dit sa tante. Quoique je me demande bien ce qu'il peut nous vouloir. »

Stella soupira et posa son journal. « Je ne comprends pas pourquoi il faut que ce soit moi », mais elle sortit dans le hall et prit l'appareil. « Allô, dit-elle d'un ton décourageant. Ici Stella, qu'est-ce que c'est ? »

La voix suave de Randall lui répondit : « Bonjour, ma douce. Dis-moi tout de suite — j'en ai le souffle coupé — pourquoi je n'ai jamais eu le privilège de voir la jolie Rose Daventry aux yeux bleus.

— Oh, ferme-la ! dit Stella exaspérée. Qu'est-ce que tu veux ? »

Un rire flotta jusqu'à ses oreilles. « Seulement ça, ma chérie.

— Alors, va au diable ! » Et Stella reposa brutalement l'appareil.

Randall n'avait pas été le seul à lire les journaux, et Mrs Lupton ne tarda pas à arriver aux Peupliers en majesté outragée. Elle voulait savoir si Rose avait été renvoyée, et si elle ne l'avait pas été, pourquoi ; si Mrs Matthews se rendait compte de l'étendue de son aberration ; à quoi pensait sa sœur Harriet de laisser entrer un reporter dans la maison, et quelles mesures avaient été prises par la police pour découvrir l'assassin de Gregory. Personne n'ayant été capable de répondre à cette dernière question, elle prononça son verdict, sans précipitation aucune, mais comme à la suite d'une réflexion impartiale : « Cette affaire est traitée avec la plus flagrante incompétence. Je ne vois pas que la police fasse le moindre effort pour retrouver l'assassin de mon pauvre frère. »

Mais ce jugement cruel n'était pas très équitable, au moins en ce qui concernait le commissaire Hannasyde, qui se trouvait à ce moment précis à côté de Giles Carrington, les relevés de comptes de Gregory Matthews entre eux sur le bureau.

« Savez-vous quels rapports avait Matthews avec un certain Hyde ? » demanda Hannasyde.

Giles secoua la tête. « Non, malheureusement. Pourquoi ?

— J'ai examiné ces relevés de compte, et il appert qu'un nombre considérable de chèques versés à la banque par Matthews provenaient de ce Hyde. Regardez. Ce sont d'assez grosses sommes et qui semblent avoir été payées régulièrement tous les mois. »

Giles prit les documents et étudia les versements marqués. « On croirait qu'il avait une sorte de commerce. Si oui, je n'en ai jamais entendu parler. Est-ce que vous croyez qu'il aurait pu avoir une boutique de prêteur sur gages ou un troquet, et qu'il ne voulait pas qu'on le sache ?

— Je n'y comprends absolument rien. C'est peut-être quelque chose de ce genre-là. J'ai vu le directeur de la banque, mais il n'en sait pas plus que nous. Ces chèques étaient tous sur l'agence Cité de la Banque Foster. Le caissier principal s'en est souvenu aussitôt. Il va falloir que j'aille là-bas voir ce que je peux trouver. » Il se leva et reprit les relevés. « Je suis venu ici en premier, parce que c'est toujours un peu difficile d'extirper des renseignements à une banque.

— Désolé, dit Giles. Je ne peux pas vous aider. Mais je peux vous dire que si quelqu'un est au courant, c'est Randall Matthews. A mon avis, il n'y a pas grand-chose que ce charmant jeune homme ignore au sujet de son oncle. »

Hannasyde eut un sourire un peu amer : « Oui, j'avais bien pensé à lui. Mais je l'ai pas trouvé précisément enthousiaste quand il s'est agi de me mettre dans la confidence. Enfin, je peux toujours essayer si j'échoue partout ailleurs. »

Il quitta donc Adam Street pour se rendre dans la Cité. A la Banque Foster, le directeur se montra courtois mais nullement amical, disant que sa maison était ce que le commissaire Hannasyde jugerait à n'en pas douter vieux jeu ; on y avait gardé les principes d'autrefois, lui-même déplorait amèrement les méthodes modernes de la police qui essayait d'obtenir des renseignements par les banques. Autrefois... Hannasyde, qui ne se faisait jamais d'ennemis quand il pouvait l'éviter, écouta, sympathisa et approuva. Finalement, il obtint quelques indications, mais peu de choses. En fait, le directeur ne savait presque rien de John Hyde, qui venait très rarement lui-même au guichet. Il avait un compte depuis pas mal d'années et l'on croyait qu'il représentait une entreprise du nord de l'Angleterre. Il habitait 17 Gadsby Street et le directeur regrettait de ne pouvoir donner plus de renseignements à Hannasyde.

Celui-ci eut vite fait de trouver la rue en question, étroite et encombrée, au cœur même de la Cité. Il s'y engagea, se frayant non sans mal un chemin au milieu de la foule des secrétaires pressées et des garçons de course nu-tête jusqu'au 17, qui vendait des journaux, des cigarettes bon marché et du tabac. La boutique assez sordide, aux vitres sales, annonçait en lettres à moitié effacées qu'elle appartenait à H. Brown. Deux marches conduisaient à l'intérieur, qui était sombre, petit et empestait la fumée de tabac. Hannasyde entra et presque aussitôt une porte s'ouvrit au fond de l'antre et une grosse femme en blouse vint lui demander ce qu'il voulait.

« Je cherche un monsieur John Hyde, dit le policier. Je crois savoir qu'il habite ici.

— Il est pas là, répondit-elle brièvement. J'sais pas quand il rentrera.

— Savez-vous où je peux le trouver ?

— J'en sais rien. »

La porte au fond du magasin se rouvrit et un homme d'âge moyen en manches de chemise, moustache rare et yeux bleus pleurards, apparut et dit :

« Qu'est-ce qu'il veut, le monsieur, Emma ?

— Voir Mr Hyde, dit-elle d'un ton indifférent.

— Faudra revenir. Il est pas là.

— C'est ce que je lui ai dit.

— Est-ce que c'est ici qu'il habite ? demanda Hannasyde.

— Non, c'est pas ici, répondit Mr Brown, l'air de plus en plus hostile.

— Alors, vous pourriez peut-être me donner son adresse ?

— Non, je regrette, mais je peux prendre un message si vous voulez. »

Hannasyde sortit une carte qu'il lui donna : « Voici mon nom. Ça vous rafraîchira peut-être un peu la mémoire. »

Mr Brown lut la carte et lança un rapide coup d'œil au commissaire. Sa femme se tordit le cou pour voir la carte et changea visiblement de couleur. Elle dévisagea Hannasyde : « On veut pas de bourres ici, annonça-t-elle. Qu'est-ce que vous voulez savoir ? »

Habitué à être considéré avec une profonde méfiance par les Mrs Brown de ce monde, le policier n'accorda pas trop d'importance à une gêne aussi évidente, et répondit d'une voix neutre : « Je vous ai dit ce que je voulais savoir. Je veux savoir où trouver Mr John Hyde.

— Et comment on peut vous dire ce qu'on sait pas ? s'exclama-t-elle. Il est pas ici, c'est tout. »

Son mari la repoussa. « Ça va, Emma, retourne dans ta cuisine. » Il posa la carte du commissaire sur le comptoir et dit avec un sourire qui découvrit un assortiment de dents cariées : « C'est vrai ce qu'elle a dit. On a pas vu Mr Hyde depuis mardi.

— Qu'est-ce qu'il fait ici ? »

Mr Brown caressa le chaume qui hérissait son menton. « Ben, d'une certaine façon, c'est à lui, ici, vous saisissez ?

— Le magasin est à lui ?

— Non, pas le magasin. Mais il a toute la maison.

— En fait, il est votre propriétaire ?

— Vous y êtes. Il est représentant d'une grosse boîte du Nord. Je sais pas s'il a ce qu'on pourrait appeler une adresse fixe en dehors d'ici. Il voyage beaucoup pour ses affaires, vous voyez.

— Vous voulez dire qu'il a un bureau ici, ou quoi ?

— C'est ça. Vous pouvez le voir si vous voulez. Y a rien dedans.

— Depuis combien de temps est-il ici ?

— Ma foi, je pourrais pas dire au juste comme ça, répondit Mr Brown, soudain très vague. Mais ça date pas d'hier. Peut-être sept ou huit ans, je dirais.

— Quel âge a-t-il ? A quoi ressemble-t-il ?

— Oh, à tout le monde, pour ainsi dire. Je pourrais même pas le décrire. Il a pas le genre de tronche qu'on retient. Entre deux âges et pas causant. Qu'est-ce que vous lui voulez ?

— C'est mon affaire. Il vient souvent ici ?

— Assez souvent, dit Mr Brown, renfrogné.

— Allons, répondez-moi. Tous les jours ?

— Des fois. Des fois non. Moi, ça me regarde pas. Il vient quand il veut.

— Quand l'avez-vous vu pour la dernière fois ?

— Je vous ai déjà dit. Mardi dernier. Pas aperçu depuis.

— Il a dit qu'il s'en allait ?

— Non. Il a rien dit.

— Il ne vous a pas donné d'adresse pour faire suivre ses lettres ? »

Brown lui lança un de ses regards noirs.

« Y a pas eu de lettres. »

Pas moyen d'en tirer autre chose. Après une ou deux autres questions et autant de réponses rechignées, Hannasyde quitta le magasin. La personnalité de Mr John Hyde, qui ne provoquait chez lui qu'une vague curiosité une heure plus tôt, avait soudain pris une importance inattendue. Il fallait trouver cet insaisissable personnage et remonter à la source de ses relations avec Gregory Matthews. C'était le travail de ses services, mais tandis qu'il se dirigeait vers Scotland Yard, il changea brusquement d'avis, prit un autobus en direction de Piccadilly au lieu d'aller à White Hall, et se rendit chez Mr Randall Matthews.

CHAPITRE IX

Il était presque midi quand Hannasyde arriva à l'appartement de Randall, mais cet élégant jeune homme ne l'en reçut pas moins drapé dans une robe de chambre aux coloris somptueux. Comme il semblait tout habillé en dessous, à l'exception du veston, Hannasyde conclut que cette mise était due à un goût pour l'exotisme plutôt qu'à une paresse invétérée. Il sourit intérieurement à la pensée de ce que Hemingway aurait dit de la robe de chambre s'il avait pu la voir, et se lança sans préambule dans l'explication de sa visite.

« Désolé de vous déranger, Mr Matthews, mais je crois que vous allez pouvoir m'aider.

— Vous m'en voyez ravi. Permettez-moi de vous offrir un verre de sherry.

— Merci, mais je ne prendrai rien pour l'instant. Est-ce que le nom de John Hyde vous dit quelque chose ? »

Randall se versa un verre de sherry et reboucha le flacon. « Eh bien, des parcs.

— Non.

— Donnez-moi un peu de temps, dit Randall en prenant son verre. Stevenson ?

— C'est tout, Mr Matthews ? » demanda Hannasyde en le fixant très attentivement.

Randall répondit par un de ses regards les plus affables. « Eh bien, oui, pour le moment. Voulez-vous poursuivre le sujet ? Parce que dans ce cas, il faudra m'expliquer les choses. Je ne me sens pas très intelligent ce matin, hélas.

— Vous ne vous rappelez pas avoir entendu votre oncle prononcer ce nom à un moment où à un autre ? » Hannasyde insistait.

Randall, lui, continuait à le regarder par-dessus le bord de son verre. « Non, je n'en ai aucun souvenir », répondit-il. Il se dirigea indolemment vers un fauteuil et s'assit sur l'accoudoir. « Voulez-vous une cigarette, ou une bonne partie de colin-maillard ? » demanda-t-il.

Hannasyde accepta la cigarette. « Je suis déçu, Mr Matthews, j'espérais que vous pourriez jeter quelque lumière sur ce petit problème. Je viens d'examiner les relevés de compte de votre oncle. » Il craqua une allumette et la tint contre le bout de sa cigarette. « Et je constate qu'une portion substantielle de ses revenus provenait apparemment d'un nommé John Hyde. Ou peut-être d'une affaire dont Hyde est représentant. »

Randall sirotait son sherry sans que rien parût sur son visage sauf une faible lueur d'intérêt. « Quand vous parlez d'une portion substantielle, qu'est-ce que vous entendez au juste, commissaire ?

— Je n'ai pas additionné toutes les sommes, mais au jugé, je dirais qu'elles doivent s'élever aux alentours de douze ou treize cents livres par an. »

Randall pencha la tête, l'air un peu surpris. « Une somme respectable, dit-il. Puis-je demander comment elle était versée sur le compte de mon oncle ?

— Par chèques, répondit Hannasyde, tous les mois régulièrement, mais avec des montants irréguliers. » Il plongea la main dans la poche intérieure de son veston et sortit les relevés de Gregory Matthews. « Peut-être aimeriez-vous voir vous-même ?

— Je crois que oui », répondit Randall en posant son verre pour prendre les papiers.

Le silence régna pendant qu'il les examinait sans se presser. Puis il les rendit à Hannasyde en disant : « Je me sens incapable de projeter la lumière attendue, commissaire. Quelles sont vos vues sur la question ?

— Je crois bien que je n'en ai aucune, dit Hannasyde. Il faut vous rappeler que je ne connaissais pas votre oncle, c'est pourquoi je m'adresse à vous. Je pense que vous le connaissiez mieux que quiconque, non ?

— Je n'ai pas réfléchi à ce problème. De plus, je crois vous avoir dit au début de nos agréables relations que mon oncle ne me faisait pas de confidences.

— Effectivement. Mais je ne peux m'empêcher de penser que vous êtes trop modeste. Vous êtes, si je ne me trompe, le seul membre de la famille à qui il avait révélé sa découverte de la double vie menée par Mr Lupton.

— Vous appelez ça une confidence ? Je pensais que c'était une histoire cochonne.

— Bon, eh bien, ne parlons pas de confidence et

disons qu'il y avait un lien de sympathie entre vous », suggéra Hannasyde.

Tout en parlant, il surprit dans les yeux de son vis-à-vis une expression qui lui donna un choc. Que signifiait-elle ? Il n'eut pas le temps d'en décider tant elle fut brève, mais elle le laissa curieusement ébranlé, avec l'impression ineffaçable d'avoir surpris une chose affreusement déplaisante, apparue et disparue en un éclair.

Puis Randall dit avec son débit d'une lenteur affectée : « Non, je ne pense pas qu'il y avait la moindre sympathie entre nous. Ce qui vous a peut-être induit en erreur, c'est que j'étais le seul membre de la famille à ne pas me quereller avec lui.

— Voyons, Mr Matthews, dit Hannasyde, persuasif. Pourquoi ne pouvez-vous pas être franc avec moi ? Qu'il y ait eu ou non de la sympathie entre vous, je crois que vous en savez plus sur lui que ce que vous m'avez dit. A propos de ces chèques de John Hyde, par exemple, est-ce que vous voudriez me faire croire que vous qui êtes héritier de votre oncle, vous ignoriez la provenance d'une partie de ses revenus ?

— Non, je ne veux rien du tout, mais c'est pourtant vrai. » Il se leva et alla remplir son verre. « Ces montants variables joints à l'émission régulière des chèques inciteraient à penser que mon oncle s'amusait à quelque entreprise commerciale à laquelle il préférait ne pas mêler son nom. Ce petit problème sera sans doute élucidé en son temps.

— En fait, vous n'y attachez pas beaucoup d'importance, Mr Matthews ? »

Randall haussa les épaules : « Non, pas vraiment. A vous dire vrai, je crois que vous perdez votre temps à chercher John Hyde. Son rôle dans l'affaire me semble assez obscur.

— Exactement, dit Hannasyde. Mais quand je tombe sur quelque chose qui exige une explication, je constate toujours qu'il est profitable de suivre sa piste, si négligeable qu'elle puisse paraître. J'ai déjà fait quelques recherches sur l'identité de Hyde, aussi bien à sa banque qu'à sa seule adresse connue.

— J'espère qu'un zèle aussi admirable a été récompensé comme il le mérite ?

— Je crois que oui, répondit Hannasyde, imperturbable. J'ai découvert que John Hyde, qui se prétend représentant, possède une petite maison sordide, Gadsby Street, dans la Cité, avec un magasin de journaux. Celui-ci est loué, semble-t-il, à un certain Brown qui possède la boutique, mais Hyde s'est réservé une pièce pour son usage personnel.

— Vraiment ? dit Randall.

— Qu'un homme qui est en état de faire de gros versements chaque mois n'ait comme adresse qu'un bureau dans une petite rue miteuse me semble assez insolite pour justifier d'autres investigations. Qu'en pensez-vous, Mr Matthews ?

— Que vous perdez votre temps, mon cher commissaire.

— Et quand je vous aurai dit que John Hyde n'a pas été vu à son bureau depuis le mardi 14 mai ? »

Randall, qui était allé prendre une cigarette dans leur coffret, tournait momentanément le dos à Hannasyde. « Qui dit qu'il n'a pas été vu depuis le 14 mai ? demanda-t-il.

— L'homme qui tient le magasin... et je ne crois pas qu'il mente.

— Ça ne me semble pas être une information de grande valeur, déclara Randall en revenant à son fauteuil. Il peut être malade ou en voyage.

— Certainement, répondit Hannasyde. Mais il a quelque chose d'insaisissable qui demande une explication. Un homme qui n'a pas d'adresse fixe est un peu plus qu'une anomalie, vous en conviendrez. » Il se leva. « Je regrette que vous ne puissiez m'aider.

— La chasse aux fantômes n'a jamais été mon passe-temps favori, commissaire. Puis-je savoir si vous avez eu par chance une description de votre gibier ?

— Très vague et qui pourrait être fausse.

— Voilà qui est du plus grand secours. Et quelle était-elle ?

— Un homme d'âge moyen avec un visage ordinaire. C'est tout pour le moment.

— A votre place, je laisserais tomber.

— Vous ne pouvez pas vous attendre, je pense, à ce que je suive ce conseil », répondit assez sèchement Hannasyde, et il prit aussitôt congé.

Mais la recherche de John Hyde se révéla singulièrement infructueuse. Personne ne le connaissait, et quand Hannasyde, flanqué de Hemingway, arriva à son bureau armé d'un ordre de perquisition, il n'y découvrit aucun indice. Plutôt minable, la pièce au-dessus du magasin ne contenait qu'une table, une chaise, une machine à écrire et un coffre.

« Si ce type-là est représentant, où est-ce qu'il a ses échantillons ? » demanda Hemingway.

Mr Brown, toujours en manches de chemise, parcourut la pièce d'un regard vaguement inquiet. « Je l'ai jamais vu partir comme ça avant, sans dire un mot, marmonna-t-il. Je l'ai aperçu mardi, pas le dernier, celui d'avant, et je peux jurer qu'il est pas revenu depuis. »

Cette assertion souvent répétée fut confirmée dans une certaine mesure par le caissier de la Banque Foster. Le 14 mai, un chèque au porteur d'un montant de vingt-cinq livres signé Hyde avait été présenté et le guichetier questionné décrivit avec précision Mr Brown, ajoutant que celui-ci avait l'habitude d'encaisser des chèques au porteur émis par Hyde. Brown ne le niait d'ailleurs nullement, déclarant que ce dernier l'avait toujours chargé de toucher ces chèques ; il ne faisait alors que prendre l'argent et le lui remettre. Comme il s'avéra qu'il avait très souvent versé des espèces pour Hyde, rien ne permettait de mettre ces déclarations en doute. Mais pourquoi avait-il été employé ainsi, quels étaient ses rapports avec Hyde ? Impossible de lui tirer un mot à ce sujet. Il persistait à dire qu'il ne savait pas, et que Mr Hyde ne lui disait jamais rien. Quand on lui demandait si Hyde avait parfois des visiteurs, il répondait, de mauvais gré, que celui-ci voyait parfois des gens pour ses affaires, mais lui, Brown, ne savait ni qui ils étaient, ni d'où ils venaient.

Le coffre, une fois ouvert, ne renfermait qu'un chéquier à moitié usé dont tous les talons étaient vierges, et une liasse de titres.

« C'est bien ce que j'ai vu de plus fort dans ma vie, affirma le brigadier. J'ai déjà entendu parler de gens qui levaient le pied, mais jamais en laissant leur chéquier et un joli magot en compte. On croirait presque que notre lascar a été obligé de décamper à toute vitesse, patron. Il est arrivé quelque chose après son départ d'ici, le 14, quelque chose qui lui a flanqué une trouille verte et l'a empêché de revenir.

— Mais pourquoi garder le chéquier dans ce coffre ? demanda Hemingway. Nous savons par la banque qu'il n'avait que celui-là. Dans ce cas, la plupart des gens le garderaient sur eux. Ou alors dans un tiroir chez eux, pas dans un bureau où ils passent irrégulièrement.

— Pas la peine de me le demander, dit le brigadier, amer. La grande question, c'est où habite-t-il ? »

Mais les recherches les plus approfondies ne jetèrent aucune lumière sur ce point. Une annonce passée dans les journaux pour tout renseignement concernant Hyde ne produisit pas plus de résultats, et une tentative faite pour découvrir à la banque des documents donnant quelques indications sur son identité échoua aussi. Il n'en avait laissé aucun.

Le brigadier Hemingway, qui avait le génie de provoquer les confidences, exhiba triomphalement la châtelaine du 11, Gadsby Row, corpulente matrone discrètement moustachue qui se rappelait avoir vu Mr Hyde un jour où elle était entrée acheter un journal chez Mr Brown. Elle ne l'avait pas regardé particulièrement parce que, quand il était entré, elle taillait une petite bavette avec Mr Brown comme n'importe qui l'aurait fait, et sans regarder personne il avait filé tout droit dans l'arrière-boutique. Elle avait trouvé ça drôle et elle avait demandé tout de go à Mr Brown : « Qui c'est, çui-là ? » Et elle se rappelait comme si c'était de la veille qu'il avait répondu : « Oh, rien que Mr Hyde. » C'était un peu difficile de dire à quoi il ressemblait, parce qu'il avait son chapeau et des lunettes noires, mais il était habillé comme un « monsieur très bien », ça, elle pouvait le dire.

Pas d'un grand secours, évidemment, mais Hemingway n'avait pas pu faire mieux. Personne dans la rue ne semblait l'avoir remarqué et aucun magasin du voisinage n'avait eu l'honneur de sa pratique.

Le 17 fut placé sous haute surveillance et le passé de Mr Brown, scruté avec attention. A cet égard, ni Hannasyde ni le brigadier ne furent étonnés d'apprendre non pas que Mr Brown était connu des services de police et avait fait de la prison pour dol sept ans auparavant, mais que depuis sa libération, il semblait n'avoir eu aucun « ennui ». Interrogé avec persistance par un brigadier sceptique, Brown prit des airs de vertu outragée et demanda avec une considérable amertume si la police avait jamais entendu parler de gens qui faisaient peau neuve et qui marchaient droit.

Les policiers en civil qui guettaient l'apparition d'un monsieur d'âge moyen avec des lunettes noires, trouvaient leur tâche particulièrement assommante, car si plusieurs messieurs d'âge moyen entrèrent bien dans la boutique, aucun ne portait de lunettes et aucun ne resta plus que le temps nécessaire pour acheter un journal ou un paquet de cigarettes. La boutique n'était d'ailleurs pas fréquentée par des hommes habillés comme « des gens très bien », aussi Mr Peel, le plus jeune des deux enquêteurs, fut-il fort intéressé par un des clients, un jeune homme habillé comme quelqu'un de vraiment très, très bien qui parcourut la rue d'un pas indolent un après-midi et entra dans la boutique de Mr Brown.

Ce dernier, qui servait deux onces de tabac fort à

un terrassier, jeta un bref coup d'œil au nouveau venu mais ne fit plus attention à lui jusqu'à ce que le premier client, ayant ramassé sa monnaie, fût sur le point de partir. Il appuya alors ses deux mains sur le comptoir et demanda ce qu'il pouvait faire pour cet élégant jeune homme.

Mr Randall Matthews attendit que le terrassier fût parti et sortit un shilling de sa poche. « Vingt Players, s'il vous plaît », demanda-t-il.

Mr Bown poussa un paquet sur le comptoir et ramassa la pièce.

Randall ouvrit le paquet, sortit une cigarette et l'alluma. Au-dessus de la flamme du briquet, ses yeux cherchèrent ceux de Mr Brown : « Hyde est ici ? » demanda-t-il doucement.

La méfiance descendit comme un rideau sur le visage de Mr Brown. « Non, répondit-il. Et je sais pas quand il y sera. »

Randall mit son briquet dans sa poche et sortit un élégant portefeuille dont il tira sans se presser un billet de banque qui craqueta très agréablement : « Dommage, dit-il. Il faut que je le voie, c'est important.

— Je peux pas vous dire ce que je sais pas, rétorqua Mr Brown, curieux de voir si le billet entre les longs doigts de Randall était de dix ou de cinq livres.

— Je devrais peut-être vous dire que je ne suis pas de la police, soupira Randall, bien que je croie discerner un membre de la fraternité civile en faction dehors.

— Vous croyez que je le sais pas ? demanda Mr Brown avec un mépris écrasant. Je le sens à un kilomètre. » S'avisant soudain que son visiteur semblait posséder également cette précieuse faculté, il ajouta, avec un respect nouveau : « Mettez pas le nez là-dedans. Je veux pas plus d'emmerdes que j'en ai déjà et je peux vous dire que Mr Hyde est pas là et qu'on l'a pas tapissé depuis dix jours !

— Au vu des gentlemen dehors, ça ne m'étonne guère, répondit Randall. Mais je suis sûr que vous pourriez m'indiquer où il est — moyennant un petit dédommagement.

— Eh ben non, justement, je peux pas. Qu'est-ce que vous lui voulez donc ? »

Le lent sourire de Randall retroussa ses lèvres : « Les visiteurs de Hyde vous font des confidences, en général ? »

Il y eut un court silence. Mr Brown le regardait, sourcils froncés, et dit au bout d'un moment : « Écoutez donc, je sais pas plus que vous où Mr Hyde peut bien crécher, et non seulement ça, mais j'en ai plein le dos de lui et de ses entourloupes. Vous dégagez la piste avant que le condé dehors prenne idée de renifler après vous. Un bon conseil que je vous donne. »

Randall le regarda d'un air méditatif : « Peut-être, si je laissais une lettre pour que vous la lui remettiez... ? Toujours moyennant un dédommagement, bien sûr. »

Mr Brown jeta précipitamment un regard en direction de la porte du magasin et dit très fort : « Eh ben, ça servirait à rien parce que je saurais pas où la remettre. Qu'est-ce que vous voulez donc ? Pourquoi que vous êtes si pressé de le voir, Mr Hyde ?

— Oh, je ne crois pas qu'il soit nécessaire que vous le sachiez, dit Randall. J'ai une affaire à traiter avec lui. Une affaire assez importante. Je me demande si dix livres vous rendraient service ?

— Je vous dis qu'il y a rien à foutre, riposta brutalement Mr Brown. Il est parti — disparu.

— Oui, oui, j'avais compris, dit Randall. Mais dix livres, vite gagnées, tout de même...

— Comment ? demanda involontairement Mr Brown.

— Oh, très facilement, répondit Randall avec sa nonchalance habituelle. Vous pourriez me dire où il range ses papiers. »

Mr Brown secoua vigoureusement la tête : « Pas moi. D'abord, j'en sais rien. »

Randall laissa tomber par terre sa cigarette à moitié fumée et l'écrasa du talon. « Quelle déception ! Le renseignement aurait eu beaucoup de valeur — en espèces sonnantes et trébuchantes, vous comprenez. Si maintenant vous aviez la moindre correspondance adressée à Hyde, ça aussi ça vaudrait bien dix livres et même plus.

— J'ai pas de bafouilles, marmonna Mr Brown. Vous vous imaginez pas que je vais en garder ici avec les bourres qui fouinent partout, non ? Toutes les lettres — et je dis pas qu'il y en eu, hein, attention ! — je les ai brûlées, et c'est la pure vérité. Je vous dis, j'en ai ma claque de toute cette histoire. » Il regarda Randall mettre le billet dans son portefeuille, une lueur de convoitise avide dans les yeux. Il se passa la langue sur les lèvres et lança avec colère : « Comment que je peux savoir que vous me balanceriez pas aux flics, une supposition qu'il y aurait quelque chose que je pourrais vous dire ?

— Vous ne pouvez pas, lui répondit aimablement Randall. Mais comme vous ne pouvez rien me dire non plus de ce que je veux savoir, ça ne doit pas vous inquiéter. »

La portefeuille était fermé et la main qui le tenait en train de le glisser dans une poche intérieure quand Mr Brown jeta un autre coup d'œil vers la porte puis, après un instant d'hésitation, se pencha un peu sur le comptoir et dit très vite, à voix basse : « Je pourrais bien vous dire quelque chose sur ses papiers, mais ça vous aiderait pas. Je suis régulier, hein, rien dans les mains, rien dans les poches. »

Randall ressortit son portefeuille. « Où sont-ils ?

— Là où personne peut mettre la main dessus. Même que je sais pas au juste moi-même, et puis peut-être qu'ils y sont plus.

— Je prends le risque.

— Bon, eh ben, il les avait dans un de ces coffres-forts, dit Mr Brown comme à regret.

— Bien sûr, murmura Randall, doucement. Où ça ?

— Ça je peux pas vous dire. Il a jamais dit et j'ai jamais demandé. Je vous l'avais bien dit que ça vous servirait à rien.

— Où mettait-il la clef ?

— A sa chaîne de montre. Elle en bougeait jamais. Je l'ai souvent vue. C'est tout ce que je sais et si c'est pas assez, vous pourrez pas dire que je vous ai pas prévenu.

— A sa chaîne de montre », murmura Randall, qui ne souriait plus.

Mr Brown, qui ne le quittait pas des yeux, se dit que l'expression de son vis-à-vis était devenue carrément inquiétante : « C'est pas ma faute si ça vous plaît pas. Je vous ai dit la vérité et j'aurais même pas dû en lâcher aussi gros. Ça vaut combien... pour pas que je casse le morceau ?

— Je ne pense pas que vous soyez bien désireux de vous confier à la police, rétorqua Randall, mais ça vaut... pour moi... exactement ce que je vous ai dit que je vous en donnerais. »

Mr Brown tendit une main avide, sa face peu séduisante fendue par un large sourire. « Vous aviez drôlement envie de savoir ça, hein ? J'espère que vous êtes content.

— Tout à fait », répondit Randall, qui lui mit le billet dans la main.

Après un rapide coup d'œil destiné à vérifier qu'il n'y avait pas tromperie sur la marchandise, Mr Brown le glissa dans sa poche et lança un autre de ses regards perplexes à Randall. Il l'observa qui rangeait son portefeuille et enfilait un gant, puis soudain, il lui demanda : « Je vous aurais pas déjà vu, des fois ?

— Cela me paraît extrêmement improbable », dit Randall.

Mr Brown se caressa le menton. « C'est marrant, mais à la minute où vous êtes entré dans la boutique, j'ai pensé que je vous avais déjà vu quelque part. »

Randall, qui tendait la main pour prendre son jonc appuyé contre le comptoir, arrêta son geste et regarda Mr Brown dans les yeux : « Regardez bien, dit-il tout uniment. Est-ce que vous m'avez déjà vu ? »

Le regard de Mr Brown vacilla sous l'éclat curieusement intense de ces prunelles bleu vif. « Non, je peux pas dire, murmura-t-il, soudain incertain. Pas assez pour être sûr, de toute façon. C'est juste quelque chose dans votre dégaine qui m'avait fait l'effet que je vous connaissais. Pas d'offense !

— Aucune, répondit Randall en prenant sa canne. Mais vous ne m'avez pas déjà vu, Mr Brown, je peux vous l'assurer. Vous ne me reverrez très probablement pas non plus, d'ailleurs. »

Mr Brown lui décocha une œillade complice : « Je peux la boucler, vous en faites pas », dit-il.

Un sourire qui plut encore moins à Mr Brown que l'expression jugée inquiétante quelques minutes plus tôt voleta sur le visage de Randall. « Non, je ne m'en ferai pas », dit-il, après quoi il sortit de la boutique, toujours gracieux et serein.

Peel, qui l'observait depuis le trottoir en face, pensa qu'il valait la peine de le suivre à une distance prudente.

Le rapport qu'il fit plus tard dans la journée au commissaire Hannasyde intéressa énormément ce digne fonctionnaire.

« Mr Randall Matthews, dit-il lentement. Oui, vous avez eu tout à fait raison de le suivre. Il est resté combien de temps dans la boutique ?

— Dans les vingt-cinq minutes, répondit Peel. Il est sorti de là et il a descendu la rue avec l'air de se foutre du tiers comme du quart.

— Oui, tout à fait le genre, dit Hannasyde. Il ne s'est peut-être pas rendu compte que l'endroit était surveillé ! » Il frappa son bureau du crayon qu'il tenait à la main. « Je crois que nous pourrions garder Mr Randall Matthews dans le collimateur. Je suppose que vous n'avez pas pu entendre ce qui s'est dit dans la boutique ?

— Ça non, patron. C'est un peu difficile de

traîner ses guêtres vers l'entrée, avec tant de gens qui circulent, répondit l'enquêteur pour s'excuser.

— Je sais, je sais. Ça n'a pas d'importance. Mais je me demande avec un vif intérêt ce que cet élégant jeune homme va faire maintenant. »

Ce qu'il fit fut parfaitement irréprochable. Le lendemain après-midi, dans toute la stricte élégance d'une jaquette, un haut-de-forme bien lisse incliné à un angle insolite sur sa chevelure encore plus lisse, il se rendit à Grinley Heath dans une limousine de location pour assister aux obsèques de son oncle.

Le service eut lieu à la chapelle paroissiale devant une assistance fort clairsemée : à part la famille du défunt, seuls les Rumbold, le Dr Fielding et Mr Nigel Brooke. Ce long jeune homme avec des cheveux blonds bouclés et un profil qu'il avait trop tendance à présenter à l'univers entier parce qu'un jour, quelqu'un l'avait malencontreusement qualifié de grec, expliqua en confidence au Dr Fielding qu'il avait fait acte de présence uniquement parce qu'il fallait faire ce qu'il fallait. « Pour ce qui est de moi, je considère ces funérailles comme des restes de barbarie. Je suppose que vous partagez cette opinion.

— Je n'ai jamais jugé que la question valût la peine d'être envisagée », répliqua Fielding. Malgré cette réponse peu encourageante, Mr Brooke ajouta d'un ton pensif : « J'incline à croire que ce point de vue est extraordinairement révélateur de l'état d'esprit actuel.

— Je n'en serais pas du tout surpris, dit Fielding.

— J'ai bien peur, reprit Mr Brooke, abordant un nouveau sujet, que ce cher vieux Guy ne soit très frappé par tout ça.

— Ce ne serait pas surprenant. »

Mr Brooke pencha la tête de côté : « On est tenté de l'attribuer plus à un tempérament essentiellement artistique qu'à un profond sentiment de chagrin pour la mort d'un oncle.

— Probablement.

— Après tout, le vieux Matthews était un salopard assez bien conditionné, hein ? » dit Mr Brooke, abandonnant momentanément ses affèteries.

Le docteur n'ayant pas répondu, le silence tomba, vite rompu par Mr Brooke, qui remarqua soudain : « Il y a là une femme dont le cadre devrait être un mélange de crin et d'acier tubulaire.

— Quoi ?

— Ah, vous trouvez cela un peu trop audacieux, j'imagine, dit Mr Brooke avec un sourire supérieur. Pourtant, il ne faut jamais avoir peur des contrastes. J'ai appris la leçon très tôt dans ma carrière et, croyez-moi, j'ai souvent fait usage des anachronismes les plus fous pour obtenir des résultats stupéfiants.

— Je ne comprends pas un mot de ce que vous dites », coupa Fielding.

Le regard de Brooke s'attarda, rêveur, sur Mrs Lupton, qui s'apprêtait à monter en voiture. « Cette femme, dit-il simplement. Vous ne sentez pas ? Il faudrait, bien sûr, résister à la tentation évidente de la panne rouge. »

Le médecin lui lança un regard de mépris et s'éloigna.

A ce moment, les membres de la famille Matthews sortaient du cimetière en ordre dispersé pour rejoindre leurs voitures et Owen Crewe essayait de faire comprendre à sa femme par une pantomime angoissée qu'il ne voulait pas l'accompagner chez son père pour le thé. Malheureusement, Agnès n'était pas très réceptive à ce genre de messages et au lieu d'inventer sur-le-champ quelque raison urgente pour un retour immédiat à Londres, elle accepta l'invitation de Mrs Lupton : elle savait qu'Owen serait ravi de venir. La grimace furibonde avec laquelle ledit Owen accueillit cette interprétation de ses désirs ne pouvait tromper la plus aveugle des épouses et Agnès dit aussitôt : « Ça ne t'ennuie pas, n'est-ce pas, mon chéri ? Tu as bien dit que tu prenais tout ton après-midi ?

— Je veux me changer, répondit Owen, avec l'air de quelqu'un qui a été emmené de force à un bal costumé.

— Oh, non ! La jaquette te va si bien, s'exclama son épouse, adorante.

— Je ne suis pas comme ta petite tapette de cousin et je me sens ridicule là-dedans », déclara Owen Crewe, ulcéré.

Randall, qui avait réussi à exaspérer Mrs Lupton et Miss Matthews en serrant tendrement la main de sa tante Zoé, non sans ajouter d'une voix angoissée que des moments aussi pénibles seraient sans doute une épreuve trop cruelle pour ses nerfs, s'était approché de l'endroit où les Rumbold attendaient leur voiture. « Comment allez-vous ? leur demanda-t-il. Impressionnant, non ?

— Pourquoi ? Qu'est-ce que vous voulez dire par là ? demanda Mrs Rumbold, qui le trouvait très spirituel et se préparait à être amusée.

— Simplement, le spectacle de ma parenté s'affublant d'expressions convenablement désolées.

— Les choses que vous dites, Mr Matthews ! Je

suis sûre qu'ils sont sincères. Je veux dire, ça va de soi, n'est-ce pas, Ned ?

— Oui, je trouve que c'est assez injuste de présumer qu'aucun n'éprouve le moindre regret. »

Randall haussa les sourcils : « Depuis combien de temps connaissez-vous ma tendre famille ? »

Rumbold rit : « Trois ans.

— Et votre foi simple et droite survit ! Vous seriez choqué, je suppose, si je me risquais à demander lequel ou laquelle parmi les parents si aimants de mon oncle est le suspect le plus vraisemblable selon votre avis autorisé ?

— Certes oui, répondit Rumbold, sévère. Et à mon avis, justement, c'est une question que vous ne devriez même pas vous poser. »

Mrs Rumbold, qui craignait que Randall se sentît rembarré, dit très vite : « Oh, je suis sûre qu'on est bien excusable de se poser des questions, vu la façon dont ils étaient tous à couteaux tirés la moitié du temps. Je sais qu'il ne faut pas mal parler des morts, mais je trouve que Mr Matthews était impossible. Comme malhonnête, et arrogant avec ça, alors là, chapeau. Et toujours à chercher des crosses.

— Ma chérie, tu n'as pas de raison de dire ça.

— Non, mais je l'ai vu avec sa famille, et moi, ce que je dis, c'est que si vous pouvez être poli avec des étrangers, vous pouvez aussi être poli avec votre famille. C'est pas qu'il était toujours poli avec les étrangers non plus, d'ailleurs, parce que tout le monde sait bien qu'il a été horriblement grossier avec le recteur, sans parler de la façon dont il a traité le Dr Fielding. Il t'aimait bien, Ned, d'accord, mais il n'avait pas de mérite, parce que tout le monde t'aime bien.

— Quelle bêtise ! fit son mari. Nous nous entendions bien parce que je jouais aux échecs avec lui. » Une lueur d'amusement se glissa dans ses yeux. « Et parce qu'il croyait qu'il pouvait toujours me battre, ajouta-t-il.

— Oui, j'ai toujours pensé que vous étiez le tact personnifié dans vos rapports avec mon oncle, dit Randall, pensif. Moi aussi. Ça évitait bien des difficultés. »

Mrs Rumbold gloussa : « Oh, Mr Matthews, comme si vous vous étiez jamais soucié de ménager quelqu'un dans votre vie !

— Je devrais peut-être préciser qu'entre neveu et oncle, le tact consiste à ne pas demander d'argent.

— Eh bien, on dit que la vertu est toujours récompensée hein ? fit observer Mrs Rumbold. Je voudrais bien que quelqu'un me laisse une fortune simplement pour avoir eu ce que vous appelez du tact.

— Il y a certains inconvénients aussi, répondit Randall sur un ton lassé. Cela donne des idées bizarres aux policiers, entre autres, et bien que ce soit amusant jusqu'à un certain point, cela peut devenir gênant.

— Tout ça, c'est des bêtises, décréta Mrs Rumbold en rougissant. Personne croit vraiment que vous avez quelque chose à y voir, hein, Ned ? »

Randall la reprit gentiment : « Vous voulez dire en fait que tout le monde a peur que je n'aie rien à y voir. »

Ne sachant que répondre à des propos de ce genre, Mrs Rumbold se contenta d'avoir l'air gêné et son mari dit assez brutalement : « Étant donné vos propres remarques, vous ne pouvez guère en vouloir à vos parents s'ils discutent de votre éventuelle culpabilité.

— Oh, mais je n'y vois aucun inconvénient, répondit Randall avec son urbanité coutumière. Je considère que c'est un hommage. » Apercevant un grain de poussière sur sa manche, il le fit disparaître avec une pichenette du gant qu'il tenait. « Cela me rappelle, d'ailleurs, que j'ai complètement oublié de féliciter ma tante Zoé pour les admirables paroles qu'elle a adressées au monde par l'intermédiaire de la presse. Il va falloir que j'aille aux Peupliers, finalement. »

Les lèvres de Rumbold frémirent malgré lui, mais il se contenta de dire : « Pourquoi prendre cette peine ?

— Oh, je ne néglige jamais ces petites marques de courtoisie », répliqua Randall.

Mrs Rumbold le regarda s'éloigner de son pas indolent vers sa limousine de location et fit remarquer à son mari que c'était un vrai numéro.

« Drôle de type, oui, dit Rumbold en le suivant du regard. Je n'ai jamais su si c'était une pose, ou s'il est vraiment aussi malveillant qu'il a l'air de vouloir nous le faire croire. »

Les parents de Randall ne nourrissaient aucun doute sur ce point. Une seule personne accueillit son arrivée aux Peupliers avec quelque faveur, cette personne étant, assez bizarrement, Stella, qui le vit descendre de voiture depuis la fenêtre de la bibliothèque où elle se tenait et s'exclama : « Oh, chic ! Voilà Randall. »

Mrs Matthews, brutalement interrompue au milieu de l'édifiante homélie qu'elle prononçait sur la mort, la fragilité humaine et ses propres pensées pendant le service funèbre, soupira et dit qu'elle était doublement triste de voir sa fille prendre si peu d'intérêt aux choses sérieuses. Miss Matthews, reniflant dans un mouchoir humide, dit qu'il ne manquait plus que ça et que de toute façon, elle se demandait ce que la mort du pauvre Gregory avait à voir avec Zoé, et Guy, dévisageant sa sœur, s'exclama : « Chic ? Tu ondules de la toiture, ou quoi ?

— Pas du tout, rétorqua Stella. J'aime encore mieux Randall et ses rosseries que cette — cette atmosphère d'émotion bidon. Au moins, lui est normal, mais Maman et toi et tante Harriet vous ressemblez à des personnages du théâtre. On vous croirait échappés d'une pièce russe.

— J'espère, dit Mrs Matthews, la voix frémissante de colère, que tu ne te possèdes plus. C'est la seule excuse possible. Tu me peines plus que je ne saurais le dire. »

Randall, entré dans la pièce au début de ce discours, était resté sur le seuil et regardait sa tante avec une sollicitude inquiète. « Non, non, impossible de croire cela, fit-il d'un ton apaisant. Vous êtes privée de votre habituelle facilité d'expression pour le moment, peut-être, mais vous trouverez les mots idoines, ma chère tante, si vous vous en donnez le temps. Après tout, quand avez-vous jamais manqué de trouver ceux qui convenaient à l'occasion, quelle qu'elle soit ? »

Stella se tourna précipitamment vers la fenêtre pour regarder dehors en se mordant les lèvres. Miss Matthews elle-même s'arrêta de renifler et se permit un sourire quelque peu aigre. Mrs Matthews supplia Randall de ne pas oublier qu'il était dans la maison du deuil et du chagrin, à quoi il répondit : « Ma chère tante, n'avez-vous pas un message de réconfort à nous apporter, une pensée édifiante pour nous accompagner au long de cette triste journée ?

— Rien n'est donc sacré pour toi, Randall ? lui demanda Mrs Matthews sur le mode tragique.

— Certainement si. Mon apparence personnelle est tout à fait sacrée pour moi. Je suis choqué qu'on me pose une pareille question. Vous devez bien vous rendre compte qu'un résultat aussi parfait ne peut être atteint sans une prière solennelle. »

Stella faillit s'étrangler. « *Randall!* dit-elle d'une voix éteinte.

— Tu es complètement idiot, déclara Guy.

— Je te trouve bien injuste avec moi, petit cousin. Chère tante Zoé, n'ayez pas l'air si outragée ! Je suis venu tout exprès pour vous complimenter de votre Message au Public. Il n'a été égalé que par les paroles si touchantes de la jolie Rose Daventry aux yeux bleus. » Son regard moqueur tomba sur Miss Matthews : « Tante Harriet, je vous avertis que je suis tout à fait décidé à prendre le thé ici. Je sais qu'il n'y aura pas de cake pour tout le monde, mais j'espère que ni vous ni ma pauvre chère tante Zoé n'aurez le cœur à manger quoi que ce soit. Je monte me laver les mains, cela vous donnera tout le temps de mettre au point une réplique foudroyante. » Tout en parlant, il ouvrit la porte, puis adressa un sourire encourageant à ses deux tantes et sortit de la pièce.

Derrière lui, l'atmosphère resta lourde d'hostilité. Ses tantes s'unirent pour condamner ses manières, sa moralité et son manque total de bons sentiments. Guy déclara que ce qui l'exaspérait le plus, c'étaient les grands airs qu'il se donnait. Stella, elle, restait assise, les yeux fixés sur la porte, ce que voyant, Guy lui demanda : « Qu'est-ce que tu as ? Je croyais que tu étais contente de voir notre petit rayon de soleil ?

— Oh, il ne me dérange pas, répondit-elle, impatiente. Je lui suis même reconnaissante de créer une diversion, mais je ne crois pas qu'il avait besoin de se laver les mains.

— Ça ne va pas, la tête ? » demanda Guy.

Stella le regarda un instant, puis répondit sèchement : « Oh, si, si », sortit très vite de la pièce et monta l'escalier en courant.

Mais elle n'avait pas atteint le palier qu'elle rencontra Randall qui redescendait. Elle s'arrêta et le regarda, la main sur la rampe.

Il sourit, poursuivit sa descente d'un pas léger et lui effleura la joue d'un doigt négligent : « Soupçonneuse petite Stella ! dit-il doucement. Tu voudrais bien savoir ce que j'ai manigancé, n'est-ce pas ?

— Oh, oui ! répondit-elle lentement.

— Je me lavais les mains, ma chérie, je me lavais les mains, tout simplement. »

Une heure plus tard, de retour chez lui, il téléphonait au commissaire Hannasyde. « Oh, euh, commissaire, il y a quelque chose que je voudrais vous dire. Je suis bien content d'avoir pu vous joindre.

— Qu'est-ce que c'est ?

— L'enquêteur qui me file, dit Randall d'un ton plaintif. On ne pourrait pas lui dire d'éviter les souliers bruns avec une cravate bleue ? »

CHAPITRE X

« Ah, merde ! s'écria le brigadier Hemingway.

— Exactement », dit Hannasyde, très bref, en reprenant le journal pour lire une fois de plus la notice en première page : *HYDE. Le 22 mai 1935, dans une clinique, subitement, JOHN HYDE, 17, Gadsby Row, dans sa cinquantième année. Ni fleurs ni couronnes.*

Le brigadier se gratta le nez : « Et le plus fort, c'est que c'est peut-être vrai, patron. Qu'est-ce que ça dit ? *Subitement.* Alors pendant tout le temps qu'on lui courait après, le pauvre type était à l'hôpital avec une appendicite. Pas étonnant qu'on n'ait pas pu le trouver. Bon, bon, bon et maintenant, qu'est-ce qu'on fait ?

— Téléphonez aux bureaux de ce journal et tâchez de savoir qui a envoyé cette notice, ordonna Hannasyde assez irrité. Et puis, je vous en prie, essayez de tenir un peu en laisse votre infernale imagination. »

Le brigadier hocha tristement la tête : « Oui, je pensais bien que cette affaire nous taperait sur les nerfs avant qu'on en ait vu le bout. » Puis il sortit sans laisser à son supérieur le temps de répliquer.

Il revint un peu plus tard, hilare : « Eh bien, patron, je vais vous épater. La notice a été envoyée par le général Sir Montague Hyde de Craylay Court, Herts.

— *Quoi !* s'exclama Hannasyde.

— On savait pas qu'il fréquentait la haute, hein, dit le brigadier, de plus en plus réjoui.

— Qui est le général Montague Hyde ? » demanda Hannasyde.

Le brigadier consulta le morceau de papier qu'il tenait à la main : « Né en 1871... fils aîné de Sir Montague Hyde, 5e baron... Eton et Sand...

— Je ne veux pas savoir où il a fait ses études et vous pouvez aussi faire sauter la guerre des Boers et la Grande Guerre et ses décorations s'il en a. Des clubs ? Une adresse à Londres ?

— Green Street, Mayfair. Clubs : Boodle's et Cavalry. »

Hannasyde jeta un coup d'œil à sa montre : « S'il est à Londres, je pourrai peut-être l'attraper chez lui. » Il se leva d'un bond et saisit son chapeau ainsi qu'un exemplaire du fameux journal.

Le général était chez lui, mais un austère maître d'hôtel, regardant Hannasyde de très haut, lui dit d'un ton glacial qu'il était en train de déjeuner. Hannasyde se déclara prêt à attendre son bon plaisir et fit passer sa carte. Il fut alors conduit dans une pièce sur le derrière de la maison, puis informé au bout d'un moment que le général le verrait dans quelques minutes.

Un quart d'heure plus tard, un beau vieillard, cheveux gris et nez en bec d'aigle, entra dans la pièce sombre et, après un regard jeté à la carte, lui dit avec les accents d'un homme qui a fait manœuvrer des armées entières : « Eh bien, commissaire ? De quoi s'agit-il ?

— Je dois d'abord m'excuser de vous déranger si tôt, répondit Hannasyde ; mais mon attention a été attirée par une notice parue dans un journal d'aujourd'hui et dont je crois savoir que vous êtes l'auteur. »

Le général le regarda d'un œil quelque peu vitreux : « De quoi diable parlez-vous ? Quelle notice, dans quel journal ? »

Hannasyde exhiba la pièce à conviction. Le général, après avoir lancé un regard très acéré à l'intrus, sortit une paire de lunettes, et, les tenant sur son nez, lut le paragraphe fatal. Puis il laissa retomber le journal, ôta ses lunettes et manifesta le désir de savoir ce que cet individu (quel qu'il soit) pouvait bien avoir à faire avec lui.

— Je suis informé, mon général, que la notice a été insérée par vous.

— Vous êtes informé ? *Qui* vous informe ?

— Le bureau du journal en question, mon général.

— Alors laissez-moi vous dire, commissaire, que vous avez été mal informé. John Hyde ? Jamais entendu parler de ma vie. »

Hannasyde ne pouvait s'y tromper : le général était mécontent. Il fut instantanément prié par ce militaire courroucé de lui expliquer ce que Scotland Yard venait faire là-dedans. Il l'expliqua aussi brièvement que possible, mais son interlocuteur, après avoir déclaré qu'il se foutait éperdument des bougresses d'activités de Scotland Yard et ne tenait pas du tout à les connaître, exigea de savoir qui était le sacré morveux qui avait osé faire usage de son nom. Quand il eut constaté que Hannasyde ne pouvait lui fournir aucun éclaircissement sur ce point, il se demanda — assez longuement — à quoi Scotland Yard pouvait bien servir. Il fit comprendre sans équivoque possible au commissaire qu'il comptait le voir mettre immédiatement la main sur l'énergumène coupable de cette impudence. Il avait personnellement l'intention d'aller au fond des choses.

Hannasyde, qui le quitta vingt minutes plus tard, pétant le feu, éprouva quelque pitié pour le malheureux rédacteur qui n'allait pas tarder à recevoir sa visite. Il se rendit lui-même dans les bureaux du journal, mais n'y trouva pas grand-chose. La notice tapée à la machine avait été glissée dans une demi-feuille de papier à en-tête du Cavalry Club avec le nom et l'adresse du général Hyde, également dactylographiés.

« Alors, c'était pas Brown, dit le brigadier avec assurance. Il est culotté, d'accord, mais pas assez pour aller se pavaner au Cavalry Club et demander du papier à en-tête. Je le ferais pas moi-même, alors... Tiens, en y réfléchissant, celui qui a fait le coup devait avoir un cuir de rhinocéros.

— Oui, dit Hannasyde, qui ajouta avec un sourire un peu contraint : Et aussi un certain sens de l'humour. Dire que j'ai relevé Ferguson !

— Ah oui ? Il avait pas de godasses noires, probable ? »

Sans s'attarder à cette ironie un peu lourde, Hannasyde enchaîna : « Inutile de filocher Matthews s'il savait qu'il l'était. Il avait réussi à semer trois fois Ferguson, vous savez.

— Si vous voulez mon avis, dit le brigadier, sévère, il s'est plaint des croquenots uniquement pour que vous releviez Ferguson.

— Il l'a fait pour m'exaspérer, répondit Hannasyde. Il aurait pu lui fausser compagnie, à n'importe quel moment. Quand on sait qu'on est filé, c'est enfantin de décrocher à Londres. » Il réfléchit un moment. « Si c'est lui qui a fait paraître cette notice, quel était son but ?

— Un petit intermède comique, histoire de détendre l'atmosphère. »

Hannasyde le regarda en fronçant les sourcils. « Les papiers de Hyde, dit-il brusquement. Quelqu'un veut mettre la main dessus.

— Ma foi, nous-mêmes, ça nous déplairait pas d'y jeter un petit coup d'œil. Mais si le jeune Matthews est arrivé à extirper le nom du notaire de Hyde à Brown, il est plus malin que moi, c'est tout ce que je peux dire. A moins qu'il l'ait su depuis le début, et ça, je le crois pas.

— Pas un notaire, non, dit Hannasyde, Matthews n'aurait pas pu se faire communiquer des documents déposés chez un notaire simplement avec cette notice. Et s'ils ne sont pas... Grand Dieu, pourquoi est-ce que je n'y ai pas pensé ! Un coffre, brigadier, un coffre. Trouvez-moi les noms des grandes banques de dépôt à Londres, il n'y en a pas tant. Il faut essayer d'empêcher quiconque de mettre la main sur ces papiers... si nous arrivons à temps. »

Mais ils n'arrivèrent pas à temps. Le premier établissement appelé par Hannasyde au téléphone déclara que le coffre de Mr John Hyde avait été vidé une heure auparavant par son frère, Samuel Hyde, qui avait signé un reçu. Refoulant un ardent désir de jurer comme un charretier, le commissaire se rendit dans la Cité et se présenta en personne à la salle des coffres. Le reçu pour le contenu du coffre de John Hyde portait une signature dont les lettres couchées avaient une allure enfantine. D'après l'employé de service, Mr Samuel Hyde avait présenté l'annonce de la mort subite de Mr Hyde ainsi qu'un exemplaire du testament où son propre nom figurait comme unique exécuteur. Mr Samuel Hyde était en possession des clefs de Mr John Hyde ; tout avait paru parfaitement en règle.

« A quoi ressemblait-il ? demanda Hannasyde. Est-ce que c'était un homme jeune et très élégant ?

— Oh non, pas du tout, répondit l'employé. Je ne l'ai pas regardé de bien près, en réalité, mais je suis sûr qu'il avait les cheveux gris. Un teint très jaune aussi, comme s'il avait vécu en Orient. Je ne me rappelle pas qu'il ait été élégant. Il portait un pardessus — très usagé. En fait, il ressemblait beaucoup à son frère, beaucoup.

— Si c'est l'homme que je soupçonne, il y a une chose que vous n'avez pas pu ne pas remarquer : des yeux d'un bleu vif, avec des cils très longs.

— Ah ça, ma foi, je ne peux pas le savoir. Il portait des lunettes noires.

— Seigneur ! » s'exclama involontairement le brigadier. Quelques minutes plus tard, alors qu'ils étaient sortis du bâtiment il ajouta : « C'est lui, patron. Brown est arrivé à le prévenir, d'une manière ou d'une autre. Et si vous voulez savoir ce que je pense, quand on aura mis la main sur l'invisible Mr Hyde, on aura l'assassin de Gregory Matthews. Réfléchissez deux secondes ; d'abord, il y a...

— Merci, j'y réfléchis. Je vois bien qu'il y a toutes chances pour que ce soit Hyde qui ait fait paraître la nouvelle de sa propre mort... s'il avait l'intention de disparaître. Je vois bien aussi qu'il n'y aurait rien eu de plus facile pour lui que de faire un testament désignant une personne fictive comme exécuteur, mais ce que je ne vois pas, c'est pourquoi il aurait jugé nécessaire de se foncer le teint et de faire semblant d'être quelqu'un d'autre simplement pour retirer ses propres affaires de son propre coffre. Si vous avez une réponse, n'hésitez pas à me la donner.

— J'ai ça en rayon, annonça le brigadier, très en forme. La notice nécrologique, elle était pas pour les gens des coffres, elle était pour nous, patron. Il veut qu'on le croie mort et ça nous serait un peu difficile si on savait qu'il est allé à son coffre et qu'il a retiré les papiers de ses mains, hein ? Il est fortiche, cet oiseau-là. Quand vous leur avez demandé de décrire John Hyde, aux types des coffres, pas un mot de lunettes noires. On croirait qu'il ne les portait qu'à Gadsby Row. Tout ce qu'on en a tiré, c'est que Hyde était entre deux âges, sans aucun trait particulier. Bon, alors moi, voilà comment je vois la chose : Hyde voulait faire constater et même consigner, au cas où vous auriez l'idée du coffre, que c'était pas lui qui était venu le vider. Les gars avec qui on a causé, je dirais pas qu'ils avaient de la surcharge à l'étage supérieur, non, mais enfin, ils auraient bien reconnu Hyde s'ils l'avaient vu. Alors il met ses lunettes, il se fonce la peau, il raconte qu'il est le frère de Hyde. Moi, je trouve ça astucieux. »

Hannasyde resta silencieux quelques minutes, marchant à côté de son subordonné, le front plissé. « Vous avez peut-être raison, fit-il enfin. Mais je dois dire que je ne suis pas convaincu. Vous ne savez pas, Hemingway. Allez donc voir Brown et essayez de lui flanquer la pétoche pour qu'il vous raconte ce que Randall Matthews voulait, le jour où il est venu à la boutique. Je me charge de Randall.

— Je pourrais y arriver avec Brown, dit le brigadier, judicieux, mais à mon avis, il faudrait un troupeau d'éléphants sauvages pour flanquer la pétoche au jeune Randall. En plus, je vois pas, mais alors là, pas du tout, ce qu'il a à voir avec Hyde ou ses foutus papiers si on va par là. C'est l'un ou l'autre, patron. Pour le moment, il me semble qu'on court les deux lièvres à la fois.

— Si vous voulez dire que l'enquête est en pleine pagaille, je le sais, dit Hannasyde, amer.

— Elle l'a toujours été. L'ennui, c'est que plus on avance et plus la pagaille devient pire. Un vrai merdier. Mais ce que je veux dire, c'est que si c'est Hyde qui est notre homme — pour des raisons inconnues à cette heure — alors Randall est éliminé. Si c'est lui qui a fait le coup, Hyde est éliminé.

— Quelque part, il y a une connexion entre les deux. Il faut qu'il y en ait une. Je ne prétends pas savoir laquelle, mais je dois la trouver. »

Le brigadier se gratta le nez : « Ma foi, je dois dire que je la vois pas, avoua-t-il. Le motif de l'ami Randall pour buter son oncle est clair comme l'eau de roche. On n'a pas la moindre idée d'un motif possible pour Hyde, mais ce que je ne peux pas piger, c'est qu'il ait un rapport quelconque avec une combine pour aider Randall à hériter d'un bon paquet. Ça a pas de sens, patron...

— Je sais, je sais, mais il faut bien que j'exploite les indices que j'ai. Randall ne voulait pas que je poursuive mes investigations sur Hyde. Ensuite, il a parlé de fantômes et essayé de me faire croire qu'il n'était pas intéressé par Hyde. Mais il l'était tout de même assez pour aller faire une visite à Brown et rester près d'une heure dans la boutique.

— Oui, admit le brigadier. Et s'il connaissait un ou deux membres du Cavalry Club, ça m'épaterait pas du tout.

— Très probable, en effet, déclara Hannasyde. Il faut que j'essaie de le secouer, ou peut-être de l'hypnotiser.

— C'est plutôt lui qui le fera, dit le brigadier, très sombre. Jamais rien vu qui ressemble plus à un basilic en dehors du zoo. »

Sur ce, ils se séparèrent ; le brigadier monta dans un omnibus en direction de la Cité et Hannasyde se rendit à St James's Street.

Il trouva Randall chez lui en train d'écrire à son bureau et, quand Benson fit entrer le visiteur, il lui dit sans lever le nez : « Entrez donc, faites comme chez vous, mon cher commissaire. Nous sommes en train de devenir de vrais copains, il me semble. Vous trouverez des cigarettes sur la table à côté du divan. Vous permettez que je finisse cette lettre ?

— Je vous en prie, répondit Hannasyde. Parce que je veux ensuite toute votre attention, Mr Matthews.

— Vous l'aurez certainement », dit Randall en laissant sa main courir sur le papier. Il signa, et glissa la feuille dans une enveloppe qu'il cacheta. Puis il décrocha son téléphone, composa un numéro et pendant qu'il attendait la réponse, écrivit l'adresse. Après cela, il prit un journal sportif, l'ouvrit à la page des courses et plaça trois paris au téléphone chez son bookmaker. Ensuite il se leva : « Les tâches les plus ardues de la journée étant accomplies, je suis entièrement à votre disposition, mon cher commissaire. Ce qui me rappelle que j'ai à vous remercier pour la disparition du gentleman aux souliers bruns. Très aimable à vous. Mais il aurait suffi de lui en donner une paire de noirs. Je n'avais aucune animosité personnelle à son égard, je vous assure. Je trouvais même qu'il avait un bon visage, franc et ouvert.

— Il serait sûrement flatté de vous entendre dire cela, répondit Hannasyde. Je suis désolé si sa présence a gêné vos mouvements en quoi que ce soit, ce n'était pas du tout mon intention.

— Bien sûr que non », dit Randall, affable.

Hannasyde le regarda bien en face. « Peut-être avez-vous deviné pourquoi je suis venu ici aujourd'hui, Mr Matthews ?

— Ma foi, non, je ne crois pas, répondit Randall. A moins que ce soit pour me demander ce que j'ai pu découvrir chez le peu appétissant boutiquier de Gadsby Row ? »

Hannasyde éprouva instantanément un violent désir de prendre Mr Randall Matthews par le cou et de l'étrangler. Au lieu de cela, il répondit sur son ton le plus uni : « Oui, c'est précisément pour vous demander cela.

— Ravi, murmura Randall. Mais je n'ai pas découvert grand-chose d'important, hélas !

— D'après mes renseignements, dit Hannasyde, vous avez demandé à Brown s'il savait où Hyde mettait ses papiers. »

C'était se payer d'audace, mais si le coup était destiné à provoquer le moindre signe d'inquiétude chez Randall, il échoua : « Et vos renseignements comprenaient-ils la réponse de Brown ? demanda poliment Randall.

— J'attends que vous me la donniez, Mr Matthews. Et je crois que vous seriez bien avisé de le faire.

— Mon cher commissaire, il ne faut pas, vraiment pas m'adresser des menaces voilées, dit Randall sur un ton de reproche bénin. Elles sont bien superflues, je vous assure. Si vous ne savez pas où sont les papiers de Hyde — mais cela me paraît presque incroyable — je vais vous le dire. Ils sont dans un coffre. Décevant, non ? Et dire que j'ai donné dix livres pour ça.

— Pourquoi ne me l'avez-vous pas dit ?

— Mais pourquoi l'aurais-je fait ? » Randall était de plus en plus affable. « Si moi je pouvais découvrir cela, assurément votre main-d'œuvre hautement spécialisée pouvait le faire aussi.

— Figurez-vous, dit Hannasyde, piqué, que nos spécialistes ne peuvent pas recourir à la corruption.

— Ah, je suppose que cela vous gêne énormément, en effet, dit Randall en hochant la tête.

— Qu'est-ce qui vous a incité à vous intéresser si soudainement à Hyde ? demanda Hannasyde. Quand je vous ai vu la dernière fois, vous vous étiez efforcé de *me* convaincre qu'il ne vous intéressait pas du tout.

— Votre enthousiasme a été contagieux, commissaire, répondit Randall en s'inclinant avec grâce.

— Vraiment ? dit Hannasyde, sévère. Et c'est aussi mon enthousiasme qui vous a donné si grande envie de retrouver l'endroit où les papiers de Hyde étaient cachés ?

— Je ne me souciais pas à proprement parler de ses papiers. Mais il m'incombait, en tant qu'exécuteur testamentaire de feu mon oncle, de mettre ses affaires en ordre pour régler sa succession. Je pense que Mr Hyde a besoin d'être réglé avec le reste, n'est-ce pas ?

— Vous savez très bien que je suis de cet avis, Mr Matthews. Mais dans ce cas, je ne comprends pas pourquoi vous avez refusé toute coopération avec moi quand je suis venu vous voir précédemment. »

Randall le considéra avec un air d'étonnement courtois. « Mon cher commissaire, selon mes souvenirs, vous étiez venu me demander ce que je savais d'un certain John Hyde. Je ne savais rien et je vous l'ai dit. Je ne me rappelle pas que vous m'ayez demandé de collaborer avec vous.

— Vous saviez bien que j'y attachais de l'importance, pourtant. Pourquoi êtes-vous allé voir Brown sans me le dire ?

— Pour la raison même qui m'a fait décider d'aller chez le coiffeur hier sans vous en parler, laissa tomber Randall. Et — euh — est-ce que vous en parler n'aurait pas été un rien superflu ? J'étais convaincu que le myrmidon de service, Gadsby Street, vous avertirait de ma visite.

— Il ne pouvait pas me dire ce que vous aviez découvert, Mr Matthews, et vous n'avez rien fait pour m'éclairer. Comment dois-je prendre cela ?

— Exactement comme bon vous semble, bien entendu. Mais je voudrais vous faire remarquer que je ne suis pas — hum — employé par Scotland Yard pour réunir des informations. Maintenant, si vous vous imaginez que j'ai pour habitude d'aider gratuitement les policiers, ou d'ailleurs qui que ce soit d'autre, vous vous faites une idée singulièrement erronnée de mon caractère.

— Mr Matthews, répondit brutalement Hannasyde, je tiens à vous le dire tout net, l'attitude que vous avez décidé d'adopter ne peut que vous desservir. Elle me conduit à soupçonner que, pour des raisons strictement personnelles, vous ne voulez pas que le meurtrier de votre oncle soit découvert. »

Les sourcils noirs de Randall, toujours expressifs, se haussèrent : « Il ne faut pas céder à de simples préventions, commissaire, dit-il. Est-ce que vous m'accusez d'avoir fait disparaître des preuves importantes ? Je voudrais tout de même vous faire remarquer qu'à l'instant où vous m'avez demandé si Brown m'avait indiqué où Hyde rangeait ses papiers, je vous l'ai dit, et avec la plus extrême bonne volonté.

— Quand il était trop tard pour que le renseignement ait la moindre utilité, rétorqua sévèrement Hannasyde.

— Voilà maintenant que vous parlez par énigme ! soupira Randall. Si vous voulez que je vous comprenne, il faudra être plus intelligible.

— Seriez-vous étonné d'apprendre que le coffre de John Hyde a été visité de bonne heure ce matin et vidé de tout son contenu ? » demanda Hannasyde.

Le front de Randall se plissa légèrement. « Non, je ne crois pas que j'en serais étonné, répondit-il, après un silence consacré à la réflexion. Il était peut-être au courant de l'intérêt que vous lui portiez. »

Hannasyde tira de sa poche le journal plié et le tendit à Randall : « Jetez donc un coup d'œil aux avis de décès, Mr Matthews. »

Randall jeta le coup d'œil demandé et dit placidement : « Tiens, tiens ! Très déconcertant. Serait-ce vrai, par hasard ?

— J'ai toute raison de penser que c'est totalement faux, répondit Hannasyde. Mais ça a permis à une personne se faisant passer pour le frère de Hyde d'accéder au coffre et de prendre le large avec tout ce qu'il contenait.

— Pas étonnant, alors, que vous soyez de méchante humeur, dit Randall, plein de sympathie. Vous ne pourriez pas la retrouver, cette personne ? Et les responsables de la salle des coffres, ont-ils tout simplement ouvert le coffre par effraction, ou avec un rossignol, ou quoi ? Tout cela semble effroyablement irrégulier.

— Pas nécessairement. Le soi-disant frère avait la clef de Hyde en sa possession. »

Randall reposa le journal : « Pas possible ! Au fait, voilà qui me rappelle un petit renseignement qui pourrait vous être utile. Brown m'a dit que Hyde gardait invariablement la clef accrochée à sa chaîne de montre. »

Silence. Hannasyde restait toujours debout, fixant sur Randall ses yeux assombris par de lourds sourcils. Enfin, il demanda : « Vraiment ?

— Oui », répondit Randall, cherchant dans sa poche un briquet pour allumer la cigarette qu'il venait de glisser entre ses lèvres. Il ne l'y trouva pas, jeta un coup d'œil autour de la pièce et, le voyant sur le bureau, alla le prendre d'un pas nonchalant. « Ce qui, si l'on y réfléchit bien (mais je reconnais que je n'y ai pas beaucoup pensé) semblerait indiquer soit que Hyde est mort, soit que la personne qui se dit frère du susdit était en réalité Hyde lui-même » Il alluma la cigarette et glissa le briquet dans sa poche. « Ou alors, poursuivit-il sur le mode méditatif, ça peut évidemment signifier plusieurs autres choses.

— Lesquelles ? » demanda Hannasyde.

Randall souffla deux spirales de fumée par ses narines minces. « Par exemple qu'il a été dépouillé de sa clef par quelque personne inconnue, voire tué. Je chercherais un cadavre non identifié si j'étais vous, commissaire. A défaut, pourquoi ne pas essayer de trouver qui a fait insérer cette notice dans le journal ?

— J'en ai bien l'intention », répondit Hannasyde. Puis avec une soudaineté foudroyante : « Vous allez parfois au Cavalry Club, Mr Matthews ?

— Souvent, répondit Randall. Pourquoi ?

— Je peux vous demander si vous y êtes allé récemment ?

— Oui, j'y ai déjeuné il y a un jour ou deux, dit Randall sans la moindre hésitation. Vous y voyez une objection quelconque ?

— Pas la moindre, Mr Matthews. Et écrivez-vous parfois des lettres sur le papier du club ?

— Sûrement pas, répliqua Randall avec une certaine hauteur. Je ne suis pas membre du club. Avez-vous encore d'autres petites choses à me demander ?

— Des quantités, des quantités, mais je pense que je ne vais pas vous en importuner aujourd'hui. » Il ramassa le journal et le remit dans sa poche.

« Je crois, dit Randall avec un léger sourire, que pour quelque obscure raison qui vous est propre, vous m'associez à la disparition de Hyde ou de ses papiers, ou des deux. Aimeriez-vous fouiller mon appartement ? »

Quelque peu pris de court, Hannasyde répondit

sèchement : « Non, Mr Matthews, je n'en ai nulle envie. Je n'ai pas de mandat pour cela et même si j'en avais un, je ne suppose pas une seconde que je trouverais quoi que ce soit. Je m'en vais vous souhaiter le bonjour. »

Randall lui ouvrit la porte et le suivit dans l'entrée : « Adieu, mon cher commissaire, dit-il, la main sur le loquet de la porte palière, ou faut-il dire *au revoir ?* Entrez donc quand vous vous trouvez à passer. Je suis toujours ravi de vous voir.

— Vous êtes trop bon. Au revoir, Mr Matthews. »

Et il sortit juste au moment où Stella Matthews arrivait sur le palier.

« Par exemple ! Mais n'est-ce pas ma bien-aimée petite cousine Stella ? s'exclama Randall d'un ton surpris. Ma douce, est-il possible que tu sois venue me voir, ou t'es-tu simplement trompée d'immeuble ? »

Stella murmura un vague bonjour en direction du commissaire et attendit qu'il eût disparu dans un tournant de l'escalier. « Non, je suis venue te voir pour affaires, répondit-elle. J'ai appelé le bureau de Mr Carrington, mais il était sorti, alors j'ai pensé que je pouvais tout aussi bien venir ici et te demander ton avis. » Entrant dans le vestibule gris tourterelle, elle en fit le tour d'un œil critique : « Ça vous en bouche une surface. Tout à fait ce que Guy serait capable de faire.

— Mon Dieu, dit Randall d'une voix mourante. Pauvre enfant ignare, tu n'as donc aucun goût.

— Je n'aime pas que les pièces aient l'air affecté, et celle-là l'est vachement. »

Randall insinua amoureusement : « Maintenant,

veux-tu que je te dise ce que je pense de ton chapeau, ma très chère ?

— Je sais, ce n'est pas une de mes réussites, répondit Stella, candide. Donc, inutile de te fatiguer. Où peut-on parler ?

— Là, dit Randall en la précédant vers la bibliothèque. N'hésite pas à me dire ce que tu penses de cette pièce, surtout. Ton opinion n'a pas l'ombre de valeur, mais je ne voudrais pas que tu te sentes obligée de la garder pour toi.

— Celle-là, elle ne me déplaît pas. Un peu opulente, peut-être, mais c'est ton affaire. » Elle s'approcha de la cheminée, examina un bronze sur le manteau et dit, d'une voix un peu hésitante : « Dis donc... tu dois te demander pourquoi je suis venue.

— Oh, non ! répondit Randall en appuyant sur la sonnette. Tu es venue parce que tu veux me demander quelque chose. Je n'ai plus guère d'illusions, ma petite chatte.

— Non, ce n'est pas pour ça. Enfin, pas exactement. C'est-à-dire... il faut que je t'explique.

— Garde tes explications jusqu'à ce que tu aies ôté ton chapeau et poudré ton nez.

— Je ne l'enlève pas. Je ne reste qu'une minute.

— Que tu restes une minute ou une heure, je refuse d'avoir pour vis-à-vis cette atrocité discordante. Je ne t'ai pas invitée chez moi et si tu ne veux pas te rendre présentable, tu peux repartir », dit froidement Randall.

Stella rougit, mais retira l'objet du litige et le jeta sur un fauteuil. « Bon, bon. Tu ne rates pas beaucoup d'occasions de te rendre odieux, n'est-ce pas ?

— J'essaie de ne pas décevoir ton attente, mon amour, répliqua Randall en se tournant vers Benson, qui venait d'entrer dans la pièce. Du sherry, Benson. Ou aimes-tu mieux un cocktail, Stella ?

— Ni l'un ni l'autre, merci.

— Le sherry, Benson. Et mettez le couvert pour Miss Matthews.

— Oh, je ne suis pas venue déjeuner, se hâta de dire Stella.

— Mettez le couvert pour Miss Matthews », répéta Randall. Il prit le coffret à cigarettes et le tendit à Stella. « Faut-il que tu t'opposes à toutes mes suggestions, chérie ? Ou as-tu peur d'être empoisonnée ?

— Ferme-la ! s'exclama Stella, furieuse. Assez sur ce sujet ! Maintenant je regrette d'être venue.

— Pourquoi t'es-tu risquée ? »

Elle eut soudain un petit air un peu malheureux et dit d'une voix hésitante : « Je ne sais pas. Je veux dire, il fallait que je voie Mr Carrington ou toi. C'est à propos de l'argent qu'oncle Greg m'a laissé.

— Auquel tu ne voudrais pas toucher, même si tu mourais de faim. Qu'est-ce que tu veux que j'en fasse ? Fonder un refuge pour les chats perdus, peut-être ?

— Non. Je sais, j'ai dit que je ne voulais pas y toucher, mais j'ai changé d'avis.

— Tu auras bien le temps d'en changer encore plusieurs fois avant tes vingt-cinq ans.

— Oui, mais c'est justement, je... » Elle s'interrompit, car Benson venait d'entrer avec le sherry. Quand il eut posé le plateau sur la table et quitté la pièce, elle empoigna fébrilement son sac et dit : « Ce que je veux savoir, c'est si... si je signe un papier disant que je n'épouserai pas Deryk Fielding, est-ce que je pourrais avoir l'argent maintenant ? »

Randall qui versait le sherry s'arrêta et releva la tête. « Ne me dis pas que tu t'es disputée avec ton petit ami ?

— Non, nous ne nous sommes pas disputés, mais j'ai décidé de ne pas l'épouser, c'est tout », répondit brièvement Stella.

Randall se remit à verser le sherry. « Tu préférerais, je suppose, que je ne te demande pas pourquoi, remarqua-t-il. Mais tu ne peux pas avoir tout ce que tu veux. Pourquoi en es-tu arrivée à cette décision ?

— Diverses raisons. D'une part, j'ai constaté que je n'étais pas... pas vraiment... amoureuse de lui.

— Et d'autre part, tu as constaté qu'il n'était pas vraiment amoureux de toi. C'est plaisant de déceler une lueur d'intelligence chez toi, chérie.

— Tu as tout à fait raison, dit Stella, la voix férocement contrôlée. Il pensait que j'allais hériter d'un tas d'argent. Voyant qu'il n'en était rien, ça l'a refroidi. Ris tant que tu voudras, ça ne me gêne pas. Moi aussi je trouve que c'est assez drôle. De toute façon, je ne vais pas m'en fendre le cœur.

— Pourquoi le ferais-tu ? dit Randall en lui tendant un verre. Est-ce que tu t'attends à ce que je ruisselle de sympathie ?

— Non. Je ne suis pas venue ici pour parler de Deryk, mais seulement pour te dire que les fiançailles sont rompues et te demander si je peux avoir l'argent que mon oncle m'a laissé.

— Quand tu auras vingt-cinq ans, certainement.

— Tout le problème, c'est que je le veux maintenant.

— Pourquoi ce besoin subit ?

— Parce que je suis raide comme un passe-lacet et je veux partager un appartement avec une fille que j'ai connue à l'école et trouver un boulot. Seulement, il faudra probablement que j'apprenne la sténo avant, ou quelque chose, et si je ne gagne rien, je ne vois pas bien comment je vivrai. Maman dit qu'elle ne peut pas augmenter ma petite mensualité — de toute façon, elle est farouchement contre l'idée — et je n'ai pas d'argent à moi en dehors de ce qu'oncle Greg m'a laissé. Bien sûr, je sais que le testament précise pas avant que j'aie vingt-cinq ans, mais je me disais que si je signais un papier promettant de ne pas épouser Deryk, à condition que toi et Mr Carrington soyez d'accord — parce que si les deux curateurs sont d'accord, je crois qu'on peut trouver des combines, non ?

— Pas à ma connaissance. Du reste, comme je n'ai pas la moindre intention de donner mon accord, la question ne se pose pas.

— Pourquoi ? demanda Stella. Du moment que je signe un papier, quelle différence est-ce que ça fait ? Je ne veux pas claquer le capital. Tout ce que je veux, c'est le revenu.

— Tu ne l'auras pas, mon amour. »

Stella reposa son verre et se leva. « Merci beaucoup. J'ai été idiote de venir. J'aurais bien dû savoir que tu me mettrais des bâtons dans les roues, si tu pouvais. Mais avec ce que tu as hérité, je trouve que tu aurais pu me laisser toucher mes malheureuses deux mille livres.

— Ma chère cousine, répondit Randall, avant que le testament soit validé, je n'ai hérité de rien et toi non plus. Ensuite, la première œuvre charitable que je rencontre aura le tout. »

Stella fut si stupéfaite que pendant un instant, elle

ne put que le regarder fixement. Puis elle dit : « Quelle blague ! Je ne te crois pas. »

Il rit : « Je ne m'y attendais pas non plus.

— Mais pourquoi ? demanda-t-elle. Qu'est-ce que c'est que cette idée ? »

Il haussa les épaules : « Oh, j'ai assez pour — hum — mes goûts très simples.

— Ou tu es fou, ou tu mijotes quelque chose, décréta Stella avec une grande conviction. Qu'est-ce qui a jamais entendu parler d'abandonner toute une fortune ?

— Oui, je trouve qu'il y a là une certaine originalité plaisante. Encore un peu de sherry ? »

Elle secoua la tête. « Non, merci. Même toi, tu ne ferais pas une chose pareille simplement pour la beauté du geste. Est-ce que c'est pour empêcher les gens de dire que tu as probablement tué oncle Greg parce que tu étais sans le sou ?

— On le dit ? demanda Randall. Je croyais que cette théorie-là était limitée aux membres de mon affectueuse famille. De plus, je ne suis pas sans le sou. »

Elle dit, non sans finesse : « Je suis persuadée que tu sais quelque chose que tu nous caches, sur cette mort.

— Si, par cette remarque ambiguë, tu veux dire que j'ai eu la moindre part à la mort de notre oncle, je te ferai remarquer, ma douce, que je l'ai vu pour la dernière fois le dimanche 12 mai.

— Je sais. Et ce n'est pas ce que je voulais dire. Je ne vois pas comment tu aurais pu le faire. Et le commissaire, qu'est-ce qu'il en pense ?

— Comme toi, il ne voit pas comment j'aurais pu le faire. J'ai bien peur que ça le démoralise.

— Randall, est-ce qu'ils trouveront jamais celui qui l'a fait ?

— Pourquoi me demander ça à moi ?

— Parce que tu sais quelque chose. Pas la peine de dire le contraire. Je ne vois pas comment tu aurais pu tuer notre oncle, mais je suis sûre que tu caches un fait, un indice, quelque chose que personne ne doit savoir. Je n'ai pas oublié que je t'ai vu sortir de la chambre d'oncle Greg ce jour-là. Tu cherchais quelque chose.

— En effet, répondit Randall, imperturbable. Mais je ne l'ai pas trouvé.

— Qu'est-ce que c'était ?

— Je ne sais pas.

— Comment ça ?

— Pas encore ! Je cherchais quelque chose qui aurait pu contenir le poison. Je reconnais que c'était presque sans espoir.

— J'ai comme une envie de ne pas croire un mot de ce que tu dis.

— Oh, ça ne m'étonne pas. Si nous parlions d'autre chose, pour changer ? Ces discussions sempiternelles autant que stériles sur la mort de notre oncle commencent à devenir fastidieuses au bout d'un certain temps.

— Mr Rumbold croit que tout ça finira en queue de poisson, faute de preuves.

— Mr Rumbold a sans doute raison. Est-ce qu'il continue à soutenir mes tantes dans leurs moments de profonde affliction ?

— Il arrive à les calmer, en effet, répondit Stella en souriant, mais tu ne devrais pas te moquer de lui, il a été rudement chic avec nous tous.

— Je le considère avec un profond respect.

— Ce qui signifie, je suppose, juste le contraire.

— Ce parti pris dépasse décidément ma compréhension, répondit Randall d'un ton las.

— Ma foi, chaque fois que tu dis quelque chose de gentil sur quelqu'un, il faut entendre le contraire.

— Oh ! c'est seulement quand je parle de ma famille ou d'autres personnes d'un QI au-dessous de la normale. Je respecte toujours l'intelligence quand je la rencontre.

— Merci beaucoup ! dit Stella indignée. Je suppose que tu me classerais parmi les demeurées.

— Oh non, pas tout à fait, répondit Randall. Je t'ai vue plusieurs fois penser réellement avant de parler. Tu manifestes même parfois les symptômes d'une certaine vivacité d'esprit. Je reconnais que lors de ton adolescence je n'avais aucun espoir, mais tu t'es beaucoup améliorée, mon trésor.

— J'en suis ravie. Bien sûr, tu t'es toujours tellement intéressé à mes progrès ! Je suppose que toutes tes visites aux Peupliers l'an dernier, c'était en vérité pour me voir.

— Ma foi, tu ne penses pas, j'imagine, que c'était pour voir ta mère ? »

Stella cligna des yeux sous le choc : « Tu venais voir oncle Greg !

— Grand Dieu ! soupira Randall, lui prenant le bras au-dessus du coude pour la propulser vers la porte. Une journée sans, apparemment, pour ta petite cervelle, mon amour ! Allons déjeuner. »

CHAPITRE XI

Stella rentra à Grinley Heath profondément troublée par les propos étonnants de son cousin. Elle les avait accueillis avec étonnement et scepticisme, d'où une attitude défensive inexpugnable de sa part. Sans essayer de poursuivre le sujet, Randall l'avait régalée de langouste à la Newburgh arrosée d'un excellent chablis et Stella, qui n'avait pas pris un seul repas en dehors des Peupliers depuis la mort de son oncle, l'apprécia tellement qu'elle en oublia les nuages qui s'amoncelaient sur sa famille. Mais avec le café, quelques mots de Randall les lui rappelèrent. Son visage s'assombrit et elle dit avec un gros soupir que c'était horrible d'avoir des assassinats dans sa famille.

« Tout le monde soupçonne tout le monde, dit-elle. Et bien qu'oncle Greg ait été odieux avec les gens, maintenant qu'il est mort, ça ne va pas mieux. Je veux dire, regarde-moi, par exemple. De son vivant, il m'avait pratiquement empêchée d'épouser Deryk, mais dès qu'il est mort et que j'aurais pu me marier, tout s'est mis à aller de travers.

— Ah, je t'en prie, ne te vautre pas dans ce pathos

navrant, dit Randall, impitoyable. Tu as été une charmante compagne pendant le déjeuner et pas une fois tu n'as pensé à ton ex-soupirant. Tu n'as pas du tout le cœur brisé, donc inutile de penser que je me répandrai en protestations de sympathie faciles. Je ne te plains même pas.

— J'ai partagé le pain et le sel avec toi, dit Stella, très digne, je ne peux donc pas te dire ce que je pense.

— Que cela ne te retienne surtout pas, mon amour. J'ai partagé le sel — et fort peu d'autres choses — aux Peupliers, ce qui n'a pas jusqu'à présent affecté ma capacité d'expression. »

Stella, qui le regardait faire le café, dit alors : « Je ne m'apitoyais pas sur mon sort, si tu tiens à le savoir. Mais tout de même, ça donne un choc de découvrir qu'une personne que vous... sur qui vous pensiez pouvoir compter totalement a... des pieds d'argile. »

Randall retira la lampe à alcool du percolateur et se tourna un instant vers Stella.

« Tu as vraiment cru que ton toubib amoureux serait un roc dans l'adversité ? Comme les jeunes filles sont confiantes !

— Le hic, c'est que nous n'avons personne vers qui nous tourner, dit Stella. Oncle Henry, c'est zéro, et Guy est trop jeune ; d'ailleurs, il n'a... enfin, ce n'est pas le genre. Mr Rumbold est très bien, mais ça n'est pas comme quelqu'un de la famille, et Owen, qui trouve que tout ça a bien mauvais genre, ne veut pas y être mêlé.

— ... Et Randall, tel le serpent dans les hautes herbes, n'attend qu'une occasion pour piquer », acheva Randall en remuant le café dans l'appareil.

Stella parut un peu interloquée : « C'est que tu en serais bien capable, dit-elle. Mais je ne pensais pas à toi.

— Encore une de tes petites erreurs, chérie. Il est temps que tu te mettes à penser à moi. Je suis le chef de cette lamentable famille maintenant.

— Quel rapport ?

— Oh, très étroit. En tant que chef de famille, je me propose d'aller jusqu'au bout de cette histoire.

— Comme c'est gentil de ta part ! Ça va beaucoup aider. Je pense que s'il prend à la police la fantaisie d'arrêter l'un d'entre nous, tu arriveras dans ton carrosse magique comme une bonne fée et tu régleras tout le problème ?

— Pas si l'on arrête tante Gertrude », dit Randall. Il versa le café et tendit une tasse à Stella : « Pour toi, peut-être.

— Tu t'accuserais du meurtre, je parie, dit Stella, moqueuse.

— Qui sait ? Mais ne t'inquiète pas, ma douce. Je n'en arriverai pas là. Cette petite énigme ne sera jamais résolue.

— Mais moi, je veux qu'elle le soit.

— Peut-être, mais pas moi. »

Il refusa d'en dire plus et changea résolument de sujet. Stella partit peu après deux heures et rentra au volant de sa voiture, en méditant sur ces propos. Aux Peupliers, elle ne dit à personne pourquoi elle était allée en ville et même, quand Miss Matthews, toujours dévorée de curiosité, l'interrogea, elle lui répondit sans rougir qu'elle avait déjeuné avec une camarade de classe. Sur quoi sa tante déclara en reniflant que Stella aurait pu se dispenser d'aller courir la prétentaine le lendemain des funérailles de son oncle.

Le dîner fut agrémenté par la présence de Mrs Lupton qui, son mari étant retenu en ville, avait annoncé son intention de venir aux Peupliers. Arrivée à huit heures moins le quart dans une robe de soie noire bruissante, elle se mit en devoir de critiquer tous les plats. Elle avait d'ailleurs quelques excuses, car Miss Matthews, désormais à l'abri des foudres de son frère, s'était embarquée dans une campagne d'austérité impitoyable.

« Permets-moi de te dire, ma pauvre Harriet, annonça Mrs Lupton, que si tu crois me tromper en recouvrant tout d'une sauce à la farine, tu te trompes. Ce poisson est de la morue et rien d'autre. »

Mrs Matthews soupira et dit d'une voix lourde de réminiscences : « Je dois dire que quand on se rappelle comme ce cher Gregory était difficile...

— Au lieu de vous rappeler les goûts de Gregory, vous feriez mieux, ma chère Zoé, de prendre la part qui vous revient dans la tenue de cette maison. Harriet n'a jamais été capable d'établir un menu. »

Le temps pour Mrs Matthews de regretter sa déplorable santé qui l'empêchait d'assumer une tâche aussi lourde et pour Miss Matthews de proclamer que rien au monde ne la contraindrait à remettre les rênes à sa belle-sœur, le gigot était arrivé, dont Mrs Lupton dénonça aussitôt l'origine étrangère. Le dessert échappa à la censure, mais les sardines sur canapé provoquèrent de sérieux reproches. Après la première bouchée, Mrs Lupton repoussa son assiette et déclara que c'était un bien mauvais calcul d'acheter des sardines d'une marque bon marché. Miss

Matthews, voyant que toute la famille boudait ce régal, attaqua rageusement sa part et déclara qu'elle n'y trouvait rien à redire.

Après le dîner, ces dames poursuivirent leur guérilla dans le salon. Guy se sauva dans la bibliothèque et Stella monta se coucher de bonne heure en se demandant si la vente de sa voiture lui procurerait assez d'argent pour pouvoir quitter les Peupliers.

Au petit déjeuner du lendemain matin, Guy, plus en forme qu'il ne l'avait été depuis la mort de son oncle, annonça au grand soulagement de sa sœur qu'il allait reprendre son travail le lundi. « Il est évident, dit-il, qu'il ne se produira plus rien. Tout ça va finir en eau de boudin.

— Je ne comprends pas du tout ce que font les policiers, remarqua Stella. Ils semblent avoir cessé de hanter la maison. Tu ne penses pas qu'ils ont abandonné la partie ?

— Ça ne m'étonnerait pas. Et d'ailleurs, je ne les blâme pas.

— Je ne sais pas pourquoi, mais je ne crois pas que nous en ayons fini, déclara Stella. Il y a une chose qui me donne le trac. Randall sait quelque chose.

— Quoi donc ? » Guy, qui lisait le journal, releva très vite le nez.

« Il n'a pas dit. Mais... » Elle s'interrompit. « Je croirais assez que la police l'a à l'œil.

— Comment le sais-tu ? Qui te l'a dit ?

— Personne. Je le sais, simplement. » Entendant le pas de sa tante dans le hall, elle fit signe à Guy qui ouvrait la bouche pour lui poser une autre question : « Pas maintenant. Voilà tante Harriet. »

Miss Matthews entra, le reproche aux lèvres. Quelqu'un avait oublié d'ouvrir la fenêtre de la salle de bains après ses ablutions et la pièce sentait le parfum à plein nez.

« Désolé, mes nouveaux sels, je suppose, dit Stella.

— Il faut espérer que tu n'épouseras pas un miséreux, déclara Miss Matthews. J'aurais pensé, je dois dire, que tu trouverais un meilleur usage pour ton argent que de le gaspiller à des babioles et des fanfreluches. Mais enfin, j'ai certainement tort. Je sais bien que personne ne prête jamais la moindre attention à ce que je dis.

— Voulez-vous un pamplemousse ? demanda Stella, debout devant la desserte.

— Je ne veux qu'une tasse de thé et un toast, répondit Miss Matthews. Je ne me sens pas bien du tout ce matin, ce qui n'est pas surprenant quand on pense à ce que j'ai enduré. Et Guy qui déjeune ici tous les jours ! Je ne lui mesure pas la nourriture, mais enfin, ça fait encore plus de travail. Et je me demande bien pourquoi votre tante Gertrude est venue dîner simplement pour faire des tas de remarques désobligeantes sur mon menu.

— C'est sans doute cette sardine qui vous reste sur l'estomac », dit Guy.

Miss Matthews fut si indignée par cette insinuation malveillante qu'elle ne put que foudroyer son neveu du regard et, pour bien prouver que cet intéressant clupéidé n'était en rien responsable de son malaise, elle se leva et, dans un silence impressionnant, prit une tranche de bacon qu'elle avala résolument.

Provocation apparemment néfaste, car Stella,

montant au premier une demi-heure plus tard, trouva sa mère drapée dans une robe de chambre lilas qui sortait de la chambre de Miss Matthews un verre gradué à la main et un air de pieuse résignation sur le visage.

« Tiens ! dit Stella. Tante Harriet va plus mal ? »

Mrs Matthews considérait que le droit d'être malade lui était exclusivement réservé ; aussi répondit-elle assez sèchement : « Plus mal ? Je ne sais pas ce que tu entends par là. Elle n'a rien du tout, qu'une petite indigestion.

— Elle a dit au petit déjeuner qu'elle ne se sentait pas bien. Guy a suggéré que c'était peut-être la sardine d'hier soir. *Très* mal reçu. Tu lui as donné une petite saleté quelconque ?

— Un peu de ce remède merveilleux que le docteur Martin m'a prescrit. Non pas que ce soit nécessaire, à mon avis. Mais la pauvre Harriet a toujours fait des histoires pour le plus minuscule bobo. Je me demande parfois ce qu'elle ferait si elle avait autant de misères à supporter que moi. Je l'ai mise au lit avec une bouillotte, mais j'aurais vraiment souhaité qu'elle choisisse un autre jour pour être malade. Les tensions de ces derniers jours m'ont brisé les nerfs et je suis bien loin de me sentir en forme. Je crains que tu ne sois obligée de faire les courses, ma chérie. Je ne m'en sens vraiment pas capable.

— Bon, entendu, dit Stella, obligeante. Faut-il que j'aille demander à Mrs Beecher ce qu'elle veut ?

— Oui, ma chérie, c'est cela. Dis-lui de préparer un déjeuner très léger. Des soles, peut-être, avec un soufflé ensuite. »

Stella eut un large sourire. « Je parie que tante Harriet allait nous condamner au mouton froid.

— Oui, ma chérie, mais si elle n'est pas bien, ce sera beaucoup plus sage qu'elle évite la viande, répondit Mrs Matthews avec un air d'altruisme éthéré.

— Bien sûr, approuva Stella, solennelle. Veux-tu que je descende ce verre ?

— Non, il est à moi et je préfère le laver moi-même. Dis à Mrs Beecher qu'il ne faut pas déranger ta tante, qui est couchée, et demande-lui de prévoir un poulet pour le dîner. Quelque chose de vraiment facile à digérer.

— Tante Harriet va se trouver mal quand elle verra ça », prédit Stella.

Mrs Beecher la reçut dans la cuisine avec un sourire indulgent et déclara qu'elle n'était pas étonnée du tout d'apprendre l'indisposition de sa maîtresse. « Le rôti qu'on a eu hier soir, c'était un vrai scandale. Pour ce qui est du poisson, j'avais honte d'envoyer ça sur la table de la salle. Comme j'ai dit à Beecher, il y avait de quoi faire se retourner Mr Matthews dans sa tombe. Alors, comme ça, c'est vous qui allez faire le menu aujourd'hui ? Eh bien, ça vous apprendra pour quand vous aurez votre maison à vous, n'est-ce pas ? »

Stella, bien consciente que cette sortie n'était qu'un essai pour tenter de savoir si elle allait épouser le Dr Fielding ou pas, se contenta de sourire, et aiguilla fermement la conversation vers la volaille. Elle s'en alla ensuite faire son marché en voiture, puis revint peu avant midi pour trouver sa mère qui descendait l'escalier venant de sa chambre. « Comment va la malade ? demanda Stella.

— Elle dort, répondit Mrs Matthews. J'ai passé le nez il y a un instant, mais elle était profondément endormie, alors je ne l'ai pas dérangée. »

Miss Matthews ne descendit pas à l'heure du déjeuner, aussi Mrs Matthews, qui prenait pour une injure personnelle chaque heure passée au lit par sa belle-sœur, soupira et dit à Stella de monter voir si sa tante allait se lever, ou si elle voulait un plateau dans sa chambre. « Je dois dire que je trouve un peu égoïste de sa part de choisir un moment pareil pour être malade ; elle doit bien savoir que j'ai déjà beaucoup de mal à faire marcher la maison sans avoir tout son travail sur mes pauvres épaules. »

Stella, qui connaissait trop bien le fonctionnement de l'esprit maternel pour perdre son temps et son souffle à faire remarquer que c'était elle et non pas Mrs Matthews qui avait rempli les tâches de Harriet pendant la matinée, se contenta de cligner de l'œil en direction de Guy et partit voir sa tante.

N'ayant reçu aucune réponse à son petit coup discret à la porte, après avoir attendu un instant, elle tourna doucement la poignée et entra.

Les rideaux avaient été tirés devant les fenêtres et la pièce était sombre. Miss Matthews, couchée sur le côté, les yeux fermés, ne bougea pas. Stella s'avança jusqu'à la tête du lit, se demandant s'il fallait la réveiller ou pas. Mais tout à coup, elle se dit que sa tante avait l'air très malade, se pencha sur elle et posa la main avec précaution sur celle qui reposait, inerte, sur le drap.

Elle n'était pas brûlante de fièvre, mais au contraire bizarrement froide. Stella se rejeta en arrière avec un petit sanglot de frayeur et de choc puis, les yeux fixés sur le corps sans mouvement de sa tante, recula jusqu'à la porte, l'ouvrit et appela : « Maman ! Guy ! Oh, venez, venez vite ! *Vite !* »

La terreur qui vibrait dans sa voix projeta Guy dans l'escalier, dont il gravit les marches deux par deux. « Qu'est-ce qu'il y a ? demanda-t-il. Grand Dieu, qu'est-ce qui se passe ? »

Stella parvint à dire : « Tante Harriet... Tante Harriet... ! »

Il regarda fixement le visage livide de sa sœur, puis l'écarta d'un geste brusque pour entrer dans la chambre.

Stella essaya bien de se ressaisir, mais elle ne put aller plus loin que le seuil et resta là, adossée au mur, son mouchoir pressé contre la bouche. Elle vit Guy mettre la main sur l'épaule de Miss Matthews, la secouer et l'entendit dire d'une voix que l'angoisse rendait plus aiguë : « Tante Harriet ! Réveillez-vous ! Tante Harriet !

— Oh, finis donc, chuchota Stella. Tu ne vois donc pas ? »

En trois enjambées, il atteignit la fenêtre et ouvrit brutalement les rideaux dont les anneaux glissèrent à grand bruit sur la tringle de cuivre. Son regard chercha celui de Stella, à l'autre extrémité de la pièce. « Stella, dit-il. Stella... Qu'est-ce que nous allons faire ? »

Les yeux de la jeune fille s'agrandirent tandis qu'elle lisait la pensée de son frère. Et puis, avant qu'ils aient pu dire un mot, Mrs Matthews entra : « Eh bien, Harriet, comment vous sentez-vous ? Ma chère enfant, qu'est-ce qu'il y a donc ? »

Stella dit simplement : « Maman, tante Harriet est morte.

— Morte ? répéta Mrs Matthews. Quelle bêtise !

Tu ne sais pas ce que tu dis ! Laisse-moi passer immédiatement ! Vraiment, ton amour du drame... » Elle s'arrêta et tâta la main de Miss Matthews comme Stella l'avait fait. Son maquillage était trop parfait pour qu'elle pût changer de couleur, mais ses enfants la virent se raidir. Elle leur lança un coup d'œil rapide, puis dit d'une voix soigneusement contrôlée : « Votre tante a dû avoir une attaque. Il faut demander un médecin. Guy, appelle tout de suite le docteur Fielding. Et toi, Stella, ne reste pas plantée là sottement comme cela. Bien sûr, ce n'est qu'une attaque.

— Elle est morte, répéta Stella. Morte comme oncle Greg. Tu le sais, qu'elle est morte. »

Mrs Matthews lui prit la main. « Ma chérie, tu as eu un choc et tu es un peu sur tes nerfs. Il ne faut pas dire des choses comme ça. Ce que tu peux faire de mieux, c'est d'aller t'allonger un moment dans ta chambre. Tu ne peux rien pour ta tante avant que le docteur...

— Personne ne peut rien. Oh, pourquoi n'as-tu pas envoyé chercher Deryk dès qu'elle t'a dit qu'elle se sentait mal ? Pourquoi, Maman ?

— Ma chère petite Stella, il ne pouvait pas en être question. Essaie de te ressaisir, ma petite fille. Personne n'aurait pu prévoir une chose pareille. Ce n'était qu'un léger malaise digestif. Tout ce qu'elle voulait, c'était s'allonger et rester un moment tranquille, elle l'a dit elle-même. Je vais te donner un peu de sel d'Epsom pour te remettre et ensuite tu iras te reposer dans ta chambre jusqu'à ce que tu aies retrouvé tes esprits. »

Stella se laissa conduire dans la chambre de sa mère et avala la dose versée pour elle, mais ne voulut pas aller dans sa propre chambre. Elle s'assit dans un fauteuil sur le palier et resta là, à claquer des dents.

Le Dr Fielding, qui était revenu chez lui pour déjeuner, arriva aux Peupliers cinq minutes plus tard et suivit Guy jusqu'au premier. Mrs Matthews, debout au pied du lit, l'accueillit avec calme, mais la voix étouffée : « Je crois que ma belle-sœur a dû avoir une attaque, docteur. Je n'ai rien fait pour elle, parce qu'il me semblait plus sage d'attendre que vous soyez là. Il y a quelque temps que je la trouvais changée, mais bien sûr, je n'aurais jamais imaginé une chose pareille. Pauvre Harriet ! J'ai peur que la mort de mon beau-frère... »

Le Dr Fielding se redressa : « Mrs Matthews, votre belle-sœur est morte, dit-il durement. Elle est morte depuis deux heures environ, à mon avis. Pourquoi n'ai-je pas été appelé plus tôt ?

— Morte ! » répéta Mrs Matthews, qui inclina légèrement la tête en se couvrant les yeux d'une main.

Guy dit : « Nous n'en avions pas la moindre idée. Comment aurions-nous pu ? Elle a dit qu'elle se sentait patraque. Nous avons pensé qu'elle avait mangé quelque chose qui ne lui convenait pas. Je vous dis bien, elle n'avait pas l'air malade, n'est-ce pas, Maman ?

— Absolument pas, dit Mrs Matthews à voix basse. Une petite indigestion. Je lui ai donné un peu de mon remède et je l'ai mise au lit. Elle voulait seulement être tranquille.

— De quoi se plaignait-elle ? demanda Fielding.

— Rien qui aurait pu faire supposer... Elle disait qu'elle se sentait un peu étourdie et qu'elle avait mal à la tête.

— Des nausées ?

— Un peu nauséeuse, oui, c'est pourquoi je lui ai donné mon remède. C'est une excellente prescription...

— Est-ce qu'elle s'est plainte de crampes, de frissons aux extrémités ou de chair de poule aux bras ? Est-ce qu'elle semblait avoir de la difficulté à respirer ? »

Mrs Matthews secoua la tête : « Oh non, non. S'il y avait eu la moindre chose de ce genre, je vous aurais appelé tout de suite. Elle a semblé mieux après avoir pris mon remède. Elle était somnolente, alors je l'ai bordée et laissé faire un petit somme. J'ai tellement foi dans les vertus curatives de...

— Fielding, de quoi est-elle morte ? » demanda Guy.

Le médecin les regarda l'un après l'autre, le visage durci : « Impossible pour moi de répondre à cette question avant d'avoir pratiqué une autopsie. »

Mrs Matthews posa les mains sur les barreaux du lit et les crispa nerveusement : « Ce n'est sûrement pas nécessaire, dit-elle. Il est tellement évident qu'elle a dû avoir une attaque. Le choc de la mort de son frère...

— Ce n'est pas du tout évident pour moi, Mrs Matthews. Désolé, mais je ne peux pas signer un certificat de décès. C'est un cas qui regarde le coroner.

— Oh, Seigneur ! » gémit Guy.

Mrs Matthews murmura d'une voix tremblante. « C'est absurde ! Ma belle-sœur avait été très éprouvée et elle n'était pas jeune. De plus, j'avais moi-même remarqué des signes de fatigue depuis un certain temps. Sa santé se dégradait.

— Écoutez, il faut nous dire ! déclara Guy en faisant un pas vers le médecin. Qu'est-ce que vous soupçonnez ? »

Fielding affronta le regard furieux avec une froide sérénité : « Je soupçonne que Miss Matthews a été empoisonnée, répondit-il.

— C'est une saloporie de mensonge, s'écria Guy.

— Chut, mon chéri, dit machinalement Mrs Matthews. C'est ridicule, bien sûr, complètement ridicule. Qui aurait pu vouloir empoisonner la pauvre Harriet ? Si ce n'était pas si terrible, ce serait presque risible, mais nous soumettre tous aux horreurs d'une autre enquête publique... vraiment, docteur, vous ne croyez pas que vous vous laissez...

— Mrs Matthews, je me vois obligé de refuser toute discussion sur ce sujet avec vous. Je ne soignais pas votre belle-sœur à l'époque de sa mort et je n'ai pas été appelé quand elle a éprouvé ses premiers malaises. En conscience, je ne pourrais pas signer un certificat de décès dans des circonstances pareilles. Maintenant, si vous voulez bien descendre, tous les deux, je vais fermer cette pièce à clef jusqu'à ce que la police vienne prendre la situation en main.

— Vous n'avez sûrement pas pensé à ce que cela signifiera pour nous, insista Mrs Matthews. Le scandale... si inutile, si terrible pour toutes les personnes concernées. Vous ne pouvez pas croire sérieusement que quiconque ait pensé une seconde à empoisonner Harriet ! Grand Dieu ! quelle raison pourrait-on avoir de faire une chose pareille ? »

Le médecin haussa les épaules : « Ce n'est pas à moi qu'il faut poser ce genre de question. Tout ce que je peux vous dire, c'est que je suis bien loin d'être convaincu que Miss Matthews est morte de mort naturelle. »

Guy prit sa mère par le bras : « Descendons, Maman. Inutile de discuter. S'il a des doutes, il faut que la police soit prévenue. »

Elle se laissa conduire hors de la pièce, le médecin ferma la porte à clef de l'extérieur et retira la clef ; il aurait aussitôt suivi Mrs Matthews qui descendait l'escalier si Stella ne s'était pas levée du fauteuil où elle était restée enfouie pendant tout le temps de la visite. Elle dit : « Deryk, pour l'amour du ciel, dites-moi. Vous n'y croyez pas vraiment ? Je ne suis pas entrée, mais j'ai entendu tout ce que vous avez dit. Elle ne peut pas avoir été empoisonnée.

— Désolé, répondit-il de sa voix la plus professionnelle. Mais je n'y peux rien, vous savez.

— Sans la mort de mon oncle, vous n'auriez jamais soupçonné le poison.

— Les cas ne sont pas les mêmes. Votre oncle souffrait déjà de troubles cardiaques. Miss Matthews, quand j'ai été appelé auprès d'elle pour la dernière fois, avait une tension et un cœur normaux. Même si votre oncle était encore vivant aujourd'hui, je considérerais la mort de Miss Matthews comme tout à fait suspecte.

— Mais enfin, Deryk, tante Harriet ! Qui aurait pu vouloir la tuer ! Vous êtes sûr que vous ne vous trompez pas ?

— Stella, je vous ai dit que j'étais désolé, mais je ne peux pas vous aider. L'affaire doit être signalée sans délai au coroner. Mon devoir est parfaitement clair.

— Mais qu'est-ce que nous allons faire ? » gémit Stella en se tordant les mains.

Il dit, gêné : « Personne ne pensera que vous avez la moindre part dans ce drame. Écoutez, il faut que j'aille avertir la police. Essayez de ne pas trop vous tourmenter. » Il répéta une fois encore : « Je suis vraiment désolé » et descendit en hâte.

Mrs Matthews, qui était allée dans la bibliothèque, s'y était assise sur le divan, une main tripotant les plis de sa robe, l'autre, crispée sur son mouchoir. Guy se tenait auprès de la fenêtre et regardait dehors. Il entendit le Dr Fielding parler à Beecher dans le hall, puis décrocher le téléphone, et il glissa un regard à sa mère. Elle semblait absente, les lèvres serrées, les yeux fixés sur le mur devant elle.

Le médecin partit et au bout d'un moment Beecher entra, pâle et bouleversé. A voix basse et les yeux baissés, il demanda si Mrs Matthews souhaitait déjeuner.

Comme elle ne faisait pas un geste et ne répondait pas, Guy cria : « Maman ! »

Rappelée à la réalité, elle sursauta et regarda son fils, puis le maître d'hôtel.

« Déjeuner ? répéta-t-elle. Non, je ne crois pas que je pourrais avaler la moindre chose. Allez-y, mes chéris, Stella et toi.

— Je ne veux rien non plus, dit Guy. Et je suppose que c'est pareil pour Stella. »

Le maître d'hôtel s'inclina et se retira. Mrs Matthews se tamponna le coin des yeux. « Je ne peux pas arriver à le croire, dit-elle. Harriet partie ! Elle va me manquer terriblement. »

Guy pâlit encore un peu plus : « Pour l'amour du ciel, Maman, je t'en prie.

— Bien sûr, elle était souvent très, très pénible,

poursuivit-elle. Mais on s'habitue. Je ne peux pas imaginer cette maison sans elle. Je suis bouleversée.

— Maman, à quoi bon parler comme ça ? Tu ne te rends pas compte ? La police va arriver d'une minute à l'autre ! Qu'est-ce que nous allons dire ! ? »

Mrs Matthews le regarda en silence pendant un moment, puis déclara d'une voix plus normale : « Mon cher petit, nous dirons exactement ce qui s'est passé. Nous avons fait tout ce que nous pouvions et il faut te rappeler qu'il n'est nullement prouvé que la pauvre Harriet a été empoisonnée. Pour ma part, j'ai l'impression qu'elle a eu une attaque. »

Stella entra alors, encore assez pâle, mais très calme. Sur le seuil, elle dit : « Il faut que tante Gertrude soit prévenue. Je l'appelle ?

— Ma chérie, si seulement tu me permettais d'avoir un petit répit, juste un instant, lui répondit sa mère. Vous n'avez pas l'air de penser à ce que je ressens. Nous n'étions pas toujours d'accord, Harriet et moi, mais...

— Tante Gertrude est sa sœur. Il faut la prévenir », répéta Stella.

Mrs Matthews fit un geste de résignation : « Préviens, préviens tous ceux que tu voudras, mais je t'en prie, ne continue pas à me harceler alors que tu vois bien dans quel état je suis. »

Stella ressortit. Mrs Matthews, la tête appuyée sur une main, murmura : « Je ne crois vraiment pas que j'aurai la force de voir Gertrude. Je vais monter dans ma chambre et m'allonger.

— Tu la verras forcément, dit Guy. Elle l'exigera, c'est inévitable. »

Stella revint au bout de quelques instants et

confirma brièvement que Mrs Lupton allait venir immédiatement.

« Qu'est-ce qu'elle a dit ? demanda Guy.

— Pas grand-chose. Complètement sidérée, d'abord. Et puis après elle a seulement dit qu'elle arrivait. Elle sera ici dans une dizaine de minutes. »

Ils s'assirent pour attendre. Après ce qui leur sembla être une éternité, ils entendirent le crissement des pneus sur le gravier de l'allée et au bout d'une ou deux minutes encore, Mrs Lupton entra.

Dans un monde soudain monstrueux, ce fut un soulagement de constater qu'elle restait égale à elle-même. Elle balaya la pièce d'un regard et demanda sur un ton de majesté outragée : « Qu'est-ce que c'est que ce tissu d'insanités que Stella a essayé de me raconter ?

— C'est la vérité, répondit Guy. Tante Harriet est morte. »

Mrs Lupton lança : « Impossible ! Je ne le crois pas. » Puis comme si l'inutilité de cette sortie la frappait soudain, elle ajouta : « C'est incroyable ! Je ne sais plus ce que je dis ! Qu'est-ce qui s'est passé ? Elle avait l'air assez bien hier soir.

— C'est sûrement une attaque, répondit Mrs Matthews. Je l'ai dit dès l'instant où je l'ai vue. Le choc de la mort de Gregory — tout cela était trop pour elle.

— Une attaque ! Harriet ? » Mrs Lupton transféra son regard furibond de sa belle-sœur à son neveu, approcha un fauteuil et s'y assit : « Veuillez me dire immédiatement ce qui s'est passé ici, ordonna-t-elle.

— Elle a dit, au petit déjeuner, qu'elle ne se sentait pas bien, commença Guy. Nous avons pensé qu'elle avait mangé quelque chose qui ne lui convenait pas.

— Très probable en effet. Mais je n'avais encore jamais entendu dire qu'une indigestion pouvait être mortelle. Continue.

— Elle est montée dans sa chambre pour s'allonger. Stella l'a trouvée à l'heure du déjeuner.

— Morte ? demanda Mrs Lupton avec horreur.

— Oui. »

Mrs Lupton porta la main à ses yeux : « C'est terrible, annonça-t-elle. D'abord Gregory, et ensuite Harriet. Je ne sais que dire. Je suis complètement bouleversée. Ma pauvre sœur ! Je n'arrive pas à le croire. Vous avez dit qu'elle avait eu une attaque ?

— Nous supposons que ce doit être cela, répondit Mrs Matthews. Et nous devrions rendre grâce, je pense, que la fin ait été aussi rapide et sans souffrance.

— La fin ! s'exclama Mrs Lupton, indignée. Mais Grand Dieu ! Zoé, vous parlez comme si ma malheureuse sœur avait été une malade incurable ! Elle était en parfaite santé ! Elle aurait dû avoir de nombreuses années à vivre. »

Stella lança tout à coup : « Il va y avoir une autopsie. Deryk pense qu'elle a été empoisonnée. »

Il y avait une note défensive dans sa voix, mais à la surprise générale, Mrs Lupton déclara, après un instant de silence atterré : « Quelle bêtise ! »

Un léger soupir s'échappa des lèvres de Mrs Matthews, qui dit aussitôt : « Bien sûr, ce sont des bêtises. Mais cela n'en est pas moins très très pénible pour nous tous.

— J'ai une très piètre opinion du docteur Fielding, décréta Mrs Lupton. Comment se permet-il de diagnostiquer un empoisonnement, alors qu'il a été totalement incapable de le déceler lors de la mort de Gregory ? Et puis, je voudrais bien savoir qui pouvait vouloir empoisonner cette pauvre Harriet. Je ne vois personne, en dehors de vous, Zoé, qui ait eu le moindre motif.

— Ça suffit, merci, coupa Guy, la voix rauque. Maman n'avait aucun motif, aucun qui pourrait convaincre un jury où que ce soit dans le monde.

— Je respecte ton intervention pour défendre ta mère, mais tu ferais mieux de regarder la réalité en face. Ta mère avait une raison d'empoisonner ma pauvre sœur — non que je l'accuse de l'avoir fait, parce que je ne la crois pas assez stupide pour prendre un risque pareil, alors que les policiers enquêtent encore sur la mort de votre oncle. Mais si tu t'imagines qu'ils ne vont pas regarder de très près ses mouvements aujourd'hui, tu vis dans un rêve, mon cher Guy, et plus vite tu t'éveilleras, mieux cela vaudra pour toi. »

Mrs Matthews se leva du divan pour déclarer sur un ton de tragédie : « J'espère, Gertrude, que vous ne vous rendez pas compte de ce que vous dites. Vous ne savez pas, je pense, à quel point vous m'avez blessée. Je monte dans ma chambre. Je sens que je ne peux pas en supporter davantage. »

Mrs Lupton ne fit aucun effort pour la retenir. Elle la regarda sortir de la pièce, puis se leva, elle aussi, et annonça qu'elle voulait voir le corps de sa sœur.

« Fielding a fermé la chambre à clef », dit brièvement Guy.

La vaste poitrine de Mrs Lupton se gonfla encore. « Le docteur Fielding se permet vraiment beaucoup de choses, déclara-t-elle. Je le tiens pour un jeune freluquet, officieux et incompétent. »

Exit le Dr Fielding. Mrs Lupton assura ensuite qu'elle lui dirait ce qu'elle pensait de son comportement à la première occasion, intima à son neveu l'ordre de la tenir au courant par téléphone de tout ce qui se passerait et quitta les Peupliers.

Mrs Matthews ne redescendit de sa chambre qu'une fois le corps de Miss Matthews emporté. D'un commun accord, eût-on dit, ni Guy ni Stella, restés seuls dans la bibliothèque, ne firent la moindre allusion à la mort de leur tante, mais quand leur mère reparut, elle ouvrit la discussion en disant, alors qu'elle entrait dans la pièce : « J'ai réfléchi très profondément à tout cela et je suis de plus en plus convaincue que la pauvre Harriet a eu une attaque. Vous savez, elle n'était plus la même depuis que Grégory nous a été enlevé. Quand la police viendra, il faudra dire la vérité aussi simplement que possible. Nous n'avons rien à cacher, ni les uns ni les autres, et donc je veux que vous soyez tout à fait naturels, mes chéris. Pas de ces sottes exagérations qui pourraient faire croire à des personnes ne vous connaissant pas comme moi que vous avez peur de voir surgir des révélations gênantes. »

Stella leva les yeux : « Qu'est-ce que nous devons dire ? »

Mrs Matthews lui renvoya un de ses regards limpides : « Ma chère Stella, je ne te comprends pas. Tu dois dire exactement ce que tu sais.

— Et le médicament que tu lui as donné ? Tu en as parlé à Deryk ?

— Naturellement je lui en ai parlé, et il va sans

dire que j'en parlerai à la police et que je montrerai la bouteille qui le contient. »

Guy tourna la tête. « Nous n'en sommes pas encore là. Nous ne saurons qu'après l'autopsie si c'est une affaire qui regarde la police. Fielding s'est déjà trompé, il peut encore se tromper aujourd'hui.

— Bien sûr. » Mrs Matthews était tout à fait de cet avis. « Je pensais seulement à ce que nous devrions faire si le pire arrivait. Je vous en prie, n'allez pas vous imaginer que je crois votre tante morte empoisonnée. »

Beecher entra. Il avait encore l'air assez ébranlé et parlait d'une voix sans expression qui fit penser à Stella qu'il allait donner ses huit jours. Ils allaient tous le faire.

« Mr Rumbold souhaiterait voir madame.

— Faites-le entrer », dit Mrs Matthews.

Il était évident que Rumbold avait appris la nouvelle. L'air encore plus bouleversé que Beecher, il dit non pas avec son calme habituel, mais avec une note d'horreur dans la voix : « Mrs Matthews, je viens d'apprendre — ça n'est pas vrai, c'est impossible ! »

Mrs Matthews lui tendit la main tout en détournant le visage. « Si, mon cher ami, c'est vrai. Nous avons peine à le croire nous-mêmes. Ma pauvre, pauvre belle-sœur ! »

Il prit la main qu'il continua à serrer, presque inconsciemment. « Votre femme de chambre l'a dit à notre cuisinière... mais je n'y ai pas cru ! Je ne sais que dire... cette pauvre, pauvre demoiselle... »

Guy pivota sur ses talons pour lui faire face. « Mr Rumbold, nous pensons qu'il ne peut y avoir aucun doute : ma tante a eu une attaque. »

Rumbold le regarda aussitôt : « Une attaque ? C'est le diagnostic du docteur Fielding ?

— Fielding est un idiot. Il ne sait pas ce qui a provoqué la mort de ma tante, mais nous sommes très sûrs que ça a dû être une attaque. »

Rumbold lâcha la main de Mrs Matthews, en abaissant vers celle-ci un œil lourd de pressentiment. « Qu'a dit Fielding ? demanda-t-il. Dites-le-moi, Mrs Matthews. »

Aucun d'entre eux ne l'avait jamais entendu parler sur un ton aussi sévère. Mrs Matthews répondit : « C'est trop épouvantable ! Le docteur croit que Harriet a été empoisonnée.

— Peut-on trouver quelque chose d'aussi aberrant ? » demanda Guy.

Rumbold le regarda un moment, mais ne répondit pas.

« Mr Rumbold, personne ne pouvait vouloir l'empoisonner, dit Stella, pressante, vous ne pouvez pas penser que l'un de nous — l'un de nous... »

A cela il répondit très vite : « Non, non, ma chère enfant, bien sûr que non ! Grand Dieu, non ! Mais si Fielding soupçonne le poison... c'est trop affreux ! »

Guy, toujours debout près de la fenêtre, annonça soudain : « Voilà le commissaire Hannasyde et son espèce de brigadier qui remontent l'allée. »

Mrs Matthews sursauta : « Oh, Guy, non ! Pas déjà ! »

Il vint auprès d'elle. « Ne t'inquiète pas, Maman. Je pense que c'est seulement pour prendre quelques renseignements. Ils ne peuvent rien faire. Je veux dire, ils ne savent même pas que tante Harriet a été empoisonnée.

— Ne continue donc pas à répéter qu'elle a été

empoisonnée! cria Mrs Matthews, comme si ses nerfs lâchaient. Elle ne l'a pas été. Elle ne pouvait pas l'être. » Elle se tourna avec un effort vers Edward Rumbold. « Je vous en prie, ne partez pas, dit-elle faiblement. Je n'ai personne pour me conseiller — je me sens complètement anéantie.

— Je ferai tout ce que je pourrai pour vous aider, répondit-il. Soyez parfaitement franche avec le commissaire. Je suis sûr que vous le serez. Vous n'avez rien à craindre. »

La porte s'ouvrit : « La police », annonça Beecher avec la voix du destin.

CHAPITRE XII

Voyant que ses deux enfants la regardaient, Mrs Matthews se redressa, sourit et tourna la tête pour dire au maître d'hôtel : « Très bien, Beecher. » La voix était de nouveau unie et maîtrisée. « Faites-les entrer ici. »

Un instant plus tard, Hannasyde entrait.

Mrs Matthews s'inclina légèrement : « Bonjour, commissaire. Vous vouliez me voir ?

— Je veux vous poser quelques questions sur le décès de Miss Harriet Matthews. »

Elle haussa les sourcils. « N'est-il pas quelque peu prématuré de présumer que la mort de ma belle-sœur est une affaire qui concerne la police ? »

Hannasyde, la regardant avec insistance, répliqua : « Avez-vous une objection quelconque à répondre à mes questions ?

— Il m'est extrêmement pénible d'en parler, dit Mrs Matthews avec une dignité douloureuse.

— Je m'en doute bien et je suis désolé de vous importuner dans un moment pareil, mais vous comprendrez, j'en suis sûr, qu'étant donné les circonstances, mon service est obligé de procéder à des investigations.

— Je suppose, oui, soupira Mrs Matthews. Mais on ne peut s'empêcher de trouver que la conduite du docteur Fielding a été extraordinaire. Nous pensons, quant à nous, que ma belle-sœur a eu une attaque.

— C'est un point que les autorités médicales auront à trancher, répondit Hannasyde. Quand Miss Matthews a-t-elle ressenti les premiers symptômes ?

— C'est une question que vous devriez poser à mon fils ou à ma fille, commissaire, répondit Mrs Matthews. Je ne descends jamais pour le petit déjeuner, je ne sais donc pas ce qui s'est passé avant que ma pauvre belle-sœur monte au premier. »

Hannasyde se tourna vers Stella, qui répondit aussitôt : « Ma tante a dit qu'elle ne se sentait pas très bien quand elle est descendue déjeuner. Un peu avant neuf heures, je pense.

— Est-ce qu'elle vous a dit à quel moment elle avait commencé à se sentir mal à l'aise ?

— N-non. Non, je suis presque sûre que non. Elle a simplement dit " Je ne me sens pas très bien ce matin ", ou quelque chose comme ça.

— Est-ce qu'elle prenait quelque chose avant le petit déjeuner ? Du thé, par exemple ?

— Oui, toujours du thé.

— Qui le lui apportait ?

— Oh, la deuxième femme de chambre. En général, c'est la première, mais nous n'en avons pas en ce moment.

— Est-ce que c'est aussi elle qui prépare le thé ?

— Je ne sais pas. Elle ou la cuisinière, je suppose.

— Est-ce que Miss Matthews prenait autre chose ? Un médicament, peut-être ? »

Stella regarda sa mère, mais celle-ci secoua la tête : « Vraiment, commissaire, je n'ai aucune idée de ce que ma belle-sœur pouvait prendre ou ne pas prendre. »

Hannasyde n'insista pas et revint à Stella, pour lui demander ce que sa tante avait mangé au petit déjeuner. Quand il apprit qu'elle s'était contentée de thé et d'une tranche de bacon, il demanda : « Le thé que vous-même et votre frère avez bu, Miss Matthews ?

— C'est-à-dire que moi, j'ai pris du café, répondit Stella, mais, toi, Guy, tu as bu du même thé, n'est-ce pas ?

— Oui. Et de la même théière.

— Après le petit déjeuner, qu'a fait votre tante ?

— Ah, là je peux vous aider, coupa Mrs Matthews. J'allais tout juste prendre mon bain quand ma belle-sœur est montée et m'a dit qu'elle se sentait nauséeuse et qu'elle avait des vertiges. Rien d'alarmant. J'ai pensé que c'était tout simplement une petite crise de foie, mais j'estime qu'on ne peut être trop prudent, surtout quand on arrive à un certain âge comme ma belle-sœur. Je l'ai donc mise au lit avec une bouillotte.

— Lui avez-vous donné quelque chose pour ses nausées ?

— Oui, une dose d'un médicament excellent que je fais faire pour faciliter la digestion. Mon médecin personnel — le docteur Herbert Martin de Harley Street — me l'a prescrit et je sais par expérience...

— Je voudrais voir et le remède et le verre dans lequel il a été administré, dit Hannasyde.

— Bien sûr, répondit Mrs Matthews sur le ton d'une nurse satisfaisant un caprice d'enfant, mais évidemment le verre a été lavé et rangé.

— En êtes-vous sûre ? demanda Hannasyde. Le verre a été enlevé de la chambre de Miss Matthews ?

— Oh, certainement, dit Mrs Matthews en plissant le front. Je ne l'y aurais jamais laissé. C'était un verre gradué à moi et je suis très maniaque pour les choses comme ça, je dois dire. J'aime toujours être sûre que tout est bien lavé et rangé.

— Vous avez peut-être lavé le verre vous-même ? »

Mrs Matthews se mit la main sur le front : « Je ne me rappelle vraiment plus. Peut-être, ou alors il a été tout simplement descendu à l'office.

— Eh bien, il me suffira de demander aux domestiques, dit allègrement Hannasyde. Vous n'avez pas pensé à faire venir votre médecin pour voir Miss Matthews ?

— Oh, non, ma belle-sœur ne voulait pas qu'on appelle un médecin et vraiment, cela ne me semblait pas du tout nécessaire.

— Votre belle-sœur vous a dit qu'elle ne voulait pas de médecin ?

— Je ne sais pas si elle a employé exactement ces termes-là, mais ce n'était pas une personne qui consultait volontiers. Je suis bien navrée qu'elle ne l'ait pas fait, parce que si elle avait été suivie par un praticien capable, j'ai l'impression que ce qu'elle avait aurait pu être soigné et elle serait parmi nous aujourd'hui. A n'en pas douter, elle souffrait d'une affection dont aucun d'entre nous n'avait la moindre idée.

— Alors, quand vous avez mis votre belle-sœur

au lit, vous n'avez rien décelé qui puisse vous inquiéter ?

— Absolument rien, répondit Mrs Matthews avec force.

— Et par la suite, quand elle s'est trouvée plus mal, vous ne vous êtes toujours pas alarmée ?

— Mais voyez-vous, je n'en avais aucune idée. Je ne suis entrée à nouveau dans sa chambre que vers midi. »

Hannasyde l'interrompit. « Un instant, je vous prie. Vous dites que vous n'êtes pas retournée la voir avant midi. Mais à quelle heure l'aviez-vous laissée ? »

Mrs Matthews lissa les plis de sa jupe d'une main assez nerveuse : « Je ne crois vraiment pas que je puisse vous le dire. Je n'ai pas regardé ma montre. Après tout, pourquoi l'aurais-je fait ?

— A quelle heure vous levez-vous en général ?

— Oh, quand j'ai déjeuné. Je ne prends jamais que du thé et un peu de toast, alors...

— Entendu. Mais je veux savoir à quelle heure vous vous levez le matin.

— Vraiment, commissaire, vous ne pouvez pas attendre de moi que j'établisse un horaire détaillé de... »

Pour la première fois, Edward Rumbold prit la parole. « Je crois que vous vous levez toujours à peu près à la même heure, Mrs Matthews, n'est-ce pas ? Entre neuf heures et demie et dix heures, il me semble.

— Oui, en général, admit-elle. Mr Rumbold, commissaire, un très grand ami. Il a été d'une gentillesse...

— Oh, vous savez, je ne crois pas que le commissaire soit très intéressé par ce que vous appelez ma gentillesse, chère madame, fit remarquer Rumbold. Stella, pouvez-vous nous aider pour ces histoires d'heure ? »

Elle hésita : « Vous voulez dire... quand Maman a mis tante Harriet au lit ?

— Oui. Votre maman est trop bouleversée pour se rappeler très exactement, mais bien sûr, le commissaire doit savoir cela, répondit-il, rassurant. Si vous le savez, il faut lui dire. »

Elle le regarda d'un air un peu effrayé, mais il répéta calmement : « Le savez-vous, Stella ?

— Eh bien, oui. Je sais qu'il était juste dix heures quand je suis montée, parce que l'horloge dans le hall sonnait. Maman sortait de la chambre de tante Harriet avec... » Voyant les yeux de sa mère fixés sur elle, elle s'arrêta net.

« Avec quoi, Miss Matthews ? »

Elle eut un petit rire. « Oh, j'allais dire avec sa robe de chambre, mais je suppose que ça n'a pas de rapport. » Et elle poursuivit, un peu de rouge aux joues : « J'ai demandé si tante Harriet était plus mal et Maman m'a dit qu'à son avis ce n'était pas grand-chose, mais qu'elle l'avait mise au lit et... lui avait donné quelque chose à prendre. Alors je suis descendue à la cuisine et je suis sortie faire les courses.

— Merci. » Hannasyde se tourna de nouveau vers Mrs Matthews. « Il semble donc que vous ayez quitté votre belle-sœur à dix heures. Êtes-vous sortie ensuite ?

— Sortie ? répéta Mrs Matthews. Non, j'avais des quantités de petites choses à faire dans la maison.

— Et entre dix heures et midi, vous n'êtes pas retournée dans la chambre de Miss Matthews ?

— Non. J'ai écrit des lettres et puis j'avais à m'occuper des fleurs.

— Vous n'avez pas jugé bon de passer voir si elle avait besoin de quelque chose ? »

Mrs Matthews répondit avec beaucoup de dignité : « Non, commissaire. Quand je l'ai quittée, ma belle-sœur était somnolente et j'ai jugé bien préférable de la laisser faire un bon somme. »

Il accepta l'affirmation sans commentaire et demanda : « A midi, quand vous êtes entrée dans sa chambre, il ne vous a pas semblé que quelque chose clochait ?

— J'ai pensé qu'elle dormait encore. J'ai ouvert la porte très doucement, juste pour passer le nez. Elle était couchée sur le côté, elle avait l'air de dormir. Les rideaux étaient tirés, alors, bien entendu, je n'y voyais pas très clair. Je suis repartie et c'est seulement au moment du déjeuner, quand j'ai envoyé ma fille voir comment elle se sentait, que j'ai eu le moindre soupçon de ce qui se passait. Même alors, je ne pouvais pas croire qu'elle était morte. Mon fils a appelé immédiatement le médecin. C'est lui qui nous a annoncé la terrible nouvelle.

— Merci, dit Hannasyde. Mr Matthews, est-ce que vous êtes resté ici ce matin ?

— Oui.

— Tout le matin ?

— Oui, je travaillais dans ma chambre. Encore autre chose ?

— Non, rien, merci. Mais je voudrais interroger la femme de chambre qui a monté le thé de Miss Matthews.

— Bon, je vais la sonner, déclara Guy en se dirigeant vers la sonnette.

— Peut-être, dit Hannasyde, pourrais-je la voir dans une autre pièce ? »

Guy rougit : « Oh, certainement, où vous voudrez.

— Je souhaiterais beaucoup que vous attendiez d'avoir la preuve que ma belle-sœur a été empoisonnée, dit Mrs Matthews, très raide. Tout cela dérange énormément les domestiques et nous manquons déjà de personnel. D'ailleurs, Mary ne peut pas vous en dire plus que nous, parce qu'elle ne sait rien.

— Dans ce cas, je ne la garderai pas longtemps. »

Beecher entra. Guy lui dit : « Oui, j'ai sonné, Beecher. Conduisez le commissaire dans le petit salon, voulez-vous, et envoyez-lui Mary.

— Très bien, monsieur. » Beecher ouvrit la porte pour laisser passer Hannasyde et le conduisit au petit salon de l'autre côté du hall.

Au bout de quelques minutes, Mary apparut, l'œil rond, l'air affolé, et resta plantée à un pas de la porte, les mains derrière le dos, tremblotante.

Hannasyde lui dit bonjour, lui demanda son nom — qu'elle lui donna — et enchaîna : « Je ne vais pas vous retenir longtemps. Je voulais seulement que vous me disiez qui a fait le thé de Miss Matthews ce matin et qui le lui a monté.

— Mrs Beecher, elle a fait le thé, monsieur. C'est moi que j'ai monté les plateaux — moi et puis la fille de cuisine.

— Qui de vous deux a monté le plateau de Miss Matthews ?

— Ça, je sais pas trop, monsieur. La fille de cuisine ; elle a monté que deux plateaux et elle les a mis sur la table du palier. Je peux pas me rappeler au juste lesquels que c'étaient.

— Est-ce que la fille de cuisine est redescendue une fois qu'elle a eu posé ses plateaux sur la table ?

— Oh, oui, monsieur ! Elle les a montés que pour donner un coup de main. Elle entre pas dans les chambres, jamais.

— Non, je vois. Et quel est le plateau que vous avez porté en chambre le premier ? »

Mary rougit et se percha sur une jambe : « Oh ben, celui de Mr Guy. Qu'est-ce qu'il aime son thé bien chaud !

— Vous êtes restée longtemps dans sa chambre ?

— Oh, non, monsieur, répondit Mary, très choquée. J'ai juste posé le plateau à côté du lit et tiré les rideaux, des choses comme ça.

— Des choses comme quoi ?

— Eh ben, j'ai rangé un peu la chambre et mis son eau chaude sur le lavabo pour quand il se rase, et puis je l'ai réveillé.

— Donc, vous avez pu rester à peu près cinq minutes.

— Oui, je pense que ça pouvait faire à peu près ça.

— Quand vous êtes ressortie, est-ce qu'il y avait quelqu'un sur le palier ?

— Oh, non. Pourquoi qu'il y aurait quelqu'un de sorti à cette heure-là ?

— Je voulais savoir, simplement. Ensuite, vous avez porté quel plateau ?

— C'était l'eau chaude de Mrs Matthews. Elle prend pas de thé.

— Vous l'avez réveillée aussi ? »

Mary secoua la tête : « Elle est toujours réveillée

le matin. Elle dort jamais après six heures, elle me l'a dit.

— Ah, vraiment. Et ensuite, quel plateau ?

— Celui de Miss Harriet. Elle était réveillée aussi.

— Est-ce qu'elle avait l'air bien à ce moment-là, ou est-ce qu'elle s'est plainte de se sentir mal à l'aise ?

— Non, monsieur, elle a rien dit là-dessus. Elle était comme d'habitude.

— Êtes-vous entrée dans sa chambre de nouveau pendant la matinée ?

— Non, je l'ai jamais revue, répondit Mary, des larmes toutes prêtes lui montant aux yeux. Mrs Matthews avait dit qu'il fallait pas que personne la dérange. »

Hannasyde ne lui posa plus de questions et l'envoya chercher le maître d'hôtel, à qui le Dr Fielding avait confié la clef de la chambre de Miss Matthews. Le brigadier, qui avait poursuivi ses investigations parmi les domestiques, le rejoignit et ils montèrent ensemble, escortés par Beecher.

A première vue, la pièce ne leur apprit rien. Le commissaire se débarrassa de Beecher, puis ferma la porte. « Si elle a été empoisonnée, la substance a pu être mise dans son thé du matin, dit-il. Apparemment, le plateau a été laissé quelques minutes sur la table à l'extérieur, pendant que la femme de chambre portait le thé du jeune Matthews dans sa chambre. Ou alors dans le médicament que Mrs Matthews a donné à la malheureuse. Cela supposerait qu'elle se sentait déjà mal à l'aise, pour des causes purement naturelles, bien sûr. »

Le brigadier fit la moue : « C'est ce que j'appellerais un crime culotté, patron. Si c'est encore de la nicotine, ça aurait l'air d'être le travail de la même personne. Ma foi, j'ai vu des gens qui avaient réussi un assassinat bien combiné se croire assez malins pour pouvoir en commettre un second sans se faire épingler, mais récidiver avant que la police en ait fini avec le premier, ça, ça me paraît vraiment dingue ! En plus, si c'est un assassinat, il n'y a que Mrs Matthews qui aurait pu le commettre, à ce que je vois. Elle prend ça comment ?

— Elle est pas mal chamboulée. Mais il est bien difficile de savoir quoi penser avec quelqu'un qui est aussi faux.

— C'est là où la psychologie intervient, décréta le brigadier, sagace.

— Je recherche les mobiles, merci. Elle en avait un pour supprimer Gregory Matthews, mais empoisonner une femme parce qu'on veut sa part de maison, ça paraît un peu gros.

— Oh, j'en sais rien. » Méditatif : « Dans les meurtres les plus moches qu'on a eu à traiter, il y en a qui étaient commis pour des raisons que personne dans son bon sens aurait trouvées suffisantes. Mais ce que je voudrais savoir, chef, c'est où on va coller notre cher Hyde, maintenant. »

Hannasyde secoua la tête. « Ça me dépasse. Il n'a peut-être pas de place du tout ; nous avons peut-être perdu notre temps à le rechercher. » Il jeta un coup d'œil autour de la pièce. « Hemingway, je veux avoir tout ce qui a pu contenir du poison. Tout, vous m'entendez ? Ramassez les pilules et les médicaments et les crèmes de beauté et les lotions.

— D'accord, dit allègrement le brigadier. Mais on ne sait pas encore que c'était du poison, hein ?

— Vous avez entendu Fielding. Il a vu un cas

d'empoisonnement par la nicotine et il pense que c'en est un autre.

— S'il a raison, c'est qu'il y a quelqu'un de vraiment vachard qui se défoule, remarqua le brigadier ? Et puis en plus, ça simplifierait rien. Bien sûr, si c'est Mrs Matthews, l'affaire est réglée tout de suite, mais alors il faut faire un trait sur Hyde et sur le jeune Randall. Et ça, chef, ça me plaît pas. Hyde est bougrement mystérieux et moi, les mystères, je m'en méfie, et le jeune Randall cache quelque chose. » Il s'était approché du lavabo et examinait un flacon de dentifrice. « Mais que ça soit l'un ou l'autre, pourquoi dégommer une pauvre vioque inoffensive comme Miss Matthews ? Ça n'a pas de sens. Vous le voulez, ce gargarisme ?

— Oui, et ce tube de pommade.

— C'est pas de la pommade, c'est de la pâte dentifrice. Il y en a un autre, mais il est vide.

— Prenez-le quand même. Cette fois, je ne laisse rien au hasard.

— A votre idée, patron, mais si vous voulez mon avis, le meilleur endroit pour du poison, c'était le thé ou le remède que Mrs Matthews a donné à la vieille nénette, d'après ce que vous dites.

— Oui, mais il faut tout essayer. La vaisselle du thé a été lavée depuis des heures, de même que le verre gradué. » Il s'arrêta brusquement : « Est-ce qu'on ne garde pas les feuilles de thé pour absorber la poussière quand on balaie les planchers ?

— Juste, répondit le brigadier, qui reposa la boîte de pastilles pour la toux qu'il tenait. Je vais voir si je peux mettre la main sur la récolte du jour. »

Mais il ne tarda pas à revenir — bredouille.

« Pas dans les habitudes de la maison. Préférence

très nette pour l'Electrolux. Dans des cas comme ça, on peut comprendre pourquoi les gens parlent de malédiction pour l'époque des machines. Les feuilles de thé sont brûlées avec tous les autres détritus. » Il se mit à ranger dans sa sacoche tous les pots et les flacons que Hannasyde avait réunis.

« Ça jase dans le coin des domestiques, je vous le dis. Ils n'aiment pas Mrs Matthews. Il y a eu pas mal de frictions, comme on pourrait dire, depuis que le vieux est mort. Ils disent que Miss Stella s'en va parce qu'elle ne voulait pas vivre avec sa tante. La cuisinière ne peut pas piffer Mrs M. Mais en même temps, elle dit que Harriet M. avait complètement perdu la boule la semaine dernière. Une vraie rage d'économies. Je trouve qu'il y a pas mal de choses contre Mrs M., en somme. »

En redescendant, ils rencontrèrent Edward Rumbold qui les attendait dans le hall. Il demanda : « Vous partez, commissaire ? Mrs Matthews aurait bien aimé savoir quand vous comptez avoir les résultats de l'autopsie.

— Je ne peux pas répondre à cette question-là, dit Hannasyde. Je n'en sais trop rien moi-même. Dans pas très longtemps, je pense. »

Il regarda attentivement Rumbold et lui demanda : « Vous êtes un ami intime de la famille, Mr Rumbold ?

— J'habite la porte à côté, répondit Rumbold. Je peux dire, je crois, que je suis un ami assez intime.

— Vous connaissiez bien le défunt Mr Matthews ? »

Rumbold esquissa un sourire : « Je l'ai connu, certainement. Mais bien, je doute qu'on puisse dire cela de qui que ce soit.

— Peut-être pouvez-vous m'aider pour une petite chose. Est-ce que Mr Matthews vous a jamais parlé d'affaires auxquelles il s'intéressait ? »

Rumbold fronça les sourcils : « Je ne comprends pas bien. Vous voulez parler de spéculations ? Il m'a demandé une fois ou deux mon avis sur des placements qu'il envisageait.

— Non, ce n'est pas à ça que je pensais. Vous ne savez pas s'il était engagé dans des tractations quelconques dont sa famille ne savait rien ?

— Il ne m'en a jamais dit mot. Des transactions de quel genre ?

— Ça, je ne sais pas. Je pensais que Mr Matthews aurait pu se confier à vous. »

Rumbold secoua la tête. « Non, il ne m'a jamais parlé de choses de ce genre. »

Hannasyde soupira et dit : « Il semble avoir été très réticent. Dites-moi, est-ce que vous l'avez vu le jour de sa mort ?

— Non, j'étais en voyage. Je ne suis rentré que la semaine dernière.

— Ah, je vois. Alors n'en parlons plus : d'ailleurs, ça n'a pas grande importance. »

En rejoignant la famille dans la bibliothèque, Edward Rumbold ne fit aucune allusion à sa conversation avec le commissaire ; il se borna à indiquer que Hannasyde ne lui avait pas dit quand il comptait recevoir le rapport d'autopsie.

« Quelle importance ? dit Stella avec impatience. A quoi bon se boucher les yeux ? Nous savons tous qu'elle a été empoisonnée.

— Ma chère enfant, nous n'en savons absolument rien, répliqua Mrs Matthews. Je t'en prie, essaie de te maîtriser.

— Pourquoi as-tu prétendu que tu ne te rappelais pas qui avait lavé ce verre gradué ? demanda Stella. Maman, pourquoi ? »

Mrs Matthews tripota de nouveau les plis de sa robe.

« Vraiment, Stella, protesta-t-elle, tu devrais bien savoir que la mémoire n'est pas mon point fort. J'ai eu des choses bien plus importantes en tête aujourd'hui que cette histoire de verre lavé ou pas lavé.

— Tu le fais toujours toi-même, tu me l'as dit.

— Très bien, ma chérie, je l'ai donc sûrement lavé moi-même. Ça n'est pas une question vitale, après tout. »

Stella n'avait plus rien à dire, et elle se détourna, cependant que Guy lançait comme s'il avait préparé sa phrase : « Vous savez, je suppose, que j'hérite de tante Harriet.

— Hériter de quoi ? dit Mrs Matthews. Elle n'avait pratiquement pas d'argent. Ne sois pas ridicule, Guy. Et puis, mon cher petit, je trouve que ça n'est pas très délicat de ta part de penser à ce que la pauvre a pu te laisser ou ne pas te laisser, alors qu'elle est morte depuis…

— Il y a à peu près quatre mille livres, coupa Guy. Et Dieu sait que j'en aurais bien l'emploi. »

Stella poussa un petit cri étranglé et sortit précipitamment de la pièce. Dans le hall, ses yeux tombèrent sur le téléphone ; elle s'arrêta net en le regardant, puis, comme si elle cédait à une brusque impulsion, le décrocha et composa un numéro.

Au bout d'un instant, une voix précise répondit et Stella demanda si elle pouvait parler à Mr Matthews.

« Monsieur est sorti, madame, répondit la voix précise.

— Ah, dit Stella. Et quand pensez-vous qu'il rentrera ?

— Je ne pourrais pas vous dire, madame. Est-ce que je peux prendre un message ?

— Non, ça ne fait... oui ! demandez-lui d'appeler Miss Stella Matthews dès qu'il sera rentré. »

Elle reposa l'appareil et se retournant, constata que Guy l'avait suivie hors de la bibliothèque et la regardait avec des yeux ronds.

« Qu'est-ce que tu peux bien vouloir à Randall ? » demanda-t-il.

Elle rougit : « C'est le chef de famille, après tout, et il a dit qu'il nous tirerait de là. En plus, il sait quelque chose.

— Il voudrait surtout qu'on le croie, rétorqua Guy, méprisant. Et si tu peux me dire ce qui l'aurait poussé à se débarrasser de tante Harriet, c'est que tu es rudement maligne. J'ai cru qu'il pouvait avoir quelque chose à voir avec la mort d'oncle Greg, encore que je ne voie toujours pas comment il s'y serait pris, mais mis à part le fait qu'il n'était pas ici quand la tante est morte, je ne comprends absolument pas pourquoi il l'aurait supprimée.

— Je ne sais pas. Je veux dire, je ne crois pas qu'il l'ait fait. Mais tout ça, c'est comme un cauchemar, et lui au moins, il est sain d'esprit. » Elle se tordit les mains. « Pourquoi diable est-ce que tu as sorti toutes ces âneries à propos de l'argent de tante Harriet ? »

Il rit : « D'une part, c'est absolument vrai, et d'autre part, ça se saura forcément, alors pourquoi essayer de le cacher ?

— Guy, tu ne vas pas faire de bêtises, au moins ? lui demanda-t-elle avec inquiétude.

— Ça ne risque rien. Pas de panique. » Et il se dirigea vers le petit salon.

C'est seulement après le dîner que Randall appela, et dès qu'elle entendit la voix suave, Stella s'exclama : « Ah, c'est toi, enfin ? Où étais-tu donc ?

— Aux courses, chérie. Et que mon indignité peut-elle faire pour toi ?

— Randall, il est arrivé une chose affreuse. Tante Harriet est morte. »

Court silence, puis : « Tante Harriet est quoi ?

— Morte, oui. Ce matin. Et ils croient qu'elle a été empoisonnée. » Cette fois, le silence qui accueillit cette nouvelle fut si long qu'elle demanda : « Tu es là ? Je te dis qu'ils croient qu'elle a été empoisonnée.

— J'ai bien entendu, répondit Randall. Je suis quelque peu déconcerté. Puis-je me permettre de te demander qui sont tes “ ils ” ?

— Deryk Fielding et, bien sûr, la police. Je ne peux pas tout te dire au téléphone. On fait une autopsie.

— Et que veux-tu que je fasse, mon petit agneau ? demanda Randall.

— Tu as dit que tu nous tirerais de là.

— Paroles bien imprudentes !

— Tu ne pourrais pas venir ? demanda-t-elle, impatiente.

— Je pourrais, mais je ne le ferai pas. Peut-être demain. Tu veux que je vienne ?

— Je veux que tu tires ça au clair. Tu as dit...

— Ma douce, tu peux oublier tout ce que j'ai dit. Si tante Harriet a été empoisonnée, plus rien de ce que j'ai dit n'a de valeur. Je viendrai te voir demain. »

Elle dut se contenter de cela. Elle ne dit pas à sa mère que Randall allait venir, espérant que cette visite aurait lieu pendant que Mrs Matthews serait à l'église, mais elle revint, en amenant Edward Rumbold avec elle, bien avant que Randall fît son apparition, vers midi et demi.

Mrs Matthews, qui ne semblait pas avoir beaucoup dormi cette nuit-là, était en train de décrire à Edward Rumbold la sensation de paix qui l'avait inondée pendant le service, mais elle s'arrêta net quand Randall entra, et prit une expression fort peu paisible : « Randall ! Je suppose qu'on pouvait s'y attendre !

— On pouvait, mais apparemment on ne le faisait pas, répondit Randall. Je ne voudrais à aucun prix vous interrompre, ma chère tante. Vos expériences spirituelles m'intéressent toujours énormément.

— Matthews, votre tante a eu un grand choc, dit doucement Rumbold.

— Nous avons tous eu un grand choc, convint Randall. Êtes-vous très bouleversée, chère tante Zoé ? Je suis sûr que ce commissaire si bienveillant l'est aussi.

— Qu'est-ce qui vous le fait penser ? demanda Rumbold.

— Eh bien, répondit l'élégant jeune homme en examinant d'un œil critique sa cravate dans la glace au-dessus de la cheminée, la dernière fois où je l'ai vu, il était très occupé à concocter un dossier contre une personne inconnue.

— Qu'est-ce que tu veux dire ? demanda Stella. Ou alors, est-ce que tu essaies simplement d'être drôle ?

— Mon trésor, en cette heure solennelle ? » Randall rencontra son regard dans la glace, et regarda, au-delà, Mrs Matthews assise à côté de Rumbold sur le divan.

— Alors qui, qui est cette personne inconnue ?

— Ne sois donc pas bécasse, ma chérie. » Il n'était toujours pas satisfait de son nœud de cravate. « Bien entendu, personne n'en sait rien. Il s'appelle Hyde, John Hyde. Connaissez-vous un John Hyde, tante Zoé ?

— Non, Randall, pas du tout, et je ne comprends d'ailleurs pas un mot de ce que tu dis.

— Qu'est-ce que votre John Hyde a à voir avec la mort de Miss Matthews ? demanda Rumbold. Qui est-ce ? Je veux dire...

— C'est ce que la police veut savoir, répondit Randall. Ils remuent ciel et terre pour mettre la main dessus. Non pas qu'il ait joué le moindre rôle dans la mort prématurée de ma pauvre tante Harriet. Il est mort, vous comprenez.

— Il est mort ! répéta Rumbold.

— Ou plutôt, poursuivit Randall, l'annonce de sa mort a paru dans le journal il y a plusieurs jours. »

Rumbold le regardait, les yeux ronds : « L'annonce de sa mort a paru dans le journal, mais... mais mon cher Matthews, qu'est-ce que vous nous racontez ? Vous dites d'abord que la police recherche un certain Hyde et ensuite, que l'annonce de sa mort a été publiée. Qu'est-ce qui est vrai ?

— Oh, les deux, répondit Randall, se détournant de la glace pour faire face à son interlocuteur. Les gens de la police sont si méfiants. Ils ne croient pas que Hyde soit mort. En fait, à moins que je ne me trompe du tout au tout, ils le soupçonnent d'avoir assassiné l'oncle Gregory et d'être entré dans la clandestinité. Donc, vous comprenez, la mort de tante Harriet est un coup dur pour eux, puisqu'elle élimine Hyde. »

Stella, qui avait suivi ce dialogue avec une certaine perplexité, demanda alors : « Mais comment quelqu'un dont nous n'avons jamais entendu parler peut-il être impliqué ? Je veux dire, qu'est-ce qu'il avait à voir avec mon oncle et pourquoi l'aurait-il tué ?

— Pourquoi, en effet, répondit Randall.

— Oui, mais qu'est-ce qui fait que la police le soupçonne ?

— Eh bien, il a disparu, tu comprends.

— Oui, mais...

— Ma chérie, ne répète donc pas continuellement “ oui mais ”... Utilise ce qui te sert d'intelligence. La police n'aime pas que les gens disparaissent. Ça fait désordre.

— Tout cela est bien joli, dit Rumbold, mais la police doit avoir des raisons pour le soupçonner, en dehors de sa disparition — ou de sa mort, comme on veut.

— Oh, elle en a. Elle a découvert que notre oncle traitait des affaires avec lui. Alors elle est allée pour le voir et il n'était pas là. Alors elle est allée chercher ses papiers et ils n'étaient pas là non plus.

— Ils n'étaient pas où ? demanda Rumbold.

— Dans un coffre. Tout ça, très mystérieux. Vous demanderez au commissaire. »

Mrs Matthews poussa un gros soupir. « Je ne vois pas le rapport qu'il peut y avoir entre cette calembredaine et la mort de ton oncle, Randall.

— Une fois de plus, exactement dans le mille, ma chère tante Zoé. Elle n'en a absolument aucun.

— Alors, pourquoi perds-tu ton temps à en discuter. Sûrement...

— Uniquement pour faire diversion, dit Randall, toujours suave. Mais je discuterai volontiers de la mort de tante Harriet, si vous préférez. Quand et comment est-elle morte ? »

Mrs Matthews frissonna : « Désolée, Randall. Mais j'ai bien peur de ne pas pouvoir me résoudre à en parler.

— Alors, ma petite cousine Stella me dira tout. » Et Randall se tourna vers elle. « Voudrais-tu faire le tour du patelin très lentement dans ma voiture et m'ouvrit ton petit cœur, ma minette ?

— Bon, dit Stella après un instant d'hésitation. Il faut que tu saches de toute façon. Je vais mettre un chapeau. »

Guy releva très vite la tête. « Écoute, Stella... » commença-t-il, puis il s'arrêta, ne sachant comment poursuivre.

Randall dit avec beaucoup de gentillesse : « J'espère que je ne t'intimide pas, petit cousin. Bien entendu, tu veux lui recommander de ne commettre aucune indiscrétion. »

Ce qui laissait Guy sans un mot à ajouter. Il foudroya du regard Randall, qui lui sourit agréablement et ouvrit la porte devant Stella.

Elle ne le fit pas attendre longtemps et sortit bientôt dûment chapeautée pour monter à côté de lui dans la voiture. « Merci, mon Dieu, de pouvoir échapper à tout ça pendant une demi-heure ! s'exclama-t-elle. C'est horrible, Randall.

— Oh, je ne me faisais pas d'illusions. Je me doutais bien que tu ne venais pas pour le plaisir de ma compagnie, répliqua-t-il en embrayant.

— Désolée. Je ne voulais pas être grossière.

— Ma douce, tu n'es plus toi-même. Il ne faut pas te laisser abattre, tu sais. »

Elle rit, un peu à regret. « En fait, je le suis déjà. Il faut nous aider, Randall. »

Il resta un moment sans répondre, puis dit avec une lenteur affectée : « Qu'est-ce qui te fait supposer que je peux aider ?

— Toi. Tu m'as pratiquement dit que tu savais quelque chose.

— Ton imagination t'égare, ma minette. J'ai dit que je ne voulais pas voir le mystère résolu.

— Eh bien, il faudra qu'il le soit, dit Stella, furieuse.

— J'ai très peur que cela puisse arriver, en effet.

— Randall, qu'est-ce que tu sais ? Pourquoi dis-tu que tu as peur que ça puisse arriver ? Tu n'as pas tué tante Harriet !

— Certainement pas, répondit-il calmement. En fait, je considère ce trépas comme une complication parfaitement inutile. Raconte-moi ce qui s'est passé.

— Eh bien, au petit déjeuner, elle a dit qu'elle ne se sentait pas bien. Le dîner de la veille avait été l'horreur absolue, et Guy a dit que ça venait peut-être de là.

— Pour rendre service, ou en manière de léger persiflage ?

— Léger persiflage. Ton style.

— Il faudra apprendre à m'apprécier plus équitablement, ma chérie. Mon style est unique.

— Entendu, et d'ailleurs tant mieux. Quoi qu'il en soit, tante a été vexée et elle a mangé du bacon pour prouver que la sardine ne l'avait pas incommodée.

— Un instant, je voudrais que les choses soient claires. Est-ce que la sardine joue un rôle décisif dans l'histoire ? Parce que, dans ce cas, il faudrait m'expliquer soigneusement en quoi il a consisté.

— Non, c'était le canapé pour le dîner, c'est tout.

— Si c'était réellement tout, la campagne pour les économies de tante Harriet avait dû prendre des proportions sidérantes. »

Stella poussa un éclat de rire aussitôt étouffé. « Randall, il ne faut pas plaisanter. Ce n'est pas drôle. Et c'est mal à toi de rire de... d'une chose comme ça.

— Je plaide non coupable, ma chérie. Je voulais seulement te faire rire, toi. »

Elle tourna la tête pour le regarder : « Pourquoi ? »

Il sourit : « Une petite Stella si solennelle ! Je n'aime pas cela. Mais continue ce passionnant récit.

— Oh, il n'y a pas grand-chose. Apparemment, elle s'est sentie plus mal après le petit déjeuner et elle est montée le dire à Maman, qui l'a mise au lit et lui a donné une mixture quelconque. Et puis, et puis elle a eu sommeil. Maman a passé le nez dans sa chambre vers midi, mais elle avait l'air de dormir, alors Maman n'a pas voulu la déranger et à l'heure du déjeuner je suis montée pour la voir et... et elle était morte. »

Randall doubla un camion, puis ralentit de nouveau : « Et maintenant, dis-moi tous les bouts que tu as sautés ?

— Je... je n'ai rien sauté, en fait. Sinon que je ne peux pas m'empêcher de penser que la police soupçonne Maman.

— Elle n'a pas l'air d'être la seule dans ce cas, fit remarquer Randall.

— Qu'est-ce que tu veux dire ?

— Si tu n'as pas peur que ta sainte mère soit impliquée dans l'affaire, qu'est-ce qui te tourmente, mon amour ? Dis-moi tout.

— Je n'ai pas peur qu'elle l'ait fait ! Pas du tout, je t'assure. J'ai seulement peur que les apparences soient contre elle et je ne sais pas quoi faire. Elle a lavé le verre dans lequel elle a administré le remède et elle a recommandé que personne n'entre dans la chambre de tante Harriet. C'est ce que n'importe qui aurait fait, Randall, mais la police a donné des allures louches à la chose et je crois que Maman s'en est aperçue, parce qu'elle a dit qu'elle ne se rappelait pas qui avait lavé le verre, et on voyait très bien qu'elle se le rappelait. Et elle n'arrêtait pas de dire qu'elle était sûre que tante avait eu une attaque et... et de trouver des raisons pour ça. Elle a été pire avec Deryk — et je n'ai pas confiance en lui, j'ai peur qu'il ne dise à la police qu'elle s'était gendarmée pour qu'il n'y ait pas d'autopsie. Et si on l'arrêtait ?

— Et si nous attendions de savoir si tante Harriet a été empoisonnée ou pas ?

— Randall, pourquoi ne veux-tu pas nous dire ce que tu sais ? implora Stella. Deryk n'aurait pas dit cela s'il n'en avait pas été à peu près sûr. Et si elle a été empoisonnée, tu ne vois pas que Maman ou Guy (ou moi, je suppose), nous sommes les seuls à avoir le moindre mobile ?

— Que si, répliqua Randall. Mais si vous voulez bien garder la tête froide, tous, vous pouvez encore échapper à la potence.

— Ah, non ! En voilà assez ! s'exclama-t-elle,

indignée. J'ai d'abord cru que tu allais être convenable et prendre les choses sérieusement. J'aurais bien dû me douter que tu te contenterais de persifler.

— Si étrange que cela puisse te paraître, mon amour, je prends les choses avec un sérieux extrême. »

Elle le regarda avec curiosité : « Tu aimais tante Harriet ?

— Pas le moins du monde. Mais je l'aimais infiniment mieux vivante que morte.

— Pourquoi le dis-tu comme ça ?

— Parce que, ma chère Stella, en mourant, tante Harriet a créé une situation effroyablement embarrassante », répondit-il.

CHAPITRE XIII

Le reste du dimanche se passa très inconfortablement. Randall repartit peu après le déjeuner, Mrs Matthews monta se reposer et ses enfants, constatant l'impossibilité de s'occuper dans la maison, sortirent faire une promenade. Mrs Matthews annonça par trois fois au cours de la soirée qu'elle se sentait perdue sans sa belle-sœur et lorsque Guy, dont les nerfs étaient en lambeaux, fit remarquer aigrement qu'il avait eu au contraire l'impression que la vie sous le même toit que Harriet lui était devenue insupportable, elle lui fit un sermon sur les périls de l'exagération et alla se coucher en proclamant très haut qu'elle était non pas irritée mais profondément blessée. Stella reprocha alors à son frère d'avoir provoqué une querelle et Guy, annonçant qu'un mot de plus de sa sœur ou de n'importe quelle autre personne aurait les pires conséquences, sortit en claquant la porte. Après quoi, Stella monta elle aussi se coucher et fut hantée jusqu'au matin par de mauvais rêves.

La louable résolution que Guy avait formée de travailler comme à l'accoutumée dut être abandonnée. Il descendit pour le petit déjeuner, pâle et les yeux battus, but de grandes quantités de thé assez fort et émietta un toast. Ses réponses à Stella affectant une forme exclusivement monosyllabique, elle ne tarda pas à abandonner la partie, acheva son petit déjeuner et s'en alla conférer avec la cuisinière.

Mrs Beecher ajouta sa petite quote-part aux maux de la journée en donnant ses huit jours. Elle et Beecher, dit-elle, regrettaient beaucoup, mais ils se sentaient Tout Chose.

« Ma foi, je ne peux pas dire que ça m'étonne, répondit Stella, toujours candide.

— Non, mademoiselle, et je suis bien sûre que c'est pas votre faute. Mais il faut bien qu'on pense à son intérêt en fin de compte, et qu'on ait tort ou raison, on n'a pas envie, ni l'un ni l'autre, de rester dans une maison où les gens tombent empoisonnés six jours sur sept. C'est pas naturel.

— Non, admit Stella, trop découragée pour faire remarquer une exagération quelque peu poussée. Est-ce qu'il y a besoin de quelque chose en ville ? »

Sur quoi Mrs Beecher exhiba une feuille de papier qui semblait entièrement recouverte d'écriture et dit qu'il y avait juste une ou deux petites choses qui lui manquaient.

Stella prit la liste et monta consulter sa mère.

Mrs Matthews était sur le point de se lever quand sa fille entra. Comme Guy, elle avait les yeux battus et annonça qu'elle avait passé une mauvaise nuit ; voyant le manuscrit de Mrs Beecher, elle gémit faiblement et implora Stella de ne pas la tourmenter avec ça.

« Il y a pire, dit la jeune fille en empochant la liste.

Les Beecher s'en vont. Ils partent à la fin du mois. Faut-il que j'appelle le bureau de placement ? »

Mrs Matthews exprima sa tristesse de voir que tant de gens par le monde pensaient exclusivement à eux et jamais aux autres. Mais après avoir philosophé sur ce ton pendant quelque cinq minutes, elle se rappela qu'elle avait toujours eu l'intention de se débarrasser des Beecher si Gregory lui laissait la maison, donc, c'était en réalité un bien pour un mal. Stella la laissa en train de composer son nouveau personnel et partit faire les courses.

Quand elle revint, presque une heure plus tard, elle trouva son frère en train d'arpenter le hall. Comme elle commentait cette situation avec une défaveur marquée, il tourna vers elle un visage blême et tendu pour lancer abruptement : « La police est là. Elle a été empoisonnée. »

Stella posa ses paquets avec précaution sur la table et dit après un court silence : « Eh bien, nous le savions, pratiquement. Qu'est-ce que c'était ?

— Nicotine. Comme oncle Greg. »

Elle hocha la tête : « C'était couru. Où sont les sbires ?

— Dans la bibliothèque, avec Maman. Ils n'ont pas voulu que je reste.

— Ils ont trouvé dans quoi le poison avait été mis ?

— Non. Du moins, je ne crois pas. Ils ont pris des tas de remèdes et de trucs dans la chambre de tante Harriet, samedi. Je suppose qu'on n'a pas encore eu le temps de les analyser. »

Stella ôta lentement ses gants et étira les doigts : « Tant qu'ils ne savent pas comment la nicotine a été administrée, il n'y a pas lieu de paniquer, dit-elle.

— Personne ne panique, répondit-il, irrité. Mais ils vont s'acharner sur le mobile. Je te dis que j'ai pensé à tout depuis A jusqu'à Z. Quand oncle Greg est mort, pas de problème. N'importe qui pouvait l'avoir fait. Mais la mort de tante Harriet a ramené le nombre des suspects à deux, Maman et moi. Et ce qui est grave, c'est que nous avons des motifs pour les deux meurtres. Personne d'autre n'avait l'ombre d'une raison pour dégommer tante Harriet. Inutile de se leurrer, les faits sont là : l'un de nous va être arrêté — peut-être les deux.

— Ne sois pas idiot ! Ils ne peuvent rien prouver, voyons, comment pourraient-ils ? »

Guy interrompit son mouvement giratoire et s'arrêta devant la table, face à sa sœur : « Si tu veux bien prendre la peine de regarder les choses en face, tu verras qu'ils ne manquent pas d'éléments pour ficeler un dossier très moche contre nous, dit-il avec force. J'étais acculé, et pour rien au monde je ne serais allé en Amérique du Sud, alors j'ai empoisonné mon oncle. Ensuite, j'ai découvert que tante Harriet m'avait laissé son argent et comme je suis sans le sou, je l'ai refroidie aussi.

— Personne ne commettrait un meurtre pour 4 000 livres, dit Stella.

— Ah, tu crois ça ? Eh bien tu te berlures sévère, ma vieille, on commet des meurtres pour bien moins que ça.

— A ce compte-là, j'aurais pu aussi la tuer parce qu'elle rendait la maison invivable.

— Je ne crois pas. Bien sûr, tu aurais pu estourbir l'oncle parce qu'il menaçait de ruiner Fielding, mais ça n'est pas très vraisemblable non plus, surtout maintenant que vous avez rompu. C'est Maman que la police soupçonne. Elle était en train de s'habiller quand ils sont arrivés et je leur ai parlé d'abord. Le commissaire m'a posé un tas de questions — bougrement gênantes ; d'ailleurs, ces foutus domestiques ont dû parler. Si tu réfléchis, tu dois bien voir que tout ça peut paraître vachement suspect. Tu te rappelles l'engueulade entre Maman et oncle Greg au sujet de mon départ pour le Brésil ? Bien sûr, tu te rappelles, c'est la seule qu'elle ait jamais eue avec lui et toute la maison est au courant. Mais à mon avis, ça serait bien moins grave si elle n'avait pas tout à coup arrêté les hostilités pour devenir tout sucre et tout miel.

— Oh, ça, c'est Maman, dit très vite Stella. En partie parce qu'elle se rappelait qu'elle était chrétienne et en partie parce qu'elle espérait amadouer l'oncle. Tous ceux qui la connaissent reconnaîtraient ce numéro-là.

— Mais justement, la police ne la connaît pas. D'ailleurs, même moi, j'ai été soufflé qu'elle cède si vite. Et apparemment elle a dit à la police qu'elle n'avait jamais pris au sérieux l'histoire du Brésil ; or ça, c'est une grosse blague. Je parierais bien que les domestiques sont prêts à jurer qu'elle n'avait encore jamais rien pris autant au sérieux que ça. Et puis, tu sais comment elle est. Toujours persuadée que les choses se sont passées exactement comme elle veut le croire, en conséquence de quoi elle sort des blagues tellement idiotes qu'un bébé de six mois les détecterait.

— Oui, mais enfin, la police ne peut pas croire qu'elle a tué tante Harriet simplement pour avoir cette maison à elle toute seule ? »

Guy frappa la table de ses paumes ouvertes. « Ne

sois donc pas si gourde ! Tu ne te rends pas compte qu'oncle Greg a laissé deux mille livres par an pour l'entretien de la propriété ? Bon, les choses étant ce qu'elles sont, non seulement tante Harriet régentait tout, mais deux mille livres, c'était tout juste assez. Elle partie, ça laisse une bonne marge. Tu vois, maintenant ?

— Non, je ne vois pas, riposta Stella, très résolue. Cet argent, tante Harriet n'en avait pas la libre disposition, elle ne pouvait pas en faire ce qu'elle voulait.

— Merci, je sais dans quelles conditions il a été laissé. Les curateurs paient les taxes, les impôts et les trucs comme ça, mais le solde est versé tous les trimestres à la banque et tant que le compte n'est pas à découvert, personne n'a à s'occuper de la manière dont le fric est dépensé.

— Oui, je vois, fit Stella. Mais quand même, c'est un peu raide de penser à une chose pareille pour Maman, quels que soient ses défauts.

— Ça n'est pas ce que je pense qui compte. C'est ce que la police va penser, dit Guy.

— J'imagine qu'ils y regarderaient à deux fois avant de l'arrêter. Si elle avait voulu se débarrasser de tante Harriet, elle aurait sûrement pu attendre que la mort de l'oncle Greg ait été un peu oubliée. Je veux dire, faire ça maintenant, c'est chercher la difficulté.

— Non, là je ne suis pas de ton avis, rétorqua aussitôt Guy. Si elle l'a fait, elle a probablement pensé que ce serait plus sûr pendant que la police était complètement dans le brouillard au sujet du meurtre précédent. Avec des tas de gens à soupçonner. Si elle avait attendu, elle aurait sans doute été le seul suspect. Une idée de ce genre-là a pu lui passer par la tête. »

Stella frissonna. « C'est trop horrible. Tais-toi, je t'en prie. Et ce type dont Randall a parlé — je ne peux pas me rappeler son nom ?

— Quel type ? Ah, cette ineptie ! Je ne sais pas. J'ai eu l'impression que c'était Randall qui voulait faire l'intéressant.

— Non. Il était sérieux.

— Eh bien, dans ce cas-là, je ne vois pas quel rapport son histoire pouvait avoir avec la mort de tante Harriet.

— Non, admit Stella, accablée. Randall a dit ça aussi. » Elle jeta un regard vers la porte de la bibliothèque. « Il y a longtemps que Maman est claquemurée avec la police ?

— Une vingtaine de minutes. » Guy se remit à arpenter le hall. « Je ne comprends pas Maman, dit-il. En général, elle ne se laisse pas aller. Elle n'a pas manifesté grand-chose quand oncle Greg est mort. Mais cette fois, elle a l'air drôlement secouée.

— Il y a de quoi secouer n'importe qui.

— En tout cas, je voudrais bien qu'elle arrête de répéter à tout le monde que tante Harriet va tant lui manquer. Ça sonne faux à faire dégueuler un rat. »

Stella considéra le problème : « Imagine-toi que je n'en suis pas si sûre. Il est très possible qu'elle la regrette. »

Guy la regarda, sidéré : « Elles étaient comme chien et chat !

— Oui, je sais, mais — elles étaient terriblement habituées l'une à l'autre, et elles faisaient souvent cause commune contre oncle Greg ou tante Gertrude, et si jamais l'une d'elles était malade, l'autre se précipitait pour la soigner.

— Ça, c'est plutôt dommage, dit Guy d'un ton lourd de sous-entendus. Pourquoi diable est-ce que Maman lui a donné un remède à elle au lieu d'envoyer chercher le docteur ? Et puis, quelle idée de défendre d'entrer dans cette chambre ? Les domestiques disent tous qu'elle leur a recommandé expressément de ne pas la déranger. Et on a su aujourd'hui qu'elle avait même défendu à Mary de balayer le palier, ce matin-là.

— Mais n'importe qui l'aurait fait, répéta Stella. Tante avait dit qu'elle était somnolente, alors, tout naturellement, Maman n'a pas voulu laisser Mary tournicoter juste devant la porte de la chambre. »

Guy allait répondre quand la porte de la bibliothèque s'ouvrit et Mrs Matthews, la main encore sur la poignée, dit d'une voix faible : « Stella, j'ai besoin de toi. »

Ses deux enfants se précipitèrent vers elle et Stella lui passa un bras autour de la taille en disant : « Ne t'inquiète pas, Maman, je suis là. Qu'est-ce que c'est ? »

Mrs Matthews la conduisit dans la pièce. « Ma chérie, je veux que tu essaies très fort de te reporter au matin de la catastrophe. Te souviens-tu, quand ta pauvre tante Harriet s'est sentie mal, que nous avons discuté toutes les deux pour savoir s'il fallait appeler le docteur Fielding ou pas ?

— Oui, bien sûr », répondit Stella qui se rappelait uniquement avoir entendu sa mère dire qu'un médecin était tout à fait inutile. Elle regarda Hannasyde debout de l'autre côté de la pièce et soutint son regard sans flancher : « Je pensais que ce n'était pas du tout nécessaire. »

Au lieu de lui répondre, Hannasyde s'adressa à sa mère : « Mrs Matthews, nous perdons notre temps. Le fait demeure que vous n'avez pas demandé de médecin alors qu'il aurait dû être évident pour une femme de votre expérience que votre belle-sœur était très sérieusement incommodée. »

Stella sentit les doigts de sa mère se crisper inconsciemment sur son bras : « Mais ce n'était pas évident du tout, protesta Mrs Matthews d'une voix basse et trémulante. Je savais qu'elle se sentait mal et je voyais qu'elle avait un mauvais teint. Mais j'ai attribué son malaise à une violente indigestion. Elle n'avait jamais eu ce que j'appelle un teint de santé.

— Mrs Matthews, votre belle-sœur a bien dû éprouver d'autres symptômes. Est-ce qu'elle ne vous a pas parlé de crampes ou de fourmillements dans les bras, ou même d'une sensation de froid très marquée dans les pieds et les mains ?

— Je ne me rappelle que de nausées et de vertiges. Elle a peut-être dit qu'elle avait froid, mais je m'y serais attendue. Je lui ai donné une bouillotte.

— Et pourtant, quand Miss Matthews a croisé le maître d'hôtel en montant dans sa chambre, il a été frappé par sa mauvaise mine et il lui a semblé qu'elle était essoufflée, comme si elle avait couru.

— Qu'il dit, coupa Guy, méprisant. Les domestiques racontent n'importe quoi pour faire sensation.

— Si c'est une invention, Mrs Matthews, il est tout de même curieux que l'essoufflement qu'il a décrit soit l'un des symptômes de l'empoisonnement par la nicotine. Vous ne l'avez pas remarqué, Mrs Matthews ?

— Si je l'avais remarqué, je l'aurais attribué à une simple faiblesse, répondit Mrs Matthews.

— Votre belle-sœur ne vous a pas dit qu'elle se sentait très mal ? »

Mrs Matthews égrena un petit rire argentin. « La pauvre Harriet n'a jamais été portée à minimiser ses petites misères, dit-elle. Elle a peut-être bien dit qu'elle se sentait très mal. Mais j'étais si habituée à la manie qu'elle avait d'exagérer le moindre malaise que je n'attachais pas grande importance à ce qu'elle disait, hélas ! Il me paraissait évident qu'elle avait l'estomac tout à fait sens dessus dessous et j'ai fait exactement ce que j'aurais fait pour un de mes enfants. »

La voix du commissaire, d'un calme implacable, l'interrompit : « Pourtant, Mrs Beecher qui la connaissait depuis sept ans et demi assure qu'elle ne s'écoutait pas. »

Les yeux de Mrs Matthews lancèrent des éclairs : « Mrs Beecher n'en sait absolument rien. Il est trop évident que ma belle-sœur ne se confiait pas à la cuisinière. Stella, tu sais bien les histoires ridicules que faisait ta tante quand elle avait fût-ce un simple rhume de cerveau ?

— Mrs Matthews, je suis sûr que votre fille corroborera toutes vos assertions, mais vous devez bien comprendre que sollicité de cette façon, son témoignage ne peut avoir aucun poids pour moi.

— En somme, commissaire, on en arrive à ce que vous préférerez croire la parole des domestiques plutôt que la mienne.

— On en arrive à ceci : vous n'avez pas été franche avec moi et vous ne l'êtes toujours pas. En toute équité, je dois vous dire que je ne suis pas satisfait de votre déposition. Je vous avertis que votre refus obstiné de vous rappeler des circonstances qui, j'en suis convaincu, ne peuvent pas être sorties de votre mémoire, risque d'avoir des conséquences très sérieuses. »

Guy, qui était resté immobile, le dos appuyé à la porte, s'avança soudain au milieu de la pièce et dit : « Stella, laisse Maman s'asseoir. Écoutez, commissaire, ma mère n'a rien à voir avec ces meurtres, ni avec l'un, ni avec l'autre et je ne permettrai pas qu'elle soit rudoyée par vous, ou par qui que ce soit d'autre. Ce que disent les Beecher n'a aucune valeur. Ils n'aiment pas ma mère et ils ont reçu leur congé. Au petit déjeuner, ma tante ne s'est plainte des symptômes dont vous avez parlé ni à ma sœur ni à moi et nous n'avons trouvé ni l'un ni l'autre qu'elle avait l'air particulièrement malade.

— C'est très possible, dit Hannasyde. Il s'est écoulé un peu de temps entre le moment où vous avez vu votre tante au petit déjeuner et celui où elle a rencontré le maître d'hôtel dans le hall. J'apprécie les sentiments dont vous faites preuve, Mr Matthews, mais cette sorte d'interruption n'arrange rien, je vous assure.

— Il y a une chose dont vous n'avez pas l'air de tenir compte, poursuivit Guy, négligeant cet avertissement. Nous pouvons certifier, ma sœur et moi, que ma tante s'est plainte de ne pas se sentir bien au petit déjeuner avant d'avoir vu ma mère. Si vous vous imaginez qu'il y avait de la nicotine dans le remède que ma mère lui a donné, je vous rappelle qu'elle l'a bu au moins une heure après le commencement de ses malaises et — puisque vous accordez tant d'importance à ce que dit Beecher — après qu'il l'a rencontrée dans le hall où il lui avait trouvé mauvaise mine.

— J'en suis parfaitement conscient, Mr Matthews.

— C'est complètement absurde, dit Mrs Matthews en passant un mouchoir sur ses lèvres, mais le commissaire semble penser que j'aurais pu mettre ce terrible poison dans le thé du matin de votre tante. » Elle sourit faiblement et ajouta : « Si ce n'était pas une idée aussi pénible, si blessante pour tout ce que l'on est, pour tout ce que l'on sent, j'en rirais ! Je n'ai pas la moindre idée de ce qui a été fait des théières et des plateaux et je ne me suis éveillée qu'au moment où la femme de chambre est entrée chez moi, alors je ne vois vraiment pas comment j'aurais pu toucher à la théière de votre tante.

— Vous dites que vous ne vous êtes éveillée qu'au moment où la domestique est entrée dans votre chambre, Mrs Matthews, mais elle assure que vous étiez déjà éveillée quand elle est entrée. Êtes-vous tout à fait sûre de me dire la vérité ?

— Je suppose, répondit Mrs Matthews sur le mode tragique, que vous avez toute liberté pour m'insulter autant que vous le voulez. Il ne vous reste plus qu'à m'arrêter. Je suis même étonnée que vous ne l'ayez pas encore fait. »

Hannasyde ne répondit pas immédiatement et Guy, qui à l'allusion au thé du matin avait jeté un regard horrifié à sa sœur, lâcha alors le dossier du siège de sa mère et dit en hachant les mots : « Personne ne va t'arrêter, Maman, je peux te l'assurer. Vous êtes très fort, commissaire, mais c'est moi qui ai empoisonné ma tante, et non pas ma mère.

— Guy, imbécile ! » s'exclama Stella.

Sans prêter la moindre attention à sa sœur, il regarda Hannasyde bien en face, cependant que Mrs Matthews, très tendue, disait : « Ce n'est pas vrai. Ne l'écoutez pas. Je sais que ce n'est pas vrai. »

Hannasyde répondit au défi des yeux étincelants de Guy par un regard fort énigmatique : « Comment avez-vous empoisonné votre tante, Mr Matthews ?

— Dans son thé, répliqua aussitôt Guy. Le thé qu'elle a bu au petit déjeuner. J'étais descendu le premier. Je savais que ma sœur prenait toujours du café. Quand je vous ai dit que j'avais bu du thé ce jour-là, j'ai menti. J'ai bu du café.

— Non, Guy, non ! dit sa mère. Tu ne sais pas ce que tu dis. Commissaire, mon fils essaie simplement de me protéger. Il n'y a pas un mot de vrai dans tout ce qu'il dit. Vous voyez bien vous-même...

— Vous avez également empoisonné votre oncle, Mr Matthews ?

— Oui, dans le whisky, répondit Guy, que rien, apparemment, n'arrêtait.

— Cesse donc ton cirque ! lança Stella, furieuse. Qu'est-ce que tu crois obtenir avec tes gestes dramatiques ? Tu n'as pas bu de café ce matin-là, pas plus que les autres matins. Tu n'aimes pas le café. Tu te comportes comme le héros d'un petit roman à quatre sous. »

Sans lui prêter la moindre attention, Guy s'adressait toujours au commissaire. « Eh bien, est-ce que vous avez un mandat d'arrêt ?

— Non, malheureusement je n'en ai pas.

— Eh bien, allez en demander un.

— Je n'y manquerai pas dès que j'aurai des motifs suffisants pour le faire, promit Hannasyde.

— Je ne sais pas ce que vous voulez de plus », rétorqua Guy, quelque peu aplati.

A ce moment, le brigadier Hemingway entra dans la pièce et tendit une enveloppe cachetée à son supérieur :

« Excusez-moi, je vous prie », dit celui-ci, très protocolaire ; il déchira l'enveloppe, déplia la seule feuille qu'elle contenait, jeta un coup d'œil sur les quelques lignes dactylographiées, puis regarda Guy, qui réagit aussitôt : « Vous perdez votre temps à harceler ma mère. Je vous ai dit ce qui s'est passé. Maintenant finissons-en et arrêtez-moi.

— Désolé, Mr Matthews, mais vous ne m'avez pas fourni des preuves suffisantes pour que je demande un mandat d'arrêt. Vous avez déclaré avoir mis le poison dans le thé de votre tante, mais Miss Matthews n'a pas avalé la nicotine qui l'a tuée. »

Ces mots firent tomber un brusque silence stupéfait, que Guy rompit : « Qu'est-ce que vous voulez dire ? Elle ne l'a pas avalée ? Il faut bien qu'elle l'ait avalée.

— J'étais persuadé que vous n'en saviez pas autant que vous le prétendiez, déclara Hannasyde. La nicotine n'est pas passée par l'estomac. Elle a été absorbée par les tissus de la bouche. » Il brandit la feuille de papier. « J'ai le rapport d'analyse que j'attendais. Le véhicule au moyen duquel votre tante a été empoisonnée, c'est un tube de pâte dentifrice.

— Un tube de pâte dentifrice ? » répéta Guy, ahuri, après quoi il resta silencieux.

Hannasyde replia le rapport et le glissa dans son calepin. La calme assurance de ses mouvements semblait fasciner Stella, qui les suivait des yeux, plongée dans une sorte d'hébétude, tandis que les pensées s'entrechoquaient dans sa tête. Elles finirent par s'exprimer en une phrase jaillie étourdiment : « Alors n'importe qui a pu le faire !

— Je ne crois pas, Miss Matthews. »

Mrs Matthews prit alors la parole, avec quelque chose de son ancienne suavité : « Stella, ma chérie, assieds-toi et tais-toi. Tu ne sais rien de tout cela, ma chère enfant, il ne faut pas interrompre continuellement. » Elle se tourna vers Hannasyde pour lui dire avec grâce : « Vous voyez, commissaire, à quel point vos soupçons étaient absurdes. Mais enfin, nous n'en parlerons plus. Je comprends, bien sûr, que votre devoir vous oblige à soupçonner tout le monde. Mais quelle nouvelle stupéfiante ! Un tube de pâte dentifrice ! Vous voulez dire, je pense, que le poison a été injecté dedans. Avec une seringue hypodermique, à n'en pas douter. Personne dans la maison, je crois, ne possède ce genre de chose. Quelle terrible, terrible pensée ! Dire que ma pauvre belle-sœur... »

Guy eut un geste d'impatience, comme pour la faire taire : « Comment est-ce que ça a été fait ! demanda-t-il. Vous pouvez nous le dire ?

— Certainement, répondit Hannasyde. Selon toute probabilité, le poison a été injecté, comme votre mère semble s'en être rendu compte, au moyen d'une seringue enfoncée dans l'extrémité du tube et poussée un peu plus haut dans la pâte. Au fond du tube, celle-ci est indemne, et il est évident qu'elle devait l'être aussi du côté du bouchon. »

Guy siffla doucement : « Tonnerre, c'est astucieux ! Ça a pu être fait à n'importe quel moment.

Tante Harriet a utilisé la pâte progressivement, pendant des jours, avant d'arriver au poison. Sapristi !

— C'est affreux, dit Stella. Diabolique.

— On ne peut que se féliciter que la pauvre Harriet n'en ait rien su, déclara Mrs Matthews avec la voix de la sainteté.

— Pour l'amour du ciel, ne parle donc pas comme si elle avait été un agneau poussé à l'abattoir ! s'exclama Stella, pâle de dégoût.

— Stella, ma chérie, tu t'oublies », dit Mrs Matthews, sévère. Elle reporta son attention sur le commissaire. « On est terriblement bouleversés, bien sûr, mais ce que dit mon fils est vrai, cette chose affreuse a pu être faite à n'importe quel moment.

— Mais non pas par n'importe qui », répliqua Hannasyde.

Elle ouvrit les mains. « N'importe quel familier de la maison pouvait trouver l'occasion de le faire, commissaire.

— Peut-être, admit Hannasyde. Mais peu d'entre vous pouvaient avoir une raison de tuer Miss Matthews. »

Guy marmonna : « Oh, Dieu ! Nous voilà revenus au point de départ.

— Ah, commissaire, dit Mrs Matthews en secouant tristement la tête, que savons-nous, après tout, de la vie de notre semblable ? Même moi, qui étais si proche de ma pauvre belle-sœur, j'hésiterais à dire qu'elle n'avait pas d'ennemis, à mon insu. C'était une femme étrange, excentrique. Je me suis parfois demandé s'il n'y avait pas quelque chose dans le passé qui aurait expliqué ses nombreuses bizarreries. Si souvent, un caractère apparemment faussé...

— Si même vous, qui étiez si proche d'elle, ne saviez rien de sinistre sur son passé, nous pouvons admettre, je pense, qu'effectivement, il n'y avait rien, rétorqua Hannasyde avec un rien de mépris dans la voix. La découverte du procédé qui a permis d'administrer le poison n'a pas élargi le champ des suspects, comme un moment de réflexion, je crois, vous le démontrera. »

Stella empoigna un dossier de chaise et dit, désespérée : « Mais aucun de nous trois n'avait la moindre raison de tuer tante Harriet. Une vraie raison. C'est un cauchemar. Les choses ne se passent pas comme ça. Laisse-moi, Maman. Je ne me tairai pas. » Elle rejeta la main que sa mère lui avait posée sur le bras en manière d'avertissement et poursuivit, toute tremblante : « Je ne prétends pas savoir qui l'a fait. Elle savait peut-être quelque chose qui... qui la rendait dangereuse. Et si c'était quelque chose qui concernait l'homme que vous recherchez — celui qui a disparu ?

— Et alors ? demanda Hannasyde.

— Oh, je ne sais pas, répondit-elle douloureusement. Comment est-ce que je pourrais savoir ? Mais pourquoi n'essayez-vous pas de trouver ? Mon cousin m'a parlé de cet homme et m'a dit que vous le soupçonniez d'avoir quelque chose à voir avec la mort de mon oncle. Tante Harriet savait peut-être quelque chose à son sujet. Après tout, nous n'avons pas toujours vécu ici, nous ne savons pas ce qui a pu se passer autrefois. Maman a tout à fait raison ! Vous ne saviez pas qui était mon oncle, ni combien tante Harriet le haïssait. Elle faisait peut-être partie d'un complot pour le tuer et puis... oh, je sais que ça a l'air invraisemblable, mais pas plus que de croire Maman capable d'assassiner ma tante avec ce sang-froid, cette cruauté, juste pour avoir la maison à elle toute seule ! » Sa voix se brisa, mais elle en reprit le contrôle et ajouta : « J'avais une raison aussi forte que Maman.

— Moi aussi, dit Guy. Et bien plus forte que vous deux.

— Non, ça n'est pas vrai, riposta Stella. Tu étais le seul à aimer véritablement tante Harriet. Tu la défendais toujours quand nous la bêchions, Maman et moi. Et elle ne te contrariait jamais. Elle avait beaucoup d'affection pour toi.

— Tellement qu'elle m'a laissé son argent. N'oublie pas ça, coupa Guy.

— Tu ne le voulais pas, son argent. Commissaire, ces histoires à propos de l'argent de ma tante, ce sont des âneries. Elle en avait très peu, et maintenant qu'oncle Greg est mort, mon frère peut faire ce qu'il veut de son capital. » Elle s'arrêta net, consciente des implications de ses paroles, et devint plus pâle encore. « Non, je ne veux pas dire... je n'ai pas... »

La porte s'ouvrit. « Quelle charmante réunion, susurra une voix melliflue. Je suis ravi d'arriver à temps pour y participer. Je n'aurais voulu à aucun prix manquer ce cher commissaire.

— Oh, Randall », bégaya Stella et, lâchant son dossier, elle se précipita vers lui et lui saisit le bras.

Il la regarda, les sourcils curieusement haussés, et Guy, qui considérait avec stupeur le comportement de sa sœur, vit dans les yeux bleus une lueur difficile à interpréter.

Randall posa sa main sur celle de Stella, mais

seulement pour la retirer de sa manche. « Mon trésor, un peu de respect pour mes vêtements, dit-il d'un ton gentiment réprobateur. Quelle que soit la tendresse que je nourris pour toi, je ne peux pas te permettre de maltraiter ce veston. » Il passa le bras de Stella sous le sien et s'avança avec elle en lui tenant toujours légèrement le bout des doigts. « Voyons, qu'est-ce qui s'est passé pour bouleverser ainsi ma petite cousine ? demanda-t-il à l'assemblée en général. L'avez-vous accusée du meurtre de ma défunte tante, commissaire ?

— Non, répondit Hannasyde. Nullement.

— Dites-moi tout, poursuivit aimablement Randall. Je vois bien que vous êtes tous gros de nouvelles qui vous pèsent.

— Vraiment, Randall ! protesta Mrs Matthews.

— On a trouvé dans quoi le poison avait été mis, annonça Guy.

— Ah oui, vraiment ? Eh bien voilà qui est très plaisant, dit Randall. Et dans quoi avait-il été mis ?

— Un tube de pâte dentifrice », répondit Guy.

Randall, qui avait conduit Stella à un fauteuil, semblait plus soucieux de l'installer confortablement que passionné par la révélation de Guy. Il s'écoula un instant avant qu'il parlât de nouveau, et encore fût-ce simplement pour dire : « Vraiment ? Un esprit ingénieux à l'œuvre, semble-t-il.

— C'est exactement ce que je pensais, déclara Guy. Sacrément ingénieux. »

Randall se détourna de Stella pour regarder Guy avec un amusement à peine voilé. « Eh bien, ne t'arrête pas là, dit-il d'un ton encourageant. A quoi pensais-tu encore ?

— Je crois que je ne pensais à rien d'autre, répondit Guy lentement.

— Incapacité physique, ou longanimité lignagère ? » demanda Randall en prenant une cigarette dans son étui.

— Ni l'une ni l'autre. Mais Stella était en train de dire, au moment où tu entrais, que tante Harriet avait peut-être été mêlée d'une manière ou d'une autre aux activités de ce type disparu dont tu nous as parlé. Elle en savait peut-être trop et c'est pour ça qu'elle a été supprimée. »

Randall alluma sa cigarette : « Ne manquez sous aucun prétexte le prochain numéro de ce feuilleton passionnant, murmura-t-il. Comment l'as-tu intitulé, ma douce ? *La Main de la mort ?* Je vois que le commissaire est littéralement fasciné. Ainsi donc, tante Harriet a emporté son secret dans la tombe.

— Ça n'est pas drôle, rétorqua sèchement Guy.

— Pas le moins du monde, en effet. C'est débile, dit Randall, impitoyable.

— Je ne vois pas pourquoi il n'y aurait pas quelque chose... »

Randall se couvrit les yeux de la main en gémissant : « Mon pauvre petit cousin, tu n'as donc aucun sens du ridicule ?

— Randall, il a pu se passer quelque chose dont nous n'avons rien su », dit tout bas Stella.

Il abaissa les yeux vers elle : « Dans la vie de tante Harriet ? Essaie de te ressaisir, ma chérie. »

C'est à ce moment que Mrs Lupton fit son entrée dans la pièce, toutes voiles dehors, balaya l'assistance du regard et déclara d'une voix sinistre : « J'en étais sûre.

— Voilà qui est très intéressant, remarqua Randall en se tournant aussitôt vers elle. Sûre de quoi ?

— Je ne suis pas venue ici pour faire assaut d'esprit avec toi, Randall, mais pour savoir ce qui se passe dans cette maison. D'après la présence de ces deux messieurs, je conclus que ma malheureuse sœur, si incroyable que cela puisse paraître, a effectivement été empoisonnée. J'exige qu'on me dise exactement ce qui s'est passé dans cette maison.

— Eh bien, pour le moment, répondit Randall, nous discutons d'une théorie assez fascinante selon laquelle votre malheureuse sœur aurait été assassinée parce qu'elle était en possession d'un secret hideux. »

Mrs Lupton le foudroya du regard : « Harriet n'a jamais été capable de garder un secret de sa vie. Je ne sais qui est l'auteur de cette faribole, mais je peux dire que je m'y oppose formellement. » Elle regarda Hannasyde, l'air toujours furieux. « Avez-vous trouvé comment ma sœur a été empoisonnée, ou allez-vous me dire que vous n'en savez encore rien ?

— Votre sœur a été empoisonnée au moyen d'un tube de pâte dentifrice », répondit Hannasyde, qui s'était un peu écarté du groupe pour l'observer en silence.

Mrs Lupton répéta : « Un tube de pâte dentifrice ? Jamais entendu parler d'une chose pareille.

— Quelle précieuse contribution à notre symposium, ironisa Randall.

— Qui a fait cela ? demanda sévèrement Mrs Lupton. Voilà ce que je veux savoir. Voilà ce qu'il s'agit de trouver. Grand Dieu ! vous rendez-vous compte qu'il y a eu non pas un mais deux assassinats dans cette maison et rien n'a été fait pour trouver le coupable ?

— Ou les coupables, ma chère tante, coupa Randall, l'air peiné.

— Je suis bien obligée de regarder la réalité en face, poursuivit Mrs Lupton sans tenir compte de l'interruption, et je ne suis pas de celles qui fuient la vérité, si désagréable qu'elle puisse être. Mon frère et ma sœur ont été froidement assassinés et je ne connais qu'une personne qui aurait pu le faire, ou qui avait un motif pour le faire. »

Mrs Matthews se leva : « Si c'est de moi que vous voulez parler, Gertrude, n'hésitez pas à le dire, je vous en prie. Je suis en train de prendre l'habitude d'entendre les accusations les plus cruelles et les plus injustes lancées contre moi. Mais je voudrais bien savoir comment je suis supposée m'être procuré de la nicotine.

— Nous savons tous l'intérêt morbide que vous prenez à tout ce qui a trait aux maladies ou à la médecine, riposta Mrs Lupton. Vous auriez sans aucun doute trouvé où vous procurer de la nicotine si vous aviez voulu. »

Stella se redressa soudain : « La nicotine, on ne l'achète pas. On l'extrait du tabac. Deryk Fielding me l'a dit. Maman n'aurait pas su faire ça.

— Si on veut aller par là, intervint Guy, qui l'aurait su, en dehors de Fielding lui-même ? » Il releva brusquement la tête et regarda son cousin de l'autre côté de la pièce, les yeux soudain mi-clos. « Ou toi, Randall. »

L'intéressé ne broncha pas, se contentant de faire tomber la cendre de sa cigarette et de dire : « Je ne sais pas trop pourquoi, mais je pensais bien que je ne tarderais pas à être identifié avec le mystérieux tueur du petit conte de fées imaginé par Stella. »

Mrs Lupton le fixa d'un œil froid, qui le jaugeait. « Oui, dit-elle lentement. C'est parfaitement exact, encore que je ne voie pas quelle raison tu aurais pu avoir pour empoisonner ta tante Harriet. Mais peut-être le commissaire ignore-t-il que tu faisais des études de médecine quand ton père est mort.

— Non, Mrs Lupton, je ne l'ignorais pas, répondit Hannasyde.

— Je ne veux pas dire que cela a nécessairement un rapport avec ces affaires, poursuivit la dame, équitable. Mais le fait demeure que tu avais certaines connaissances médicales. Tu avais aussi le mobile le plus puissant pour supprimer ton oncle Gregory. »

Les mains crispées sur les accoudoirs de son fauteuil, Stella lança : « Non, non, ça n'est pas vrai ! Il ne veut pas de l'argent d'oncle Greg, il m'a dit lui-même qu'il allait s'en débarrasser. »

Un silence stupéfait accueillit ces paroles. Hannasyde, qui surveillait attentivement Randall, vit une imperceptible grimace de contrariété sur son visage et un avertissement dans le coup d'œil qu'il lança à Stella.

Guy rompit le silence : « Tu... tu ne veux pas de l'argent ? répéta-t-il. Quelle connerie ! Je n'ai jamais entendu un bobard pareil. »

Il éclata de rire, mais la voix de Hannasyde trancha net son hilarité. « Voilà qui est intéressant, Mr Matthews. Puis-je savoir pourquoi vous ne voulez pas de votre héritage ?

— Ça crève les yeux, répondit Guy, méprisant. Il dit ça pour que personne ne le soupçonne d'avoir empoisonné oncle Greg.

— Merci, coupa Hannasyde. Mais c'est à votre cousin que je me suis adressé, pas à vous. »

Randall regardait le bout de sa cigarette en fronçant les sourcils. Il leva les yeux quand Hannasyde parla et répondit pensivement : « Eh bien, figurez-vous que j'aime choquer ma famille de temps en temps, mon cher commissaire.

— Vous n'auriez pas par hasard été sérieux quand vous avez dit cela à Miss Matthews ? »

Les lèvres de Randall dessinèrent un rire sardonique. « Est-il possible qu'un humain quel qu'il soit puisse souhaiter se débarrasser d'une grosse fortune ? demanda-t-il, moqueur. On peut lire la réponse sur les visages expressifs de mes parents et alliés. Ils sont plus profondément choqués que si on leur avait prouvé que j'ai assassiné mon oncle et ma tante. » Il s'approcha de la table pour écraser sa cigarette dans le cendrier posé sur elle. « Toutefois, ce que j'ai l'intention de faire de mon héritage n'a aucun rapport avec l'affaire qui nous occupe. Ne croyez pas que j'ignore combien vous souhaiteriez que mes déplorables parents continuent leurs discussions aussi candides que révélatrices, mais — non, non, vraiment, commissaire, tenons-nous-en à la mort de ma tante, voulez-vous ? Vous ne croyez pas sérieusement que j'ai joué le moindre rôle dans tout cela — ah, mise à part la séduisante théorie de ma cousine Stella, bien sûr. Vous pensez, de même que ma chère tante Gertrude, que ma subtile tante Zoé pourrait bien être la coupable. Je ne vous blâme pas le moins du monde. J'irai même jusqu'à dire que je ne blâme pas ma chère tante Gertrude non plus. C'est de ses blanches mains que ma subtile tante Zoé a bâti un dossier accablant contre elle-même et je dois dire qu'il lui fait honneur. Cela vous tracasse, n'est-ce pas, commissaire ? La mort de ma tante Harriet a mis à mal votre théorie favorite ! En fait, il n'en reste rien. »

Il s'arrêta, mais Hannasyde se contenta de dire : « Continuez, Mr Matthews.

— Cela m'a tracassé aussi, poursuivit Randall, mais j'ai un petit avantage sur vous. J'en sais davantage sur les excentricités de ma famille. Je reconnais que je nageais complètement jusqu'à ce que j'aie appris comment le poison avait été administré. Mais il m'est venu une idée. » Il regarda autour de lui : « Quelqu'un sait-il ce qu'est devenu le tube de pâte dentifrice d'oncle Gregory ? » demanda-t-il.

Pendant un instant, personne ne répondit — les visages tournés vers lui étaient vides de toute expression. Puis le fauteuil de Stella grinça sur le parquet tandis qu'elle se levait d'un bond ; « Randall, s'exclama-t-elle. Tu as parfaitement raison. C'est tante Harriet qui l'a pris.

— Je m'en doutais », dit-il.

Mrs Matthews murmura, comme assommée : « Harriet a pris la pâte dentifrice de Gregory ? Pour s'en servir ? Eh bien, vraiment ! Que c'est peu ragoûtant !

— Vous êtes sûre de ce que vous avancez, Miss Matthews ? demanda Hannasyde.

— Oh, oui, tout à fait sûre. Je l'avais complètement oublié, jusqu'à ce que mon cousin pose cette question. Et alors je me suis rappelée tout de suite, c'est le jour où nous avons trouvé le corps de l'oncle Greg. Ma tante avait fait faire la chambre à fond, tout était sens dessus dessous et je l'ai rencontrée sur le palier qui portait toutes sortes de bricoles qu'elle avait réunies. Je ne me rappelle pas tout ce qu'il y avait ; je sais qu'elle tenait le gant de toilette de mon oncle ; elle m'a dit que ça pourrait faire un chiffon à astiquer et je me rappelle aussi très nettement qu'elle m'a montré un tube de pâte dentifrice. Il était à moitié vide et elle a dit qu'elle ne voyait pas pourquoi il serait perdu, qu'elle allait l'employer quand elle aurait fini le sien. »

Le brigadier Hemingway, témoin muet mais intensément intéressé jusqu'alors, dit : « Ça explique le tube vide qu'on a trouvé, patron. Elle venait juste de le finir. Ça m'avait un peu intrigué ce tube vide laissé sur le lavabo, alors que l'autre avait l'air d'avoir été utilisé pendant plusieurs jours. »

Hannasyde approuva du chef. Guy s'exclama : « Mais, mais alors la mort de tante Harriet a été purement accidentelle ? »

Mrs Lupton inspira profondément : « Si cette histoire est vraie, tout ce que je peux dire, c'est que Harriet a bien mérité ce qui lui est arrivé, annonça-t-elle. Je l'avais avertie que ses économies exagérées ne donneraient rien de bon. Elle n'a pas voulu m'écouter, et voilà le résultat. Cela me met hors de moi. Je suis complètement dégoûtée.

— Gertrude, ma chère, n'oubliez pas que vous parlez d'une morte », dit Mrs Matthews, peinée.

Hannasyde regardait toujours Stella : « Miss Matthews, vous rappelez-vous l'heure qu'il était quand vous avez rencontré votre tante sur le palier ? »

Stella réfléchit une minute : « Je ne crois pas, pas exactement, du moins. Je sais que c'était avant le déjeuner. Vers midi — mais je ne le jurerais pas. Peut-être un peu plus tard.

— Pas plus tôt ?

— Non, je suis sûre que ce n'était pas plus tôt.

— Jusqu'à ce que votre tante aille tout vider, la salle de bains de votre oncle était-elle fermée à clef ? »

Elle secoua la tête. « Oh, non. Sa chambre non plus, d'ailleurs.

— Est-ce que quelqu'un aurait pu entrer dans la salle de bains sans être vu, à votre avis.

— Facilement, j'imagine. Pourquoi — ah, pour prendre ce tube et le brûler ! » Elle regarda autour d'elle, l'air perplexe. « Mais personne ne l'a fait. Alors... alors on croirait que ça n'était pas quelqu'un habitant la maison, n'est-ce pas ?

— Nous ne savons pas si Fielding n'a pas essayé, dit Guy. Mais il n'a pas pu parce que Beecher est monté dans la chambre d'oncle Greg avec lui.

— Ça n'est pas Deryk, déclara brièvement Stella.

— Eh bien, et Randall ? suggéra Guy. Simple curiosité, mais qu'est-ce que tu faisais donc, cher cousin Randall, sur le palier, le jour où je t'ai trouvé en train de parler avec Stella en haut de l'escalier ?

— J'étais en train de parler avec Stella en haut de l'escalier, Guy, répondit benoîtement Randall.

— Stella, qu'est-ce qu'il... »

Stella lança un coup d'œil rapide à Randall et vit qu'il la regardait en souriant faiblement. « Je ne sais pas, dit-elle. Demande-lui. De toute façon, il n'était pas venu ici depuis des jours. » Elle s'arrêta, les yeux agrandis.

« Exactement, dit Guy triomphant. Randall n'était pas venu ici depuis des jours et donc Randall ne pouvait pas être même effleuré par la suspicion. Mais le poison a pu être mis dans la pâte dentifrice à n'importe quel moment et aucun des alibis parfaits de Randall ne tient plus. Il n'a pas d'alibi du tout ! »

CHAPITRE XIV

Tout le monde regardait Randall, sauf Stella qui s'écria, furieuse : « Tu es un beau petit salaud, Guy ! Randall n'a jamais essayé de faire peser les soupçons sur toi.

— Randall a dit tout ce qu'il a pu trouver de méchancetés et de vilenies.

— Oui, parce que la moitié du temps tu les cherchais. Mais il n'a pas essayé de te faire du tort et tu le sais très bien.

— Qu'est-ce qu'il te prend ? demanda Guy, tellement stupéfait qu'il en oublia l'entourage. Tu as dit toi-même que c'était un serpent souriant. »

Un petit rire échappa à l'objet de la discussion. « Ma douce, vraiment ? Quelle formule classique !

— Je l'ai probablement dit un jour, mais...

— Oh, ne reviens pas dessus. Elle me plaît. Et puis, n'accable pas ton petit frère. Ce n'est pas du tout nécessaire. Il est parfaitement exact — on pourrait dire évident — que je n'ai pas d'alibi ; seulement, le commissaire Hannasyde qui a l'esprit aussi vif que Guy, sinon plus, s'en est sans doute rendu compte depuis un certain temps. Si tu le regardes bien, tu verras une trace de contrariété — on pourrait presque dire de chagrin — sur son visage. C'est parce que, contrairement à Guy, il a aussi compris que mon entrée dans le camp des suspects, loin d'éliminer tous les autres, n'a fait qu'élargir le champ des investigations. »

Hannasyde, qui avait écouté tout cela d'un air impassible, dit alors sur le mode impersonnel qui lui était habituel : « C'est tout à fait exact, Mr Matthews. Mais dans le même temps...

— De plus, continua Randall en allumant une cigarette, vous n'avez rien de plus contre moi que contre n'importe quelle autre personne. Il est vrai que j'ai hérité de pas mal d'argent, mais l'examen le plus superficiel de mes affaires vous convaincra que, malgré l'opinion couramment répandue parmi ma famille que j'ai dilapidé une fortune, je n'ai pas besoin de l'argent de mon oncle.

— C'est peut-être vrai aussi, dit Hannasyde. Et d'ailleurs, je n'ai pas l'intention d'entrer dans ce genre de discussion avec vous en ce moment. »

Randall regarda autour de lui. « Non, en effet, il y a foule. Stella, mon agneau, retirons-nous. Peut-être cela fera-t-il sentir à tante Gertrude que sa présence n'est pas vraiment désirée ici. »

Tout en parlant, il lui prit le poignet et l'entraîna vers la porte. Le brigadier regarda aussitôt Hannasyde, qui ne fit aucun signe. Mrs Lupton commença à dire qu'elle n'attendait rien que des impolitesses de la part de Randall, mais avant qu'elle eût achevé son discours sévère autant qu'éloquent, la cible en avait disparu.

Dans le hall, il s'arrêta et regarda Stella avec un sourire qui s'attardait au coin de ses lèvres.

« Eh bien, mon amour, pourquoi n'as-tu pas dit à la police que tu m'avais trouvé sortant de la salle de bains ?

— Je ne sais pas, dit-elle comme une enfant.

— Allons dans le petit salon. J'ai une question bien pire en réserve. »

Elle se laissa conduire dans le petit salon, mais dit : « Une minute seulement. Je... je ne peux pas rester longtemps. »

Sans lui prêter la moindre attention, Randall ferma la porte et demanda gravement :

« Pourquoi t'es-tu précipitée vers moi comme si j'étais ton seul espoir de salut, Stella ? »

Elle rougit : « Oh, non, ça n'est pas ça du tout. Je veux dire... tu m'avais dit que tu nous tirerais de là et... et je pensais que tu pourrais aider. J'étais un peu sens dessus dessous. » Elle eut un petit rire nerveux. « Alors j'ai malmené ton beau veston. »

Le sourire avait disparu ; il n'y avait même pas une lueur d'ironie tapie derrière ces longs cils. « Mon veston n'avait aucune importance.

— Oh ! bien, on ne l'aurait pas cru, avec tes histoires...

— Ma chérie, tu pensais que j'allais te laisser courir le risque de te trahir devant toute notre regrettable parentèle.

— Me trahir ! » Stella s'arrêta net, le souffle coupé. « Je ne sais pas du tout ce que tu veux dire, si tu le sais toi-même, mais...

— Cesse donc de t'agiter, ma douce. Dis-moi, est-ce que mon vestibule gris est un obstacle insurmontable au mariage ?

— Oui, dit précipitamment Stella. C'est-à-dire...

— Je suppose que je vais être obligé de te laisser

le retapisser à ton goût. Mais à condition que Guy ne s'en mêle sous aucun prétexte. »

Stella, qui ne savait absolument plus où elle en était, dit d'une voix incertaine : « Je ne trouve pas ça particulièrement drôle. Pour toi, c'est peut-être une fine plaisanterie, mais pas pour moi. »

Randall lui prit les mains : « Je ne plaisante pas, ma chérie. Je suis en train de te demander en mariage. Veux-tu ?

— Non, b-bien sûr que non », répondit Stella en se demandant pourquoi ses genoux s'étaient mis à trembler.

Randall lui tint encore les mains une minute, puis les lâcha et se dirigea vers la porte. Stella le suivit des yeux, pleine de noirs pressentiments : « Tu... tu t'en vas ? demanda-t-elle d'une voix chevrotante.

— Comme tu vois.

— Mais... mais tu ne peux pas me... nous laisser comme ça.

— Lequel des deux ? Toi ou nous ?

— Nous ! Nous tous. Sûrement tu ne peux...

— Oh si, je peux », dit froidement Randall en posant la main sur la poignée de la porte.

Stella, assez agitée, changea de sujet. « Je ne vais pas être forcée de t'épouser à coup de chantage ? »

Il tourna la tête et la regarda, énigmatique.

« Qu'est-ce que tu veux ? demanda-t-il. Si tu crains une possible arrestation de ta mère, je peux te dire qu'il y a beaucoup plus de chance pour que la police m'arrête, moi.

— Je ne crains pas... je veux dire, ça n'est pas seulement ça. Oh ! Randall, ne sois donc pas si horriblement rosse.

— Je n'aime pas beaucoup cette formule-là, dit-il, critique. Serpent souriant était beaucoup mieux. »

Stella chercha son mouchoir et dit en reniflant : « Oui, je pense bien que tu vas me resservir ça pendant le restant de mes jours. Je me demande bien ce qui t'a pris de me demander en mariage.

— Eh bien, ça te fournira un sujet de cogitation quand tu ne pourras pas dormir.

— Tu sais très bien que tu ne veux pas vraiment m'épouser. »

Le visage de Randall prit une expression d'ennui excédé et, les épaules appuyées contre la porte, il demanda : « Est-ce qu'il faut répondre à cette remarque totalement oiseuse ?

— Tu me trouves oiseuse et stupide et sans goût, et ensuite il faudrait que je te croie quand tu prétends que tu veux m'épouser. Ça n'a pas de sens. Ça n'est même pas la peine d'en discuter.

— Tu as pu remarquer que je n'essaie même pas. »

Stella lui lança le regard d'une martyre devant le bûcher.

« Je ne demande pas mieux que d'être ton amie.

— Oui, je n'en doute pas, dit Randall. Mais moi, je n'ai pas la moindre envie d'être le tien.

— Très bien, alors va-t'en, dit Stella, lui tournant le dos pour regarder par la fenêtre — sans rien voir. Ça m'est bien égal. »

La porte s'ouvrit, puis se referma. Stella, après un gros sanglot de désespoir, se mit à pleurer silencieusement dans son mouchoir.

« Prends le mien, il est plus grand », dit la voix très douce de Randall juste derrière elle.

Stella sursauta et chevrota : « S-serpent ! Je te hais et je te déteste !

— Je le sais bien, dit Randall en la prenant dans ses bras non sans s'être emparé d'autorité du mouchoir trempé.

— Tu vas être bien ennuyé si je pleure sur ton beau veston, dit Stella.

— Ne t'occupe pas de mon beau veston. »

Stella tendit la main à la recherche du mouchoir grand modèle, qu'il lui donna, et s'essuya soigneusement les yeux. « Si jamais je t'épouse, ça ne sera pas par amour pour toi, parce que, bien sûr, il n'est pas question de ça.

— Bon, bon, tu pourras m'épouser pour mon argent », répondit Randall, arrangeant.

Stella, en ayant fini avec le mouchoir, l'enfonça férocement dans la poche de son vis-à-vis.

« Tu as la pire langue de vipère que j'aie jamais rencontrée dans ma vie, déclara-t-elle avec conviction. Si je ne voulais pas sortir de cette maison à tout prix, je ne songerais pas un instant à t'épouser. Et d'ailleurs, si je t'épouse, ce sera probablement aussi affreux que de vivre ici, ou même pire, ajouta-t-elle, vengeresse.

— Rien ne peut être pire que de vivre ici, affirma Randall, plein de raison. Je suis peut-être un serpent, mais au moins je ne suis pas un raseur. A propos, est-ce que tu vas m'épouser ou pas ? »

Stella chercha la réponse à la hauteur du premier bouton du veston, découvrit une tache de poudre sur le revers et la frotta du bout d'un doigt.

Une main surgit, prit celle de la jeune fille et la serra : « Il faut répondre, tu sais », dit Randall.

Elle leva timidement les yeux, rougit et demanda

d'une toute petite voix : « Randall, est-ce que... est-ce que tu me veux *vraiment* ?

— Mon petit trésor chéri », dit Randall et il l'embrassa.

Pendant les dix minutes qui suivirent, Stella ne fit que deux remarques, toutes deux émises brièvement du fait d'un souffle assez court et toutes deux parfaitement dénuées de sens. Mr Randall Matthews dit : « Ma chérie » en réponse à l'une et « Ma petite idiote » en réponse à l'autre, ce qui parut satisfaire parfaitement Miss Stella Matthews.

« Je dois être devenue subitement folle, dit-elle un peu plus tard. Je n'admire même pas ton type. Et comment est-ce que je vais annoncer la chose à Maman et à Guy ? Ils ne me croiront jamais.

— Après l'exhibition de ce matin, ils sont sans doute préparés au pire, répondit Randall. Mais c'est moi qui romprai la glace.

— Oh, que non ! dit Stella très décidée. Je vois d'ici le tableau. Tu vas me jurer, cher Serpent-Randall, que tu ne diras pas une seule chose qui puisse les contrarier.

— Ça, c'est impossible, dit-il. Je te laisserai ce soin. » Il jeta un coup d'œil à sa montre : « Il faut que je m'en aille, ma chérie. Sinon, ce commissaire va arrêter quelqu'un — moi, selon toute probabilité. »

Stella mit sa main dans celle du jeune homme. « Randall, tu n'as... tu n'as rien à voir avec tout ça, n'est-ce pas ?

— Non, ma chérie. En dépit de toutes les apparences contraires. »

Elle le regarda : « Tu sais qui l'a fait ? »

Il ne répondit pas aussitôt. Puis il lui serra plus fort la main et dit : « Oui. Je crois.

— Ça... ça va être affreux ?

— Oui, très. Oh, pas tante Zoé, ma douce. Mais ce sera un choc pour toi, j'en ai bien peur.

— Tu vas le dire à la police ?

— Obligé. J'ai fait tout ce que j'ai pu imaginer pour les empêcher de découvrir la vérité, et j'ai si bien réussi que maintenant la plupart d'entre nous sont menacés d'arrestation immédiate. Et tout ça du fait de la mort accidentelle de tante Harriet. C'est une délicieuse ironie du sort, je suppose, si on prend la chose du bon côté.

— Tu peux me dire ? Je préférerais savoir.

— Pas maintenant, ma douce. Il vaut mieux que je garde ça pour moi jusqu'à ce que j'aie fait ce que j'ai à faire.

— Dis-moi juste une chose, alors. Est-ce que ça a quelque chose à voir avec cet homme — celui qu'ils ne peuvent pas trouver ?

— Tout », répondit-il. Sur ce, il l'embrassa et se leva. « Je t'appellerai ce soir, mon amour. Ne t'inquiète pas.

— A condition qu'ils n'arrêtent pas Maman ou Guy pendant que tu n'es pas là, dit-elle, dubitative.

— Aucun risque. Ils se contenteront de les interroger à la lumière de la nouvelle découverte et je ne pense pas que même ton petit frère arrive à se compromettre assez pour que Hannasyde demande un mandat d'arrêt. D'ailleurs, c'est moi que la police a maintenant dans le collimateur et elle va probablement consacrer quelques heures à fouiller dans mon passé immédiat. »

Les faits semblèrent lui donner raison. Quand le

commissaire vit Stella vingt minutes plus tard, il lui demanda si Randall était encore dans la maison. Devant son geste de dénégation, il la regarda avec attention (du moins le pensa-t-elle) et lui demanda si elle savait où il était allé. Elle fut toute heureuse de pouvoir dire qu'elle n'en avait pas la moindre idée, mais se sentit rougir. Cependant, soit le commissaire ne le remarqua pas, soit il n'y prêta pas attention, car il se contenta de dire qu'il trouverait sans doute Randall chez lui et s'en alla avec le brigadier.

Ce dernier, qui était plongé dans ses réflexions, ne dit mot pendant qu'ils descendaient l'allée, mais arrivé à la grille, il se lança :

« Je vais pas prétendre que je m'y connais mieux que vous, patron, mais quand vous l'avez laissé partir, on aurait pu m'étendre d'une pichenette.

— Vous savez parfaitement que je n'ai pas de mandat d'arrêt contre lui.

— Vous n'avez pas eu idée de lui poser quelques petites questions, comme ça ? risqua Hemingway.

— Pas à ce moment-là et pas dans cette maison. Je le verrai chez lui, là où je compte que nous ne serons interrompus ni par des jeunes gens excités ni par des douairières envahissantes, répondit Hannasyde avec une certaine rancœur.

— Vous croyez que c'est lui qui a fait le coup, patron ? demanda le brigadier.

— Non, je ne le crois pas. »

Le brigadier s'arrêta net. « Non ? répéta-t-il. Alors qu'est-ce que c'est que ces histoires sur l'argent de son oncle qu'il voulait distribuer aux pauvres ?

— Il ne m'en a pas dit un mot », rétorqua

Hannasyde avec une placidité que son subordonné commençait à trouver un peu excessive.

« Il a l'air d'en avoir causé avec sa nénette, en tout cas, reprit le brigadier en emboîtant le pas.

— C'est tout à fait différent.

— Ah bon. Je dois dire que je vois pas tellement la différence. Enfin, pas sur le moment.

— C'est là où la psychologie intervient, mon brave, déclara Hannasyde, malicieux. Randall Matthews n'était pas content que Miss Stella ait mangé le morceau. »

Le brigadier lui glissa un regard de biais et fort expressif, mais se borna à dire : « Bon, eh bien, en tenant compte de ses cabrioles et en supposant que ça ne soit pas lui qui ait réussi ce petit meurtre, à quoi il joue, à votre idée ?

— A nous empêcher de jamais trouver la vérité, je crois bien.

— Patron, dit sévèrement le brigadier, vous avez quelque chose dans votre sac à malices.

— Je crois que j'ai une petite idée de la vérité, admit Hannasyde. C'est pourquoi je préfère interroger Randall Matthews dans un endroit où je suis sûr de le trouver seul. Il faut que ce jeune homme se mette à table. »

Mais quand ils arrivèrent chez Randall, ils ne trouvèrent que Benson, qui les informa non sans satisfaction que son maître était sorti et ne rentrerait que le soir.

Tout hérissé de suspicion, le brigadier s'exclama : « Voyez-vous ça ! Et il aurait pas pris sa tire par hasard ?

— Si, déclara Benson avec une impressionnante

dignité, vous faites allusion à la Mercedes-Benz, non, brigadier. Elle est au garage.

— Donc Mr Matthews est passé ici il y a moins d'une heure, coupa Hannasyde.

— Certainement, répondit Benson, qui ajouta, visiblement à regret : Mr Matthews a laissé un message au cas où vous viendriez.

— Et alors ?

— Il ne sera pas chez lui de toute la journée, mais si vous voulez venir vers neuf heures ce soir, il sera heureux de vous voir.

— Dites-lui quand il rentrera que je viendrai donc à cette heure-là. » Et Hannasyde s'engagea dans l'escalier.

« Et, si je peux me permettre de poser la question, dit le brigadier toujours un peu amer, qu'est-ce que Sa Seigneurie peut bien être en train de fricoter ?

— Vous pouvez vous permettre de poser la question, mais je veux bien être pendu si je peux y répondre. A moins que, pour une raison ou une autre, il veuille m'éloigner pendant quelques heures.

— On aura l'air fin si on apprend ce soir qu'il est quelque part sur le continent.

— Qu'est-ce qui est arrivé à votre sens psychologique imbattable ? demanda Hannasyde avec sollicitude.

— Rien du tout, rétorqua le brigadier. Seulement si vous étiez pas mon chef — je dis bien, si — je vous demanderais ce qui vous a fait tout d'un coup lâcher pied. Mais bien sûr, vu comment que sont les choses, je peux pas.

— Ne vous inquiétez pas, dit Hannasyde. Je n'ai pas encore lâché prise. Vous pouvez poster un gars pour surveiller cet appartement si ça vous rassure.

Dites-lui de signaler au Yard tout ce qui se passe — en particulier le retour de Randall.

— Enfin, c'est mieux que rien, remarqua le brigadier. Vous en attendez quelque chose ?

— Rien du tout, mais deux précautions valent mieux qu'une. »

C'est seulement à huit heures, ce soir-là, que l'enquêteur qui surveillait l'appartement entra en contact avec le brigadier Hemingway à Scotland Yard pour lui dire que Randall était rentré cinq minutes auparavant.

« Juste huit heures, remarqua Hannasyde en jetant un coup d'œil à sa montre. Il est rentré dîner probablement. Dites à Jepson d'ouvrir l'œil et si Matthews ressort, de le filer. »

Mais Randall ne ressortit pas et quand Hannasyde arriva à neuf heures, il fut aussitôt introduit dans la bibliothèque, où il trouva le maître de maison affalé dans les profondeurs d'un grand fauteuil, un service à café sur une table basse à côté de lui.

Il semblait fatigué et fort peu aimable, un pli entre les sourcils et une sévère crispation des lèvres que Hannasyde n'avait encore jamais vue. Il s'arracha au fauteuil quand le commissaire entra et l'accueillit pour une fois sans ce léger sourire sardonique que Hannasyde trouvait si irritant.

« Entrez donc, commissaire, dit-il. Où est votre satellite ?

— Je suis seul.

— Quelle chance ! Je voulais justement vous voir seul.

— C'est ce que j'ai pensé. »

Randall le regarda un instant, puis se pencha sur la table et prit la cafetière : « Vraiment ? Savez-vous que je commence à avoir une assez haute idée de votre intelligence, commissaire.

— Je n'ai jamais douté de la vôtre, Mr Matthews, encore que je n'approuve pas toujours l'usage que vous en faites. »

Le sourire voleta un instant dans les yeux de Randall. « Voyons, voyons, cher commissaire. » Il lui tendit une tasse et une soucoupe : « Cognac ou Bénédictine ?

— Merci. Cognac, s'il vous plaît.

— Jour mémorable, fit remarquer Randall en versant doucement le cognac dans deux grands verres. Pour la première fois, le commissaire Hannasyde accepte des rafraîchissements sous mon toit. »

Hannasyde prit le verre et dit : « Oui, mais jour mémorable aussi, je crois, en ce sens que vous allez — enfin — me dire ce que vous m'avez si soigneusement caché jusqu'à maintenant.

— Des cigares sont à côté de vous, murmura Randall. C'est une affaire profondément répugnante, commissaire, et je peux vous signaler en passant que mes pensées en ce qui concerne feu ma tante Harriet n'ont rien de tendre. » Il sirota son cognac. « Faut-il que je me rappelle votre appartenance à la police, ou voulez-vous la vérité, sans fard ?

— La vérité sans fard, s'il vous plaît.

— Oui, je pense bien, dit lentement Randall. Mais il faudra que ce soit sous toutes réserves. »

Hannasyde hésita : « Je ne peux rien promettre ; mon objectif est d'élucider un crime, non pas de vous faire inculper pour vous être emparé des papiers de Hyde en faisant usage d'un faux nom et de lunettes de soleil.

— Ce serait un peu mesquin, non ?

— Pis que cela. Je croirais assez que vous n'outrepassiez pas vos droits quand vous avez pris possession de ces papiers. »

Randall le regarda pensivement : « Quand avez-vous pigé ça ?

— Quand votre cousine m'a dit que vous alliez donner tout l'argent de votre oncle.

— Ah, dit Randall. C'était certainement une erreur de ma part. » Il traversa la pièce, prit le journal du soir qui se trouvait sur son bureau et revint lentement : « Je crois qu'il y a là l'essentiel de l'histoire — pour ce qui vous concerne, dit-il en tendant le journal à Hannasyde. Deuxième paragraphe. »

Hannasyde jeta un rapide coup d'œil à Randall, puis abaissa le regard sur la colonne, juste au-dessous de la pliure du journal. Titre : *Accident dans le métro à Piccadilly.* Suivait un bref article indiquant que peu après trois heures, un homme d'âge moyen s'était jeté sous une rame express à la station Hyde Park Corner. On croyait savoir qu'il s'agissait d'un certain Mr Edward Rumbold, domicilié à Holly Lodge, Grinley Heath, bien connu des milieux de la Cité où il dirigeait une affaire d'exportation de laines.

Hannasyde le lut attentivement sans se presser, puis reposa le journal. « Je crois que vous avez beaucoup de choses à m'expliquer, Mr Matthews, dit-il sévèrement. Comment dois-je comprendre cet article ? »

Randall finit son cognac et posa le verre sur la cheminée derrière lui. « Eh bien, il n'y aura pas de procès, commissaire.

— C'est *lui* qui a assassiné votre oncle ?

— Incroyable, n'est-ce pas, et pourtant vrai. Seulement, je crois que nous n'appellerons pas cela un assassinat. Mon oncle le faisait chanter depuis des années.

— Alors votre oncle était John Hyde ? demanda très vite Hannasyde.

— Oui, mais vous l'aviez déjà deviné, je crois. J'espère que vous appréciez le choix de ce pseudonyme. Il avait un joli sens de l'humour, n'est-ce pas ?

— Depuis combien de temps le saviez-vous ? demanda Hannasyde.

— Avec certitude ? Depuis le jour où je suis allé rendre visite à votre ami Brown. Il croyait m'avoir déjà vu. J'ai une certaine ressemblance avec mon oncle.

— Mais vous le soupçonniez déjà avant cela.

— Oh oui ! Depuis un certain temps. »

Hannasyde se frappa les cuisses : « Maintenant je sais ce que vous avez vu dans ce tiroir, dit-il avec irritation. J'aurais dû y penser plus tôt. »

Randall le regarda avec un certain amusement. « Mon cher commissaire ! Quel tiroir ?

— Dans le bureau de votre oncle. Il y avait là des lunettes de soleil à monture de corne. J'ai cru à ce moment-là que vous comptiez voir quelque chose qui n'y était pas. »

Randall rit. « Oh non ! Mais mon oncle, outre qu'il ne portait jamais de lunettes de soleil, n'avait pas assez de sarcasmes pour ceux qui s'en servaient. J'ai simplement trouvé un peu étrange d'en voir une paire dans son bureau. Il vaut mieux, je crois, que je vous dise exactement ce qui s'est passé. »

Hannasyde fit un signe d'approbation et regarda

son hôte s'approcher du grand fauteuil et s'asseoir sur un de ses accoudoirs.

Randall alluma une cigarette et fuma en silence un instant, les sourcils froncés : « Eh bien, pour commencer par le commencement, Edward Rumbold avait une épouse en Australie. La dame de Holly Lodge ne s'en doute pas — mais comme Rumbold n'est pas le vrai nom de notre ami, je ne pense pas qu'il sera nécessaire de lui dire qu'elle est bigame depuis dix ans, qu'en pensez-vous ?

— Je ne sais pas, continuez, je vous prie.

— Dès cette époque, mon oncle, sous le nom de John Hyde, exerçait une activité assez limitée mais lucrative dans le genre chantage. Je ne sais ni ce qui l'a incité à se lancer dans cette voie, ni ce qui l'a mis sur la piste de Rumbold. D'après les indications recueillies dans ses papiers, j'imagine que ses méthodes faisaient appel plus à l'application qu'à l'inspiration. Il recueillait pas mal de renseignements par les voies habituelles, bien sûr, mais celle qui nous intéresse a été fournie par une firme de détectives privés à Melbourne. La vraie Mrs Rumbold — qui s'appelle d'ailleurs Fletcher — est catholique, extrêmement pieuse et rigoriste. C'est pourquoi Rumbold n'a pas pu divorcer. » Il s'interrompit pour faire tomber la cendre de sa cigarette. « Bon, tout cela est fort intéressant, mais venons-en au rôle de mon charmant oncle dans cette affaire. Il a réuni les faits — quelque temps avant que Rumbold vienne habiter à côté de lui — et il a mis la pression, avec les résultats habituels. Seulement, cette fois, il avait mal jugé son homme. Rumbold paya et continua à payer, mais il se mit en devoir de découvrir l'identité de son maître chanteur. Il n'avait jamais vu mon oncle, mais il surveilla cette boutique de journaux pendant des semaines, jusqu'au jour où il fut certain que l'homme à lunettes qui venait si souvent et restait si longtemps devait être Hyde. Il le fila et finit par l'identifier à Gregory Matthews. C'était il y a quatre ans. J'aime me représenter cette détermination farouche, patiente, à tuer mon oncle. Je regrette seulement que par la force des choses, celui-ci n'ait pu savoir que tôt ou tard il serait tué par une de ses victimes. Il ne se doutait même pas que Rumbold savait qui il était. Même pas quand ce dernier est venu habiter à Holly Lodge. Lorsqu'il a acheté la maison, Rumbold savait que le bail des locataires expirait deux ans plus tard. Quand ils sont partis, il s'est installé là avec Mrs Rumbold. Je l'admire, vous savez. Il n'a rien précipité. Il s'est contenté de cultiver des relations de bon voisinage. Il est devenu l'ami idéal de la famille, allant jusqu'à jouer aux échecs avec mon oncle — qu'il laissait gagner. J'espère que vous appréciez cette situation. Je suis sûr que mon oncle s'en amusait intensément. Rumbold aussi. Il lui fallut dix-huit mois pour arriver au stade d'intimité avec ma famille qui lui permettait d'être *persona grata* dans la maison. Au bout de deux ans à Holly Lodge — assez longtemps pour qu'il ne soit plus le nouveau venu quelque peu suspect dans le pays, comme vous vous en rendez compte, j'espère —, il a mis son plan de quatre ans en action. Ce n'est pas bien difficile, à condition d'avoir quelques petites notions de chimie, d'extraire la nicotine du tabac, ni difficile de trouver un moyen pour substituer son tube de pâte dentifrice empoisonné à celui que mon oncle utilisait. Il a fait l'échange le jour où il est venu avec sa femme dire au revoir aux tantes avant de partir passer une semaine ou deux au bord de la mer. Quand ils sont rentrés, mon oncle était mort. » Une fois encore, il s'interrompit et jeta un coup d'œil à Hannasyde. « Assez soufflant, n'est-ce pas. Rien n'a été laissé au hasard, rien n'a été fait à la va-vite. Son idée, c'était que personne sauf lui ne saurait jamais que mon oncle avait été empoisonné, mais il s'était assuré un alibi en béton, en cas d'accident. Et il y en eut deux. D'abord, cette maudite tante Gertrude a exigé une autopsie. Pourquoi ? Dieu seul le sait. Et ensuite, ma déplorable tante Harriet, avec ses instincts de pie voleuse, a pris le tube empoisonné. Quand Rumbold est revenu à Holly Lodge, son premier soin a été de retrouver ce tube et de le faire disparaître. Il est venu avec sa femme présenter ses condoléances à mes tantes et il s'est arrangé, avec l'aide involontaire de tante Harriet, pour se salir les mains dans les pots de fleurs de la serre. Il est monté se les laver dans la salle de bains de mon oncle et il l'a trouvée complètement vidée. Là, il a senti pour la première fois que les choses allaient de travers. Il s'est inquiété, mais une question négligemment posée à tante Harriet — devant moi, d'ailleurs — lui ayant permis de savoir qu'elle avait brûlé tout ce qui ne pouvait servir à personne, il a naturellement pensé que la pâte dentifrice devait en faire partie. Alors, il a continué à être le parfait ami-de-la-famille. Sincèrement désolé des ennuis qu'elle subissait, il a fait ce qu'il a pu pour arranger les choses et calmer un peu mes parents et alliés, chroniquement hors d'eux. Cependant, il ne s'attendait pas à trouver Fielding avec un motif pour commettre ce meurtre. Il savait que Guy serait forcément soupçonné, mais il vous attribuait assez d'intelligence, commissaire, pour mettre en doute les capacités du garçon, ce que vous avez fait, je crois.

— Oui, dès le début, répondit sèchement Hannasyde. Pas du genre à utiliser des poisons rares. Mais continuez, je vous prie.

— Fielding. Eh bien, Fielding semblait devenir une complication. Rumbold ne voulait pas que d'autres subissent les conséquences de son crime. En mettant les choses au pire, il était prêt à faire le ménage. Mais il gardait tout son sang-froid. Il attendit. Tout parut s'arranger. C'était grâce à moi, mais il ne le savait pas. Et puis le désastre totalement imprévisible, la mort de tante Harriet. Rumbold fut non seulement horrifié pour lui-même, mais profondément bouleversé pour elle. Quand il vit le dossier que ma subtile tante Zoé était arrivée à échafauder contre elle-même, il comprit qu'il allait peut-être devoir intervenir pour lui éviter d'être arrêtée d'un moment à l'autre. Quand je suis arrivé et que j'ai laissé tomber quelques-unes de mes allusions les plus impalpables au sujet de Hyde, il a deviné que j'allais sans doute lui éviter la peine de vous dire la vérité. A ce moment-là, j'en étais arrivé à penser que j'y serais contraint. En partie par peur et en partie par hypocrisie innée, ma tante Zoé aggravait encore son cas en vous racontant des mensonges à dormir debout, pendant que Guy, à ce que je comprends, avait jugé le moment propice pour faire un grand geste, afin de sauver sa mère de l'échafaud. Noble dessein qui eut pour effet de renforcer vos soupçons. Mais le pire, c'est que vous avez découvert comment le poison avait été administré. Une fois que vous saviez cela, vous n'alliez sûrement pas abandonner les investigations. Il était clair comme le jour qu'avec l'effondrement de mon alibi, je devenais le candidat à l'arrestation tout désigné. Alors, ma foi, commissaire, Rumbold avait certes mon approbation, mais je ne peux pas dire que j'éprouvais la moindre envie de périr sans pousser un cri pour le protéger, lui, ou l'honneur de ma famille. De toute évidence, j'aurais été obligé de crier très fort, que vous m'arrêtiez, moi, ou ma tante Zoé — ou mon petit cousin superfétatoire. Or, il se trouve que j'ai une aversion innée pour les bruits violents. C'est pourquoi Rumbold s'est suicidé — dans un accès de folie passager, dirions-nous — et pourquoi vous êtes ici en train de m'écouter " sous toutes réserves ". »

Hannasyde se leva : « Mr Matthews, vous rendez-vous compte du rôle que vous avez joué dans tout cela ?

— Mieux que quiconque, dit Randall. Je croirais assez que je suis complice par assistance.

— Vous imaginez-vous que je peux étouffer une affaire pareille ?

— Eh bien, qu'est-ce que vous proposez de faire ? demanda aimablement Randall. Allez-vous prier le procureur de la Reine d'intenter un procès à un défunt ?

— Avez-vous des preuves de ce que vous m'avez dit ?

— Il y aura la déclaration écrite de Rumbold et j'ai mis de côté pour votre édification des morceaux choisis, pris dans les papiers de mon oncle Hyde. En ma qualité d'exécuteur testamentaire, j'ai tout brûlé sauf ce qui a trait à l'affaire Rumbold. Je pense que vos services seront aussi discrets que possible, commissaire. Les meurtres de maîtres chanteurs sont des cas assez épineux, n'est-ce pas ? Si peu de gens ont la moindre sympathie pour la victime. Bien sûr, vous pouvez me traîner en justice pour avoir supprimé des pièces à conviction, mais j'incline à croire que ce serait assez épineux aussi. Vous ne feriez que remuer beaucoup de boue pour rien. Puis-je vous offrir un whisky à l'eau ?

— Oui, vous pouvez », répondit Hannasyde d'un ton cassant.

Randall eut son petit rire doux et alla jusqu'à une table contre le mur qui portait tous les accessoires nécessaires. Il prépara les deux whiskies et revint vers Hannasyde, à qui il en tendit un. « Eh bien, commissaire ? » demanda-t-il.

Hannasyde se rassit. « Dites-moi le reste. Si je décide de vous mettre en cause lors d'un procès, ce sera ma parole contre la vôtre, ajouta-t-il, sarcastique.

— Je ne songerais même pas à vous contredire, dit Randall de sa voix la plus suave.

— Quand avez-vous vu Rumbold ?

— Aujourd'hui, après avoir quitté Grinley Heath.

— Où ? Pas chez lui ?

— Non, certainement pas. A son bureau. Il s'attendait tout à fait à ma visite. Nous sommes allés déjeuner ensemble et pendant le repas, il m'a dit ce que je vous ai dit ; de mon côté, je lui ai exposé la part que j'avais prise dans cette affaire et je lui ai donné ma parole que je ferais ce qui serait en mon pouvoir pour cacher la vérité à Mrs Rumbold. »

Pas trace d'expression dans la voix de Randall, mais Hannasyde lui lança un coup d'œil pénétrant et dit sur un ton plus doux : « Pas... des agapes très plaisantes, n'est-ce pas ? »

Randall répondit sèchement : « C'est vraiment peu dire, commissaire. »

Hannasyde hocha la tête : « Je me doute de ce que vous avez dû éprouver.

— Restons-en là, voulez-vous ? » demanda Randall, la voix coupante comme une lame.

Hannasyde sirota son whisky en silence pendant un moment. Puis : « Et c'est pour cela que vous êtes si délibérément resté hors de chez vous toute la journée ? Pour donner à Rumbold le temps de se supprimer ?

— Vous aurez de grandes difficultés à le prouver, mon cher commissaire. »

Hannasyde sourit avec un rien d'amertume, mais se borna à dire : « Vous attendiez-vous à trouver certains des papiers de Hyde dans le bureau de votre oncle, le jour où vous êtes allé aux Peupliers avec Mr Carrington et moi-même ?

— Non, je n'avais pas encore la moindre idée de leur existence à ce moment-là. Je comptais trouver ce qui y était effectivement — des lettres concernant l'aventure d'oncle Henry. Heureusement pas si compromettantes qu'elles auraient pu l'être. »

Hannasyde ne put réprimer un sourire : « Là, vous avez été abominable, Mr Matthews.

— Au moins, non seulement je vous ai débarrassé de ma chère tante Gertrude, mais je l'ai empêchée de subodorer le pot aux roses.

— Oui, admit Hannasyde. Mais tout de même — est-ce que ce sont les lunettes de soleil qui vous ont mis sur la bonne piste ?

— Pas tout de suite. Je ne crois pas pouvoir vous

dire à quel moment j'ai commencé à me douter de la chose. Mon défunt père ne se cachait pas pour dire que mon oncle ne valait pas tripette ; je partais donc avec un avantage sur vous, en ce sens que j'étais prévenu contre lui. Et puis j'avais eu également le privilège de voir la façon dont il traitait mon oncle Henry et le docteur Fielding. Cette forme modifiée de chantage a pu me suggérer l'idée qui a — hum — fleuri quand vous êtes venu un jour me demander si le nom de Hyde me disait quelque chose. Je croirais assez que j'ai été un peu cavalier avec vous, commissaire.

— Très, affirma Hannasyde avec force. Vous avez suggéré d'abord les parcs, puis Stevenson.

— Et je n'avais pas plutôt prononcé ce nom que l'idée d'une double personnalité m'a traversé l'esprit ; c'était, au fond, assez naturel. Vous m'avez dit où Hyde habitait et je suis allé faire à son ami Brown la visite dont je vous ai parlé.

— Oh, vous ne m'avez pas tout raconté, Mr Matthews. »

Randall sourit : « Disons, tout ce qu'il était souhaitable de vous faire savoir. Quand il a été amené à révéler l'endroit où Hyde mettait la clef de son coffre, j'ai conclu avec certitude que celui-ci ne faisait qu'un avec mon oncle. Découverte réjouissante, je vous assure.

— C'est pourquoi vous aviez l'air au bord d'un meurtre quand j'ai suggéré qu'il y avait un lien de sympathie entre vous deux ?

— Vraiment ? Je ne me suis certainement pas senti flatté.

— Quand avez-vous mis la main sur la clef de ce coffre ?

— Le jour de l'enterrement de mon oncle. Sa chaîne de montre avec les breloques qui y étaient accrochées se trouvait dans le tiroir de sa coiffeuse.

— Après quoi, dit pesamment Hannasyde, vous m'avez fait retirer l'enquêteur qui vous surveillait, pour que vous puissiez vous rendre à la salle des coffres. »

Les yeux de Randall brillèrent : « Mon cher commissaire, comment pouvez-vous dire une chose pareille ? Je me suis plaint de ses souliers, pas autre chose.

— Enfin, passons, dit Hannasyde. Vous avez fait paraître cette notice dans le journal pour avoir accès aux papiers de Hyde.

— Et je voulais tellement vous demander comment vous vous étiez entendu avec le général, murmura Randall.

— Laissons cela, maintenant. Vous avez pris et brûlé tout ce qu'il y avait dans le coffre ?

— Tout, sauf les papiers concernant Rumbold. Ceux-là, je les ai gardés en cas d'accident.

— Et vous vous prépariez à étouffer toute l'affaire ? A laisser Rumbold s'en tirer indemne ?

— Rappelez-vous que je ne fais pas partie de la police, commissaire. Je ne me soucie que du bon renom de ma famille.

— Si disposé que je sois à comprendre ce point de vue, Mr Matthews, il est contraire à tous les principes.

— Eh bien, ce n'est pas ce qui va me troubler, déclara tranquillement Randall.

— Où est cette déclaration que vous avez pour moi, m'avez-vous dit ? » demanda Hannasyde.

Randall le regarda d'un air amusé.

« Mon cher commissaire, voilà qui n'est pas digne de vous ! Pensiez-vous que j'allais vous la remettre comme ça, confiant et sans malice, comme le bébé qui vient de naître ?

— Où est-elle ? » répéta Hannasyde.

Randall finit son whisky. « A la poste, bien sûr. Elle vous parviendra demain matin à Scotland Yard. »

Hannasyde sourit, mais à regret : « Vous pensez à tout, en somme ?

— Oh, pas tout à fait », répondit Randall modeste.

Hannasyde reposa son verre et se leva : « Je crois que je vais aller dormir là-dessus. Vous ne m'avez pas laissé grand-chose à faire, apparemment, sauf à balayer les débris.

— Vous êtes injuste envers moi, commissaire. Il y a très peu de débris. Beaucoup moins que vous n'en auriez fait.

— Oui, admit Hannasyde. De votre point de vue, c'est assez vrai. Je suppose que votre nom ne figure pas dans la déposition de Rumbold ?

— Oh, non, répondit Randall avec son sourire endormi. Je ne figure pas du tout dans cette affaire, mon cher commissaire. »

DANS LA MÊME SÉRIE

Christianna BRAND

Mort dans le brouillard (London Particular).

B. M. GILL

Le Douzième Juré (The Twelfth Juror).

Georgette HEYER

Meurtre d'anniversaire (They Found Him Dead).
Un rayon de lune sur le pilori (Death in the Stocks).
La mort donne le la *(The Unfinished Clue).*

P. D. JAMES

A visage couvert (Cover Her Face).
Une folie meurtrière (A Mind to Murder).
Sans les mains (Unnatural Causes).
Meurtres en blouse blanche (Shroud for a Nightingale).
La Proie pour l'ombre (An Unsuitable Job for a Woman).
Meurtre dans un fauteuil (The Black Tower).
Mort d'un expert (Death of an Expert Witness).
La Meurtrière (Innocent Blood).
L'Ile des morts (The Skull Beneath the Skin).

Un certain goût pour la mort (A Taste for Death).
Par action et par omission (Devices and Desires).

H. R. F. KEATING

Un cadavre dans la salle de billard (The Body in the Billiard Room).
L'Inspecteur Ghote en Californie (Go West, Inspector Ghote).

Cet ouvrage a été composé
par l'Imprimerie BUSSIÈRE
et imprimé sur presse CAMERON
dans les ateliers de la S.E.P.C.
à Saint-Amand-Montrond (Cher)
en septembre 1991

35-17-8324-01

ISBN 2-213-02552-5

N° d'édition : 3583. N° d'impression : 1531-1211.
Dépôt légal : septembre 1991.

Imprimé en France

35-8324-2